Ein Sommer voller Pferdeträume

Weitere Pferde-Taschenbücher:

- Willkommen im Pferdeparadies
- Pferdeglück und Sommerträume
- Pferdefreunde – für immer!
- Pferde, Sommer, Sonnenschein
- Sehnsucht, Pferde, Glücksgefühle
- Ein Pferdesommer zum Verlieben
- Sommer, Sonne, Stallgeflüster
- Im Galopp ins Sommerglück
- Traumferien im Sattel
- *Ein Sommer voller Pferdeträume*

Kathrin Siegel und Meike Haas

Ein Sommer voller Pferdeträume

Loewe

Kathrin Siegel

Liebeskummer inklusive!

Italien

In Italien verteilt das Brautpaar nach der Trauung gezuckerte Mandeln an die Gäste. Sie stehen symbolisch für das Süße und das Bittere im Leben!

Der neue Ausfahrer vom Paketdienst ist eindeutig Italiener. Zumindest stelle ich mir Italiener so vor. Groß, kräftig und schlank. Mit bernsteinfarbenen Augen und gebräunter Haut. Eine lässige Sonnenbrille im Haar und ein Silberkettchen im Ausschnitt seines T-Shirts. Ganz anders als der glatzköpfige Herr Baierle von früher. Der neue Fahrer ahnt noch nichts von seinem Glück: Aber wir beide werden uns ziemlich häufig sehen.

Ich stehe in meinem ausgeleierten Nachthemd vor ihm, die Augen verquollen, die Haare ungekämmt. Ich habe schon vor Jahren aufgehört, mich vor den Leuten vom Paketdienst für irgendwas zu schämen. Wirklich, ständig klingelt jemand an unserer Tür – ich mache auf, wie ich gerade bin, und kenne wenig Mitleid.

Trotzdem versuche ich jetzt doch, meine hellbraunen Haare zu bändigen und binde rasch ein Haargummi darum. Bei Herrn Baierle wäre mir das egal. Aber doch nicht bei einem gut aussehenden Italiener!

„Plant deine Mutter etwa einen Anschlag?“, fragt der Neue mit einem Blick auf seine Lieferung und grinst mich aufmunternd an. Er wuchtet fünf riesige Kartons mit der Aufschrift „Konfettibomben“ über unsere Türschwelle und schiebt sie ächzend in den Flur. Ein Karton Silberkonfetti, ein Karton Goldkonfetti. Und dreimal das Ganze in Rosa – das Konfetti natürlich in Herzform. Etwas anderes käme meiner Mutter niemals ins Haus.

Ich unterschreibe für meine Mama den hellblauen Lieferschein. *Tamara Fiedler* kritzele ich in die Zeile neben dem Datum. Eigentlich werde ich Tami genannt. Aber auf offiziellen Dokumenten benutze ich meinen richtigen Namen.

„Ist deine Mutter so was wie eine Liebesterroristin?“, bohrt der Neue weiter nach und mustert neugierig die Werbeaufkleber auf den Paketen. In jedem Karton stecken zwanzig Konfettibomben der Größe XXL – macht hundertmal orkanartigen Konfettiregen.

Wenn die Bomben jetzt alle auf einmal losgingen, wäre unser kleines Dorf für die nächsten drei Wochen mit Konfettiherzen eingeschneit.

„Meine Mama ist Hochzeitsplanerin …“, erkläre ich dem Lieferanten und gebe ihm den Lieferschein zurück. „Sie kümmert sich um das komplette Fest. Nur Ja sagen müssen die Brautpaare selbst!“

Das mit dem „Ja sagen müssen die Brautpaare selbst!“ stammt nicht von mir, sondern von einer Werbeagentur. Für den dämlichen Spruch musste Mama zweihundert Euro hinlegen. Deshalb benutze ich den Satz, wann immer es geht. Schließlich muss sich die Investition ja auch lohnen.

„Kannst du ein Päckchen für euren Nachbarn entgegennehmen?“, fragt der Neue und drückt mir, ohne eine Antwort abzuwarten, eine schmale Sendung in die Hand. Seit unser Nachbar Hendrik verlassen wurde, bestellt er zweimal die Woche Schokolade bei einer österreichischen Biokonditorei. Dann setzt er sich mit einem Glas Wein auf die Veranda, hört italienische Opern an und mampft die ganzen Pralinen in fünf Minuten.

„Hast du ein Pferd?“, fragt der Lieferant zum Abschied, als er meinen Sattel am Stuhl neben der Tür entdeckt. Ganz schön neugierig, dieser Italiener!

„Ja!“, sage ich. „Meine Daisy. Ein total niedlicher Schimmel. Kennen Sie sich mit Pferden aus?“

Der Lieferant schüttelt den Kopf. „Ihr habt doch gar keinen Stall auf dem Gelände!“, stellt er richtig fest und lässt seinen Blick über den Garten wandern.

„Ich habe Daisy bei meinem besten Freund untergestellt!", erkläre ich. „Seinen Eltern gehört der Bauernhof gleich am Ende der Straße."

„Soso, bester Freund!", sagt der Neue und grinst mich zweideutig an. Dann verschwindet er pfeifend zu seinem Lieferwagen.

Bester Freund ... Der Typ kann sich sein breites Grinsen sparen. Jakob und ich kennen uns schließlich seit unserer Geburt und mehr als Freundschaft ist zwischen uns nie gewesen. Jakob ist für mich fast so was wie ein Bruder.

Und in seinen Bruder verknallt man sich doch bitte schön nicht!

Ganz anders sieht es dagegen mit Kevin aus.

Kevin ist mit seiner Mutter und seinem Goldfisch vor einem Monat in die Kleinstadt gezogen, in der auch meine Schule ist. Kevin und seine Mutter haben vorher in Berlin gewohnt und das konnte man direkt an seinem Aussehen erkennen. Blonde Strähnchen im dunkelbraunen Haar, Lederarmband ums Handgelenk und sogar ein richtiges Tattoo unten am Knöchel! Im Sportunterricht konnte man das genau erkennen und alle haben neugierig hingeguckt. Die ersten paar Tage hielt die ganze Klasse Kevin für einen Angeber – denn neben den Strähnchen sah er auch ansonsten wie ein Typ aus der Jeans-Werbung aus!

Aber ganz schnell hat sich gezeigt, dass Kevin ein richtig guter Kumpel ist. Dass er in Wahrheit gar nicht so cool, sondern sogar ziemlich schüchtern ist. Das lässige Outfit ist pure Fassade!

Auf einmal wollten sämtliche Jungs mit Kevin befreundet sein – und wir Mädels waren alle verknallt in den hübschen Berliner. Ehrlich gesagt habe ich mir keine großen Chancen bei Kevin ausgemalt. Was Liebe betrifft, bin ich ziemlich realistisch. Romantik ist eher was für meine Mutter und die wird schließlich dafür bezahlt.

Außerdem: Es gibt in meiner Klasse jede Menge interessantere Mädchen als mich. Bea, die Saxofon spielt und schon mal bei *Jugend musiziert* gewonnen hat. Silke, die einen mit ihren witzigen Sprüchen immer zum Lachen bringt – oder Loretta, die aussieht wie Selena Gomez, die Freundin von Justin Bieber. Außerdem ist die schöne Loretta so was wie berühmt: Ihr Papa ist ein bekannter Nachrichtensprecher im Fernsehen.

Ich bin leider absoluter Durchschnitt – in jedem Bereich. Mittelgroß, mittellanges Haar und ein winziger mittelbrauner Leberfleck unter der Nase. Dazu kommt, dass ich wenig Zeit für große Gefühle habe. Schließlich muss ich meiner Mutter immer mal wieder in ihrer Hochzeitsagentur helfen. Und dann gibt es da ja noch Daisy, mein kuschelbedürftiges Pferd.

Pferde und Jungs – das geht überhaupt nicht

zusammen. Das habe ich zumindest bis vor einer Woche gedacht!

Ich gehe jeden Nachmittag rüber zum Stall, um mich zusammen mit Jakob um die Pferde zu kümmern. Danach stehen Hausaufgaben an und anschließend brauche ich dringend ein bisschen Ruhe. Ich lese gern oder schaue Tierdokumentationen im Fernsehen an. Wo bitte schön ist da noch Platz für die Liebe?!

Aber dann hatten wir vor sieben Tagen in der Schule eine lange Lesenacht. Und Kevin und ich haben bestimmt zwei Stunden nur über Bücher geredet. Zufällig haben wir beide nämlich das gleiche Lieblingsbuch.

Nachts haben wir alle auf Isomatten im Klassenzimmer gepennt und meine lag in unmittelbarer Nähe von Kevin.

Mein Herz ratterte wie eine Eisenbahn und ich konnte keine Sekunde schlafen. Und Kevin ging es ganz genau so wie mir. Die ganze Zeit lag er hellwach da und starrte sehnsüchtig und verträumt zu mir herüber.

Und am nächsten Morgen ist es dann passiert. Wir standen im Fahrradkeller der Schule und haben unsere Räder losgemacht. Kevin hat plötzlich meinen Lenker umfasst, mir verlegen in die Augen geblickt und herumgedruckst, dass er noch nie so ein tolles Mädchen kennengelernt hat wie mich. Und das ganz ohne Saxofon, ohne witzige Sprüche und ohne auszusehen wie Selena Gomez! Da war ich natürlich hin und weg und hab ihn direkt im Fahrradkeller geküsst.

Eigentlich bin ich ja nicht so selbstbewusst. Aber Kevin ist derart zurückhaltend, da hätte das sonst noch Jahre gedauert! Unser erster Kuss war reinste Poesie: leicht und süß wie Himbeerschaum und dabei so feurig wie Chilischokolade.

Seit einer Woche also sind wir ein Paar. Allerdings mehr oder weniger heimlich. Denn mit meiner Mutter habe ich gewettet, dass ich mich bis Zwanzig garantiert nicht verlieben werde. Und wenn ich verliere, schulde ich ihr zwei Wochen Bügeldienst.

Ich hasse Bügeln, vor allem zerknitterte Blusen. Und meine Mutter hat ungefähr achthundert Stück davon.

Habe ich mich eigentlich schon vorgestellt?

Mein Name ist Tamara, genannt Tami, und ich bin vierzehn Jahre alt.

Ich liebe Pferde, die freie Natur und gute Bücher.

Und ich liebe Kevin, meinen heimlichen Schatz. Wenn ich an ihn denke, könnte ich abheben und schweben.

„Tami? Sind die indianischen Liebespfeile endlich gekommen? Oder hat der Paketdienst doch noch die Luftschlangen-Raketen gebracht?“

Meine Mutter tütet im Nebenzimmer Einladungskarten für eine Verlobungsfeier ein und ich stehe immer noch im Nachthemd im Flur herum und träume vor mich hin.

Bomben, Pfeile und Raketen ... so eine Hochzeitsvorbereitung klingt wie ein Krieg. Ein Nervenkrieg ist es auf jeden Fall, aber das bekommen nicht die Braut und der Bräutigam mit, sondern nur Papa und ich.

„Die Konfettibomben sind da!", rufe ich. Es ist schon nach zehn, ich sollte mich endlich mal duschen.

„Ach!", meine Mutter klingt nicht begeistert. Vielleicht weil im Keller noch fünf Kartons mit Konfettibomben lagern. Außerdem Kisten voller getrockneter Rosenblätter. Servietten in allen Abstufungen von Rot. Herzen aus Ton, aus Pappe, Glas oder Plastik. Das Highlight ist ein künstlicher Schwan. Immer, wenn jemand das Paket „Hochzeit am See" bestellt, kommt das Ein-Meter-fünfzig-Viech zum Einsatz.

„Ich hole später noch den Blumenschmuck ab. Willst du mich in die Stadt begleiten?" Meine Mutter übertönt die Musik, die aus der Stereoanlage plärrt. *Kuschelrock 1998.*

Ich sage doch: Nervenkrieg – mit musikalischen Waffen.

Ein Ausflug in die Stadt ist immer gut, aber ich habe mit Jakob vereinbart, heute Daisy auszureiten. Sie und Feuerblitz stehen seit zwei Tagen nur auf der Koppel. Wenn wir die beiden nicht bald bewegen, fangen sie an zu rosten.

„Geht nicht!“, ich gehe eilig die Treppe nach oben. „Jakob wartet schon auf mich. Wir unternehmen gemeinsam was mit den Pferden.“

Daisy ist ein Bosniake, ein bosnisches Gebirgspferd, und ein richtiges Arbeitstier. Und arbeiten muss sie auch – zwar nicht für mich, aber für meine Mutter. Meine Eltern haben den Schimmel vor etwa zwei Jahren gekauft. Und seitdem können Hochzeitspaare Daisy mieten. Beim Paket „Kerzenschein“ ist eine Abholung der Braut mit dem Einspänner inklusive, und dann ist es Daisy, die die Kutsche zieht.

Dass wir beide Mitarbeiter meiner Mutter sind, verbindet uns natürlich aufs Engste. Ohne die Hochzeitsagentur hätte Mama niemals ein Pferd gekauft – von Pferdehaltung versteht sie nämlich nicht die Bohne. Aber ich habe meine ganze Kindheit drüben auf Jakobs Bauernhof verbracht und seine Eltern sind absolute Pferdefreunde. Sie haben mir alles Wichtige beigebracht und schon mit acht Jahren war ich selbst eine kleine Expertin. Nicht verwunderlich also, dass meine Eltern mir so ein unglaubliches Angebot machten. Sie bezahlten das Pferd und ich sollte mich darum kümmern. Das mache ich seitdem täglich. Könnt ihr euch ausmalen, wie glücklich ich bin? Bis vor zwei Jahren hätte ich niemals gedacht, dass ich irgendwann ein eigenes Pferd besitzen würde!

Als ich auf den Hof gehe, kommt mir Jakob mit der Schubkarre entgegengelaufen. Wie immer trägt er ein Tuch im Haar. Das macht er wegen der Sonne – und ein wenig auch wegen der Mode. Funktioniert aber nicht so ganz. Auch mit Tuch im Haar bleibt Jakob einfach nur Jakob.

„Hi, Tami! Ich habe schon ausgemistet!“, begrüßt er mich. „Wenn du willst, können wir direkt starten.“

Tatsächlich stehen Daisy und Feuerblitz schon vor dem Stall, Daisy scharrt freudig mit den Hufen und Feuerblitz dreht sich wiehernd zu uns um.

Wie immer zaubert mir Daisys Anblick ein Lächeln ins Gesicht. Ich kann es nicht erklären, aber Daisy zu sehen erzeugt bei mir immer ein Gefühl von absoluter Ruhe und tiefer Geborgenheit. Umgekehrt scheint es genauso zu sein, denn Daisy schnaubt zutraulich und schüttelt fröhlich ihre üppige Mähne.

„Na, mein Liebling …“, aus meiner Hosentasche zaubere ich einen Zuckerwürfel hervor. Natürlich ist er herzförmig, schließlich stammt er aus dem Lager meiner Mutter. Zufrieden zermalmt Daisy die süße Überraschung zwischen den Zähnen. Sanft gleitet meine Hand über ihren Kopf. Ihre braunen übergroßen Augen mustern mich freundlich.

Daisy ist mit ihrer breiten Stirn und den großen Nüstern das glatte Gegenteil zu Jakobs elegantem Feuerblitz. Feuerblitz ist ein stolzer Westfale, ein wunderschöner Fuchs mit einer weißen Blesse auf der Stirn. Im Gegensatz zu meiner zähen und geduldigen Daisy strahlt Feuerblitz Sportlichkeit und Ehrgeiz aus. Daisy ist gemütlich, Feuerblitz ein Wildfang. Daisy bringt nichts aus der Ruhe, sie hat Nerven aus Stahl und ist nahezu jeder Situation gewachsen. Feuerblitz ist ein bisschen zu neugierig und regelrecht süchtig nach Abwechslung – mit ihm haben wir schon mehr als nur ein waghalsiges Abenteuer erlebt.

„Du Weltenbummler!“, ich streichle dem leuchtend roten Pferd freundschaftlich die Seite. „Wohin geht es heute? In den Wald oder doch lieber hinüber zum Ausguck?“

„Lass uns zum Ausguck reiten!“, schlägt Jakob vor, der mit seinem Sattel aus der Kammer kommt. „Heute ist der Himmel so klar, da haben wir bestimmt Sicht bis zu den Bergen!“

Für unsere Ausritte suchen wir uns immer schöne Ziele aus. Vorfreudig beginne ich, meine Daisy zu satteln. Ganz behutsam lege ich Decke und Sattel auf und befestige den Gurt an der richtigen Stelle. Die meisten satteln ihr Pferd nämlich zu weit vorn und dann kann es die Schultern nicht frei bewegen. Doch für mich ist es absolut wichtig, dass Daisy sich mit mir wohlfühlt.

Als Jakob und ich zehn Minuten später den sonnigen Weg zum Naturpfad hochreiten, fühle ich mich unsagbar glücklich.

Ich bin vierzehn, ich bin verliebt.

Und ich sitze auf dem Rücken meines eigenen Pferdes!

Österreich

In Österreich muss das Brautpaar nach der kirchlichen Trauung eine erste gemeinsame Aufgabe bewältigen: Zusammen sägen sie einen Baumstamm durch.

Hendrik schiebt mir die Schachtel mit Pralinen über den Tisch. Obwohl ich Süßes mag, nehme ich nichts davon. Schließlich ist es Hendrik, der schrecklichen Liebeskummer hat. Im Gegensatz zu ihm schwebe ich auf Wolke sieben.

Wir hocken auf der Veranda und Hendrik hat den CD-Player ins Freie gestellt. Jetzt kräht ein italienischer Tenor eine Opernarie und ich sehne mich glatt ein bisschen nach der Kuschelrock-CD meiner Mutter.

„Wenn ich früher gewusst hätte, dass Österreicher so herrliche Schokolade machen, hätte ich mir gleich einen österreichischen Mann gesucht!“, seufzt Hendrik und beißt in eine Praline mit Marzipanfüllung. Hendrik wurde nicht von einer Frau verlassen, sondern von einem Mann. Meine Eltern sagen, er ist homosexuell, Jakobs Eltern sagen, er ist schwul. Ich sage gar nichts dazu – Hendrik liebt eben Männer.

Das heißt, momentan steht er eher auf Kriegsfuß mit ihnen. Mit Jan war Hendrik sieben Jahre zusammen. Aber dann hat Jan auf einem Klassentreffen seine Jugendliebe wiedergesehen. Nur eine Woche später hat er seine Koffer gepackt, um Hendrik völlig überraschend zu verlassen. Jetzt wohnt Jan bei diesem anderen Mann und Hendrik verputzt Unmengen an Schokolade. Und ich habe den ersten Beweis, dass dieses alte Sprichwort von meiner Oma über das „verflixte siebte Jahr" offenbar wirklich stimmt.

Ich überlege, wie das sein wird, wenn Kevin und ich sieben Jahre zusammen sind. Ob wir dann auch eine Krise haben? Die Vorstellung ist irgendwie sonderbar. Denn Kevin und ich verstehen uns einfach prima.

„Wie geht es dir und deinem Schatz überhaupt?", fragt Hendrik und schnäuzt sich. Hendrik ist der Einzige, der von mir und Kevin weiß. Und natürlich Jakob, aber der weiß eh alles von mir und zählt nicht.

„Kevin muss seiner Mama heute bei irgendwas helfen. Er hat für das ganze Wochenende abgesagt." Wie gesagt, Kevin und seine Mama wohnen nicht in unserem kleinen Dorf, sondern in der

Kleinstadt vier Kilometer weiter. Mit dem Rad wäre ich in zwanzig Minuten da. Aber wenn Kevin eh keine Zeit für mich hat, kann ich mir die Radtour auch sparen.

Bisher war ich noch nie bei Kevin zu Hause. Logisch, wir gehen ja auch erst eine Woche miteinander. Seine Mama habe ich noch nicht kennengelernt. Und auch nicht seinen Goldfisch Moby.

„Am Montag sehen wir uns zum Glück schon wieder!", fällt mir ein und ich klaue nun doch eine Praline mit Nougatfüllung. „Und am Freitag fangen die Sommerferien an. Ich glaube, im August werde ich mich jeden Tag mit Kevin treffen!"

Ich habe mir schon ausgemalt, wie Kevin und ich die Ferien zusammen verbringen. Ich habe fest vor, Kevin beizubringen, wie man reitet. Bisher hat er mich nur einmal hier im Dorf besucht. Meine Mama war bei einem Kundengespräch und Papa in seiner Kanzlei in der Stadt. Ich hatte also sturmfrei und konnte Kevin alles in Ruhe zeigen.

Natürlich bin ich mit ihm auch rüber zum Hof von Jakobs Eltern gegangen. Und neben Jakob hat er auch meine Daisy kennengelernt. Kevin fand Jakob auf Anhieb nett – und Daisy total schön und zum Knuddeln. Aber geritten ist Kevin noch nicht – und so habe ich ganz konkrete Pläne für den Sommer. Als Reitlehrerin eigne ich mich ziemlich gut. Hendriks Exfreund Jan habe ich auch alles beigebracht. Und eine Zeit lang ist er dreimal die Woche auf Daisy geritten. Wenn ich geahnt hätte, dass er meinen lieben Hendrik so fies betrügt, hätte ich ihn natürlich niemals auf meiner wunderbaren Daisy reiten lassen!

„Du Glückliche!“, reißt Hendrik mich aus meinen Gedanken und mampft die letzte Schnapspraline auf. Zum Glück ahnt er nicht, dass ich gerade an seinen Exfreund denke. Schleunigst verdränge ich Jan ganz weit hinten in meine Erinnerung.

„Ich glaube, ich werde mich mein ganzes Leben nie mehr verlieben!“, seufzt Hendrik. Dann sieht er mich stirnrunzelnd an. „Sag mal, was ich dich schon länger fragen wollte: Warum hat dein Kevin eigentlich am Schuljahresende die Schule gewechselt? Wegen einem Monat an eine neue Schule … das lohnt doch nicht!“

Da hat Hendrik recht. Also erkläre ich ihm die Sache. In Berlin sind jetzt nämlich bereits die Sommerferien angebrochen. Und Kevin nimmt freiwillig den letzten Monat Schule in Bayern mit – um die Klassenkollegen für das nächste Schuljahr schon mal kennenzulernen. Aber Noten bekommt er nicht, sein Berliner Zeugnis hat er schließlich schon erhalten.

Glück für mich, dass Kevin so fleißig ist! Wäre er nicht bereits im Juli zu uns gestoßen, hätte er doch nie bei der Lesenacht mitgemacht. Ohne die Lesenacht hätte es bestimmt nicht gefunkt zwischen uns. Und ohne diesen Funken wäre ich jetzt immer noch ungeküsst und wüsste nichts von der Liebe.

„Tami!" Mama steht drüben an unserem Haus in der offenen Terrassentür. Mit einer Plastikrose in der Hand winkt sie herüber. „Hilfst du Papa beim Abendessen kochen? Ich muss wegen der Musik noch zum Organisten. Der Musiker hat tatsächlich die Noten für die Bauchkribbel-Hochzeit verschlampt! Wo bekomme ich jetzt auf die Schnelle die Orgelversion zu *Über den Wolken* her?"

So geht das bei uns immer. Bei Mama gibt es niemals Feierabend, und Papa und ich kümmern uns um alles, was nicht mit Heiraten zu tun hat. Die „Bauchkribbel-Hochzeit" ist eines der teuersten Pakete von Mama. Das Jawort wird in einem Fesselballon erteilt, die Trauzeugen tragen Engelsflügel. Am Landeplatz steht ein Organist und klimpert *Über den Wolken*. Beim Thema Hochzeit ist nichts unmöglich oder peinlich. Diese Lektion habe ich von meiner Mutter gelernt.

Ich umarme Hendrik und gebe ihm einen Kuss auf die Wange. Jan ist echt ein Idiot! Hendrik ist so lieb und sieht außerdem klasse aus. Wenn ich ein schwuler Mann wäre, würde ich mich bestimmt Hals über Kopf in ihn verlieben.

Am liebsten würde ich für Hendrik einen Märchenprinzen zaubern. Aber tolle Männer fallen eben nicht vom Himmel – und dass mir ausgerechnet Kevin begegnet ist, tja, so was erlebt man vermutlich nicht oft im Leben!

„Bauchkribbel-Hochzeit!“, murmelt Hendrik deprimiert. „Seit Jan weg ist, habe ich die ganze Zeit über Magenkrämpfe.“

Obwohl ich ja mit Mama gewettet habe, dass ich mich niemals verlieben werde, muss ich zugeben, dass meine erste Woche als Freundin von Kevin einfach traumhaft war. Ich hätte nie gedacht, dass Liebe sich so schwebend und glücklich anfühlen würde! Nach unserem Kuss bin ich plötzlich richtig gerne zur Schule gegangen, nur weil ich wusste, dass da auch Kevin ist! Im Unterricht habe ich ihn die ganze Zeit über sehnsüchtig angestarrt, und ständig hat er sich strahlend nach mir umgedreht, als könnte er sein Glück überhaupt nicht fassen. Als er mich zu Hause besucht hat, war ich aufgeregt wie nie in meinem Leben. Und Kevin war echt unglaublich süß. Er hat mir sogar ein kleines Sträußchen Veilchen vom Wochenmarkt mitgebracht. Das ist inzwischen zwar verwelkt, aber das Foto davon ist jetzt das Hintergrundbild auf meinem Handy.

„Kevin? Die Verbindung ist schlecht. Wo steckst du denn gerade?“ Obwohl wir es fest ausgemacht haben, hat Kevin gestern keine SMS mehr geschickt. Jetzt ist Sonntagnachmittag, ich hocke drüben bei Jakob auf dem Zaun an der Weide und sehe zu, wie mein bester Freund auf Feuerblitz eine Runde dreht.

„Tut mir total leid!“, Kevin wirkt ehrlich zerknirscht. „Mama und ich waren gestern bis spät in die Nacht unterwegs und ich habe mein Handy zu Hause vergessen.“

Handy vergessen. Das klingt wie eine Ausrede. Daisy stapft gemütlich auf mich zu. Der Ausflug gestern hat ihr gutgetan und eben waren wir noch mal mit Feuerblitz und Jakob unterwegs.

„Warum hast du mir dann vor dem Schlafengehen nicht wenigstens noch eine kurze SMS geschickt?“, bohre ich weiter. „Dass du mich vermisst! Irgendein Liebesgeständnis!“, scherze ich und muss kichern, aber Kevin schweigt.

„Mama und ich haben bei Bekannten übernachtet!“, behauptet er dann. Was sollen das denn bitte für Bekannte sein? Irgendwie klingt die ganze Geschichte etwas schief – wie eine Notlüge.

„Und heute? Wenn ich jetzt losradle, haben wir noch den ganzen Nachmittag Zeit! Wir könnten uns in der Eisdiele Amor treffen“, schlage ich vor. „Da war ich schon mal mit Jakob. Da gibt es einen ganz tollen Liebeseisbecher, den man nur zu zweit schafft.“

Kevin seufzt. „Tut mir echt leid, Tami. Aber heute geht auch nicht. Ich bin wegen meiner Mutter total verplant. Ehrlich, sie braucht im Moment dringend meine Hilfe.“

Über Mütter braucht Kevin mir nichts zu erzählen. Meine Mama spannt mich schließlich auch ständig ein. Heute Morgen musste ich zwei Stunden lang mit ihr die Hochzeit von Prinz William und Kate auf DVD anschauen – und genau notieren, was der Reihe nach in der Kirche passiert. Mama hat eine ziemlich wohlhabende Kundin in der Stadt, die eine „Königshochzeit" abhalten will. Mama musste das gleiche Kleid für sie schneidern lassen wie das von Kate. Dabei wiegt die Kundin bestimmt hundertzwanzig Kilo! Aber auch ihr Mann ist ein Schwergewicht – und beide sind außerdem weit über vierzig.

In Wahrheit wird das also keine Königshochzeit, sondern die welterste Doppelwhopper-Trauung.

Hochzeitsfeiern hin oder her – die Zeit für Kevin halte ich mir trotzdem immer frei. Und ich finde es traurig, dass ich nach nur einer Woche schon die zweite Geige in seinem Leben spiele.

„Ich finde das ja auch nicht so toll, Tami. Aber wir sehen uns ja morgen in der Schule!"

Das stimmt, aber lieber wäre mir ein Treffen. Ich muss schon das ganze Wochenende nur an ihn denken! Ohne Kevin kommen mir meine Tage plötzlich ganz grau und traurig vor.

Jakob kommt auf Feuerblitz vom anderen Ende der Weide auf mich zugejagt. Nur noch wenige Meter, dann sind die beiden bei mir. Feuerblitz' Schweif peitscht durch die Luft, Jakob ist leicht nach vorne gebeugt und dirigiert sein Pferd in meine Richtung. Was Reiten und Pferde betrifft, ist Jakob unschlagbar. Ich kenne niemanden, der so einen guten Draht zu Tieren hat. Jakob macht auf jedem Pferd eine gute Figur – und die Pferde sind ihm manchmal regelrecht verfallen.

Hin und wieder habe ich sogar die Vermutung, dass meine Daisy Jakob heimlich liebt. Von ihm gestriegelt und geritten zu werden, ist für Daisy das größte Vergnügen.

Woher ich das weiß? Ich sehe es ihr an! Mein Pferd kann kaum etwas vor mir verbergen.

„Ich muss aufhören!“, sage ich mit belegter Stimme. „Ich liebe dich auch, Kevin. Aber jetzt muss ich Jakob beim Ausmisten helfen. Wir schieben das heute schon den ganzen Tag vor uns her.“

„Grüße an deinen netten Kumpel!“, sagt Kevin.

„Tschüss, Kevin!“, seufze ich in mein Telefon. Und gerade als ich auflegen will, höre ich im Hintergrund ein glucksendes Mädchenlachen.

Tiere haben Menschen eine Sache voraus. Sie besitzen einen siebten Sinn für Gefühle. Ich kann noch so sehr grinsen, Daisy ahnt immer, wie es mir in Wahrheit geht. Und so ist es auch heute. Jakob und ich haben den Stall ausgekehrt und jetzt stehen wir auf dem Platz und putzen die Pferde.

„Tolles Wetter!“, sage ich. „Genau richtig zum Beginn der Ferien!“ In einer Woche fangen die Sommerferien an. Und dann werden Jakob und ich jeden Tag stundenlang reiten. Zumindest haben wir das letztes Jahr so gemacht. Und es gibt keinen Grund, diese Tradition zu beenden.

Halt, eine Sache ist anders dieses Jahr: Ich habe einen Freund und um den möchte ich mich ebenfalls kümmern. Schon wieder denke ich über Kevin nach. Mein Traum ist natürlich, dass er ein genauso großer Pferdefan wie Jakob wird. Dann könnten wir zu dritt diese Leidenschaft teilen. Auf der anderen Seite kommt Kevin aus der Stadt. Pferde kannte er bisher nur aus dem Zoo. Ja wirklich! In Berlin halten sie Pferde im Zoogehege!

Was Kevin wohl gerade macht? Das glucksende Mädchenlachen kehrt in meine Erinnerung zurück. Das war doch niemals seine Mutter!

Meine Stirn verfinstert sich, und als würde sie es spüren, wendet Daisy sich mir zu. Gutmütig blickt sie mich an und stupst mit den Nüstern gegen meine Schläfe. *Hör auf mit den unsinnigen Gedanken!*, lese ich in ihren Augen ab. *Eifersucht bringt doch nichts. Kevin liebt dich wirklich!*

„Daisy ist heute auffällig unruhig!“, stellt Jakob fest, der diesmal leider gar nichts kapiert. Sorgfältig kratzt er Feuerblitz’ Hufe aus. Dann greift er nach der Kardätsche. Feuerblitz’ Fell schimmert seidig im Abendrot.

„Und, mit Kevin alles gut?“, fragt Jakob dann doch noch. Ich nicke halb. Was soll ich schon sagen? Jakob ist nicht Hals über Kopf verknallt wie ich. Wie es ist, ständig an jemanden zu denken, kann er überhaupt nicht erahnen. Kurz überlege ich mir, ihn einzuweihen und zu beichten, dass ich sauer auf Kevin bin. Weil er das ganze Wochenende für seine Mama reserviert und am Samstag vergessen hat, mir eine SMS zu schreiben. Aber dann lasse ich es sein.

„Ich habe dir doch von Sybille aus Hamburg erzählt!“, sagt Jakob stattdessen und wird so rot, dass er beinahe Feuerblitz Konkurrenz machen könnte. Seine Wangen scheinen von innen zu glühen.

Sybille ... Klar hat Jakob mir von Sybille erzählt. Er hat sie im Schullandheim kennengelernt, da war er nämlich mit seiner Klasse zu Pfingsten. Jakob hat mit dieser Sybille jeden Tag Tischtennis gespielt und zum Abschied haben sie sich ganz fest umarmt und sich geschworen, sich wiederzusehen. Die beiden haben E-Mail-Adressen getauscht und sich seitdem ziemlich häufig geschrieben.

In den ersten Wochen nach seiner Rückkehr hat Jakob ständig von Sybille erzählt. Sogar, dass sie ihn in den Sommerferien mit ihren Eltern besuchen will – seine Eltern haben nämlich eine Ferienwohnung auf dem Hof, die sie regelmäßig an Touristen vermieten.

Aber seit ein paar Tagen ist es erstaunlich ruhig um sie. Wenn ich darüber nachdenke, hat Jakob schon ganz schön lange nicht mehr von Sybille gesprochen.

Nun bin ich es, die verlegen wird. Eine tolle beste Freundin gebe ich ab! Bestimmt liegt es daran, dass ich seit ein paar Tagen mit Kevin zusammen bin. Seitdem bin ich echt blind für die Verliebtheiten anderer Leute.

Auf der anderen Seite war mir gar nicht klar, dass Jakob echt in diese Sybille verknallt ist. Bislang dachte ich, die beiden wären einfach nur Freunde.

Aber jetzt steht er da, mit hochrotem Kopf. Die Hand mit der Kardätsche hängt hilflos herab. Am liebsten möchte ich ihn umarmen.

„Seit einer Woche meldet sie sich überhaupt nicht mehr bei mir!", murmelt er verzweifelt. Jetzt stehen ihm doch tatsächlich Tränen in den Augen. „Keine einzige E-Mail. Kein Brief, nicht mal ein Anruf. Dabei hatten wir am Anfang ständig Kontakt. Ich glaube, es wird nichts mit ihrem Besuch in den Ferien hier."

Etwas verdattert stehe ich neben Daisy. Mein bester Freund hat Liebeskummer. Genau wie Hendrik und genau wie ich. Wobei ... Bei genauer Betrachtung muss ich meinen eigenen Liebeskummer schnell korrigieren. Schließlich bin ich nicht verlassen worden wie Hendrik von Jan. Und schließlich ist Kevin auch nicht untergetaucht wie Sybille, die Freundin von Jakob. Er hat nur zwei Tage keine Zeit für mich. Kein Weltuntergang im Vergleich zu den Dramen meiner Freunde!

Jetzt gehe ich doch zu Jakob rüber und nehme ihn in den Arm. „Kopf hoch! Die meldet sich schon wieder. Die wäre doch doof, wenn sie dich nicht besuchen kommt. So einen coolen Typen findet sie in Hamburg garantiert nicht!“

Jakob sieht nicht gerade überzeugt aus. Aber er wirkt schon wieder ein bisschen fröhlicher.

„Vielleicht ist was passiert …“, murmelt er. „Hochwasser in Hamburg? Hast du in den Nachrichten was davon gehört?“

Jetzt muss ich lachen. Jakob ist einfach süß. „Hab einfach ein bisschen Geduld!“, rate ich ihm. „Deine Sybille wird sich schon wieder melden.“

England

In England glauben die Leute, dass es einem Schornsteinfeger Glück bringt, eine aus der Kirche tretende Braut zu küssen!

Englisch bei Herrn Wiedenkamp ... Immer wieder eine echte Katastrophe. Mein spaßfreier Lehrer steht an der Tafel und schreibt mit verbissenem Gesicht Vokabeln auf. In seinem letzten Leben war Herr Wiedenkamp garantiert ein General oder Diktator.

„Nur weil die Ferien vor der Tür stehen, ist das kein Grund, den Unterricht jetzt schon schleifen zu lassen!" raunzt er uns an. „Wer die Vokabeln bis morgen nicht kann, darf sich auf eine Stunde Nachsitzen freuen."

Nachsitzen ist Herrn Wiedenkamps liebste Bestrafung. Weil er die Hausaufgaben und Prüfungen immer direkt in der Schule korrigiert, ist es ihm ein Genuss, uns nachmittags in sein Klassenzimmer zu bestellen.

Die Klasse ächzt. Die Vokabeln sind wirklich schwierig und heute herrscht draußen tollster Sonnenschein.

Mein Blick wandert in die erste Reihe zu Kevin. Er sitzt zwischen Maik und Stefan und direkt neben Maik hockt Loretta – die, die aussieht wie Selena Gomez. Heute hat sie eine auffällige Schleife im lockigen Haar. Und trägt ein Kleid, als wäre sie nicht im Englischunterricht, sondern auf einer Sommernachtsparty.

Ich beobachte, wie sie etwas auf einen Zettel schreibt. Dann faltet sie ihn zusammen und schiebt ihn über den Tisch. Maik guckt darauf, aber offenbar ist die Post nicht für ihn bestimmt, denn er gibt das Zettelchen weiter an Kevin.

Beinahe setzt mein Herzschlag aus. Was will Loretta denn von *meinem* Kevin?

Ich kann sehen, wie er die Botschaft öffnet. Dann schaut er nach rechts und schickt ein nettes Lächeln zu Loretta.

„Tamara?" Herr Wiedenkamp starrt mich feindlich an. Am liebsten würde ich meine Sachen packen und gehen. Loretta flirtet vor aller Augen mit *meinem* Kevin!

„Ja?" Meine Stimme zittert ein bisschen. Herr Wiedenkamp hat mich voll erwischt. Keine Ahnung, was die Frage war. Bestimmt geht es darum, irgendein Verb zu konjugieren. Erwartungsvoll blickt Herr Wiedenkamp in meine Richtung.

Meine Augen brennen, eine erschrockene Stille liegt in der Luft. Jemand in der Reihe hinter mir versucht, mir einzusagen.

„Schon wieder geschlafen, Tamara! Ich sehe deine Englischnote bedrohlich wanken!“, blafft Herr Wiedenkamp mich an. Dann notiert er etwas in sein Klassenbuch und die erlösende Schulglocke beendet die Stunde.

Kevin fängt mich nach der Schule ab. In der Pause bin ich ihm aus dem Weg gegangen und habe mich im Mädchenklo versteckt. Echt blöd – aber die Sache mit Loretta hat mich ehrlich geschockt. Ich habe mich eingesperrt und eine Runde geheult. Im Heulen bin ich einsame Spitze.

„He, nimm dir das mit Herrn Wiedenkamp nicht so zu Herzen!“, tröstet Kevin mich, als wäre das der Grund für mein bedrücktes Gesicht und mein plötzliches Verschwinden. „Dann rutscht deine Note eben von einer eins auf eine zwei. Ist doch immer noch ein super Zeugnis, oder?“

Kevin weiß, dass ich Herrn Wiedenkamp hasse. Dass er diese Gemeinheit jetzt so abtut, finde ich ehrlich gesagt blöd. Liegt wahrscheinlich an der tollen Loretta ... Loretta, die Kevin plötzlich Zettel schreibt. Als einzige Einserschülerin und Tochter eines bekannten Nachrichtensprechers kann Herr Wiedenkamp sie wie jeder Lehrer an der Schule natürlich super gut leiden.

„Meine Note wankt zwischen einer Drei und einer Vier!“, verbessere ich Kevin. „Aber ehrlich gesagt ist mir das egal. Ich bin sauer wegen des letzten Wochenendes. Ist ja okay, dass du am Samstag und Sonntag deiner Mama hilfst. Aber eine Stunde hättest du doch wenigstens für mich freischaufeln können!“

Keine Ahnung, warum ich nicht einfach die ganze Wahrheit sage. Nämlich, dass ich außerdem schrecklich eifersüchtig auf Loretta bin. Vielleicht stand auf dem Zettel ja etwas ganz Harmloses. Dass der Unterricht langweilig ist – oder dass Loretta sich Hitzefrei wünscht, irgendwas Normales.

„Glaub mir doch, Tami!“, Kevin sieht mich unglücklich an. „Ich hatte ehrlich keine Zeit. Nicht eine Minute.“

Gerade in dem Moment schiebt Loretta ihr neues Fahrrad an uns vorbei. Ihr berühmter Papa erfüllt ihr jeden Wunsch und als Einzige an der Schule hat sie ein E-Bike.

„Tschüss, Kevin!“, sagt sie und zwinkert ihm vertraulich zu. „Und liebe Grüße an deinen Goldfisch Moby!“

Loretta betätigt die auffällige gelbe Klingel an ihrem neuen Rad und schickt ein glucksendes Lachen hinüber zu Kevin. Das Lachen kenne ich irgendwoher …

Loretta steigt auf und radelt pfeifend nach Hause.

Fassungslos starre ich Kevin an. Grüße an einen Goldfisch! Was soll das denn bitte bedeuten? War Loretta etwa bei Kevin zu Hause?

Tatsächlich ist Kevin knallrot geworden. So rot, dass sein Kopf einer Glühbirne gleicht.

Das Lachen. Auf einmal ist mir alles klar! Ich habe Loretta am Telefon gehört. Gestern, im Hintergrund, während meines Gesprächs mit Kevin!

Von wegen Wochenende mit der Mutter! Kevin hat seinen Sonntag ganz klar mit Loretta verbracht.

„War Loretta etwa gestern bei dir?“, frage ich ihn direkt. Um den heißen Brei herumzureden macht keinen Sinn. Trotzdem zittert meine Stimme jetzt.

„Also, ich kann es erklären ...“, stammelt Kevin und sieht mich schuldbewusst an. „Loretta und ich, das ... Es stimmt, wir haben den Sonntag zusammen verbracht. Aber es ist nicht so, wie es vielleicht aussieht, sondern ganz, ganz anders.“

Mir egal, was für eine Geschichte er mir jetzt erzählen will. Seelenverwandtschaft. Nur beste Kumpel. Nachhilfe in Mathe – bestimmt irgendetwas in dieser Art. Egal, wie er die Sache erklären will, ich glaube ihm nicht. Niemals hätte ich gedacht, dass Kevin mich so hintergehen würde.

In mir fühlt sich alles ganz leer und taub und einsam an. So einsam, als wäre ich der letzte Mensch auf dem ganzen Planeten. Und das, wo lauter Schüler sich an uns vorbeidrängen und ein irrer Geräuschpegel herrscht.

Die Erinnerung an den Vormittag nach der Lesenacht kehrt zurück. Als Kevin und ich dort hinten im Fahrradkeller gestanden haben. Als wir uns geküsst haben, sind Millionen Schmetterlinge in meinem Bauch aus ihren Kokons geschlüpft. Aber jetzt spüre ich nicht ein einziges müdes Flattern.

„Also …", setzt Kevin noch mal von vorne an. Er holt tief Luft und wirkt auf einmal wieder wahnsinnig sicher. „Es macht keinen Sinn, dich anzulügen. Loretta war auch am Samstag bei mir. Das heißt, eigentlich war ich bei ihr zu Hause. Sie wohnt ja nur eine Straße entfernt, direkt auf der anderen Seite der Kreuzung. Du weißt ja, dass ihr Papa Nachrichtensprecher ist und in einer echt coolen Villa wohnt. Aber das tut eigentlich gar nichts zur Sache. Denn …"

Es wird immer besser. Die zwei haben das komplette Wochenende miteinander verbracht! In der protzigen Villa von Lorettas Papa. Schön und reich – das absolute Gegenteil zu meinem Leben. Außerdem ist es wahrscheinlich einfach praktischer, eine Freundin im gleichen Ort zu haben. In mein Dorf geht nur zweimal am Tag ein Bus. Und wenn man mit dem Fahrrad fährt, muss man ganz schön in die Pedale treten.

Und genau das mache ich jetzt auch. Mitten im Satz wende ich mich von Kevin ab. Ich steige auf mein rostiges altes Herrenrad, das ich von meinem Opa geerbt habe, und fahre ohne mich umzudrehen in Richtung Straße.

„He, Tami!“, ruft Kevin mir verdutzt hinterher. „Lass es mich doch bitte erklären!“

Ich bremse, drehe noch mal um und radle zu ihm zurück. Loretta ist schön, klug, reich und sexy. Was gibt es da noch zu erklären?

„Ist schon okay, Kevin!“, sage ich und versuche, möglichst gelassen zu klingen. In mir drinnen brodelt es. „Für mich ist das völlig in Ordnung, wenn du in Loretta verschossen bist. Wenn ich ehrlich bin, geht es mir da ähnlich. Du weißt doch, dass Jakob mein bester Kumpel ist. Aber seit ich mit dir zusammen bin, merke ich, wie viel er mir in Wahrheit bedeutet. Wenn du dich lieber mit Loretta triffst, verbringe ich meine Zeit eben mit Jakob.“

Keine Ahnung, warum ich so einen Schwachsinn erzähle. Das kommt vermutlich von den vielen Liebesfilmen, die Mama Tag und Nacht schaut. In denen machen Frauen so was, wenn sie wütend sind. Sie versuchen, ihre Partner eifersüchtig zu machen – verabreden sich mit Brüdern von Freundinnen, schicken sich selbst Blumen oder kaufen sich neue Klamotten und sehen dann plötzlich umwerfend aus. Meist klappt das dann auch und am Ende sind alle wieder glücklich. Nur im wahren Leben geht so was schnell mal schief.

„Machst du etwa Schluss mit mir?“, entfährt es Kevin und mit versteinertem Gesicht sieht er mich an. Das mit Jakob hat ihn echt verletzt.

„Ich mache nicht Schluss. Aber ich stelle dich vor die Wahl. Ich oder Loretta.“

Zwei Drittklässler, die eben an uns vorbeilaufen, glotzen uns neugierig an. Als Kevin ihnen einen wütenden Blick zuwirft, gehen sie eilig weiter.

„Willst du damit sagen, ich soll den Kontakt zu Loretta beenden?“, fragt Kevin leise und starrt mich ungläubig an. Auf einmal weiß ich gar nicht mehr, was ich noch sagen soll. Meine Drohung ist eigentlich ziemlich albern.

„Klar!“, sage ich trotzdem mit fester Stimme. „Ich will, dass du dich nie wieder mit Loretta außerhalb der Schule triffst.“

„Du bist ja plemplem!“, rutscht es Kevin wütend heraus. Aber im nächsten Moment tut es ihm schon wieder leid. Erschrocken fasst er nach meinem Fahrradlenker. „Zwischen mir und Loretta ist nichts!“, beteuert er. „Aber ich kann den Kontakt mit ihr nicht abbrechen. Das geht ehrlich nicht!“

„Grüße an deinen Goldfisch!“, platzt es aus mir heraus. Dann wende ich mich endgültig von ihm ab und radle ohne ein Abschiedswort davon.

„Iss am besten gleich alle!“, sagt Hendrik mitleidig und schiebt mir die neue Pralinenschachtel herüber. Wir hocken auf der Treppe seiner

Veranda, Daisy steht im Garten und frisst Hendriks Rasen auf. Erst dachte ich, bei einem Ausritt würde mein Liebeskummer vergehen. Aber dann hat es mich richtig gebeutelt, als ich mit Daisy oben am Wasserturm war. Schließlich wollte ich dort in den Sommerferien ein Picknick mit Kevin machen. Ich habe mir alles schon richtig schön ausgemalt. Wie wir gemeinsam auf Daisy zu dem romantischen Plätzchen reiten. Wie ich unsere gepunktete Picknickdecke auf den Boden lege und lauter leckere Essenssachen darauf ausbreite. Wie ich Kevin einen Teller und das dazu passende Besteck hinüberschiebe. Mama hat für das Paket „Landhochzeit“ ein total niedliches Picknickgedeck – mit tausend winzigen Herzen.

Als ich an das geplatzte Picknick dachte, musste ich plötzlich furchtbar weinen. Und dann war es mir peinlich, so mit Daisy zum Stall zurückzureiten. Also habe ich bei Hendrik Halt gemacht.

„Noch mal von vorne!“, sagt Hendrik und klaut sich die drei Schnapspralinen aus der Schachtel. „Wer ist diese Lorbeeretta? Was soll das überhaupt für ein Name sein?“

Jetzt muss ich zumindest schwach lächeln. Mit Frauen kennt Hendrik sich einfach nicht aus. „Sie heißt Loretta!“, verbessere ich. „Und sie sieht einfach wunderschön aus. Groß und ein bisschen braun gebrannt. Mit ganz riesigen dunklen Augen.“

„Fast wie der neue Paketlieferant!“, fällt mir Hendrik ins Wort und ein verträumter Ausdruck schleicht sich in seine Augen.

„Ja. Stell dir den einfach als vierzehnjähriges Mädchen vor!“ Was für ein blöder Vergleich.

Aber Hendrik kapiert es. Er seufzt. „Wow. Mega-Konkurrenz. Wie soll man als Normalsterblicher mit solchen Göttern konkurrieren?“

Das frage ich mich auch. „Loretta sieht ehrlich wie ein Model aus. Sie hat lauter Einsen im Zeugnis, singt in unserer Schulband und schreibt Gedichte, die in der Schülerzeitung abgedruckt werden. Sie spricht fließend Spanisch, weil sie Großeltern in Barcelona hat. Und dann ist sie auch noch unglaublich witzig. Außerdem hat sie einen berühmten Papa. Der moderiert die Abendnachrichten und ist ständig in Zeitschriften abgebildet. Der verdient jede Menge Geld, und deshalb hat Loretta jetzt sogar ein E-Bike. Gegen Loretta bin ich eine unbedeutende Küchenschabe.“

„Gibt es auch irgendwas, was nicht so toll an Lorettas Leben ist?“, fragt Hendrik. Er sieht inzwischen auch etwas ratlos aus. „Irgendeinen Haken?“

„Nein!“, sage ich verzweifelt. „Loretta ist einfach ein absoluter Glückspilz.“ Dann fällt mir ein, dass das doch nicht ganz stimmt. „Okay. Lorettas Mama lebt nicht mehr. Sie ist vor ein paar Jahren bei einem Unfall gestorben.“

„Auch das noch!", Hendrik seufzt. „So eine verstorbene Mutter erinnert verdammt an Schneewittchen."

„Schneewittchen war blass!", sage ich. „Aber der Rest könnte passen. Die schönste und tollste Frau im ganzen Land. Und alle Typen stehen auf sie. In meiner Schule gab es sogar mal einen Loretta-Fanclub."

„Frag deine Mama, ob sie irgendwo einen vergifteten Apfel hat!", rät mir Hendrik. Den Witz finde ich überhaupt nicht lustig. Im Moment würde ich Loretta nämlich am liebsten wirklich umbringen. Und Kevin gleich noch dazu.

„He, Daisy frisst meine Margeriten auf!", entfährt es Hendrik. Verlegen springe ich hoch. „Ich muss sie sowieso langsam zum Stall rüberbringen. Und gefressen hat sie heute auch noch nichts. Wird Zeit für ausreichend Kraftfutter."

„Mein Garten war nur die Vorspeise?", fragt Hendrik verwirrt. Wir stehen uns gegenüber und er streicht mir tröstend über den Kopf. „Diese Loretta ist vielleicht ein echtes Schneewittchen. Aber du bist eine richtige Tami. Ganz einzigartig und unvergleichlich! Kevin wäre doch dumm, wenn er dich gehen lassen würde! Du bist ein toller Gesprächspartner, du hast ein riesiges Talent im Umgang mit Pferden. Und du kannst ein echt guter Kumpel sein! Gut, dein Papa ist nicht berühmt. Aber deine Mutter dafür berühmt-berüchtigt."

Vor Rührung muss ich schon wieder heulen.

„Okay. Du heulst zu viel. Aber daran kann man arbeiten!“, Hendrik grinst.

„Danke, Hendrik!“ Komisch, dass diesmal er mich tröstet. Normalerweise war das immer umgekehrt.

Ich ziehe meine Daisy von Hendriks Rasen weg und gemeinsam trotten wir zurück zum Bauernhof am Ende der Straße.

Indien

In Indien sitzen Braut und Bräutigam mit Blumengirlanden geschmückt vor einem Feuer und bringen den Göttern Opfergaben dar.

„Sag mal, Tami, ist was mit dir?“ Meine Mutter sieht mich nachdenklich an und legt für einen Moment den Taschenrechner zur Seite.

Seit über vierundzwanzig Stunden habe ich nun schon Liebeskummer. Und jetzt erst bemerkt sie es! Echt schlimm – meine Mutter beschäftigt sich die ganze Zeit mit dem Thema Liebe, aber wenn jemand in ihrem Umfeld an gebrochenem Herzen stirbt, vernimmt sie nicht das leiseste Röcheln.

„Nein, alles in Ordnung!“, behaupte ich also und drehe die Musik leiser. Kuschelrock kann ich heute wirklich nicht ertragen. Im Hintergrund plärrt Celine Dion und meine Gedanken wandern wieder zu Kevin. Seit unserem hässlichen Streit auf dem Schulhof gestern gehen er und ich uns aus dem Weg. Heute Morgen hat er mich ganz traurig angeschaut, aber trotzdem stand er die komplette Pause über bei Loretta. Nachmittags hat er mir eine SMS geschickt. Dass er mich noch immer liebt und mit mir sprechen will. Aber was gibt es da schon zu reden? Die nächste SMS habe ich ungelesen gelöscht.

„Dann ist's ja gut!", sagt meine Mutter erleichtert und nimmt wieder ihren Taschenrechner zur Hand. Sie sitzt an ihrem großen Arbeitstisch, während Papa in der Küche steht und für uns kocht. Vor Mama türmen sich Kataloge.

„Tami ..." Ich hoffe, sie kaut nicht noch weiter auf meiner schlechten Laune herum. Aber offenbar ist ihr noch was anderes eingefallen. „Jemand aus deiner Schule heiratet. Also natürlich nicht ein Schüler. Aber die Mutter eines Schülers. Sagt dir der Name Kevin Gerlach was? Er hat seiner Mutter meine Hochzeitsagentur empfohlen. Er scheint mit dir in die Klasse zu gehen. Du hast gar nicht erwähnt, dass ihr einen neuen Mitschüler habt. Na ja, du erzählst mir ja nie was. Dein Leben ist ein einziges großes Geheimnis!"

Fassungslos starre ich meine Mutter an. Für einen Moment weicht mir die Farbe aus dem Gesicht. Ich kann regelrecht spüren, wie die Blutzufuhr stockt. Bestimmt sehe ich aus, als hätte ich Unterzucker.

Aber Mama bemerkt nichts davon, sondern schlägt in aller Seelenruhe einen der Kataloge auf. Ihr Zeigefinger bleibt auf dem Brautkleid „Bollywood“ liegen. Ein indischer Glitzer-Traum in Form eines Saris. Mama hat das Paket „Indische Nächte“ schon zweimal verkauft. Indien ist auch in Bayern im Moment stark in Mode.

„Sag diesem Kevin jedenfalls vielen Dank für die Empfehlung!“, murmelt Mama und notiert sich den Preis des Kleides auf ihrer Liste. „Seine Mama hat ein richtig großes Paket bestellt. Wir sind uns nur noch nicht ganz einig wegen des Themas.“

Will meine Mutter mich veralbern? Kevin hat kein Wort davon erzählt, dass seine Mutter heiraten wird. Und dass er die Agentur meiner Mutter empfohlen hat, kommt auch reichlich überraschend. Das war doch ganz sicher vor unserem Streit.

„Und wann?“ Meine Stimme klingt belegt. Jetzt fühle ich mich von Kevin noch mehr verkauft. Erst trifft er sich heimlich mit Loretta, dann erfahre ich über meine Mutter, dass Kevins Mama heiraten wird. Was alles hat mir der Typ denn noch verschwiegen?

Gut, wir sind erst seit einer Woche ein Paar. Trotzdem hätte er es mir sagen können.

„Die Hochzeit findet schon im August statt!“, sagt meine Mutter und schlägt eine andere Katalogseite auf. „Ziemlich überstürzt die ganze Geschichte.“

„Und wen heiratet sie?“ Dass ich meine Mutter über Kevin ausquetschen muss, ist mehr als lachhaft.

Meine Mutter lächelt. Sie klebt sorgfältig einen gelben Notizzettel auf die Seite. Kleid „Titanic“. Statt Schleier schleift die Braut eine Art Fischschwanz hinter sich her. Und das Ganze nennt sich dann auch noch Designermode.

„Ach, ganz romantisch!“, erzählt meine Mutter endlich, was sie weiß. „Die Mama deines Schulkollegen Kevin heiratet ihre Jugendliebe. Die beiden waren mit vierzehn schon mal ein Paar. Bei einem Klassentreffen kürzlich haben sie sich wiedergesehen und da waren augenblicklich die alten Gefühle wieder da. Sie haben sofort entschieden, so bald wie möglich zu heiraten. Und ich darf die Last-Minute-Hochzeit organisieren. Wie findest du denn dieses Kleid? Modell „Blumenfee“. Das ist gerade im Angebot. Hm. Der Schleier sieht ja irgendwie aus wie Unkraut.“

Okay, die Erklärung lasse ich gelten. Wenn Kevins Mama ihren alten Freund erst vorletztes Wochenende wiedergesehen hat und das mit der Hochzeit ganz brandaktuell ist, konnte Kevin es mir wahrscheinlich gar nicht viel eher sagen. Trotzdem … dass er mich so überhaupt nicht eingeweiht hat, finde ich ehrlich komisch.

Außerdem reagiere ich inzwischen allergisch auf das Thema Jugendliebe. Auf einmal tauchen lauter alte Jugendlieben auf … und bringen doch nichts als jede Menge Ärger.

„He, Tami. Heulst du etwa?“ Erschrocken blickt Mama von ihrem Heft zu mir auf.

Hilflos starre ich auf das Foto hinunter. Das Modell „Blumenfee“ ist wirklich nett. Aber der fransige Schleier ist eine Bestrafung fürs Auge.

„Na ja …“, jetzt brauche ich schleunigst eine Ausrede. Mir brennen schon wieder Tränen in den Augen. Ich kann einfach nicht an Kevin denken, ohne das große Heulen zu bekommen.

„Das Lied, das da eben läuft! Da heule ich einfach immer“, behaupte ich. Im Hintergrund schnulzt Rod Stewart sich die Seele aus dem Leib. Den Typ konnte ich noch nie leiden, aber die Ausrede klingt gut.

„Ehrlich?“ Mama sieht glücklich aus. „In deinem Alter war ich auch in Rod Stewart verknallt. Wusste gar nicht, dass ihr jungen Mädchen mit ihm noch was anfangen könnt! Aber Tami … Gewöhn dir endlich das ewige Rumgeheule ab. Mit vierzehn bist du zu alt dafür, irgendwann wirkt so was einfach komisch.“

„Vielleicht hat er ganz einfach vergessen, es zu erwähnen?“, tippt Jakob ins Blaue. Nach dem Abendessen bin ich direkt noch mal zu ihm rübergerannt. Jetzt hocken wir bei Daisy und Feuerblitz im Stall und führen ein Krisengespräch.

Bisher haben Jakob und ich nur zweimal Krisengespräche geführt. Einmal, als ich beinahe durchgefallen wäre. Und einmal, als Jakobs Eltern sich so gestritten haben, dass sein Papa für zwei Tage ins Hotel gezogen ist.

Heute geht es wieder um mich. Ich habe Jakob die ganze Geschichte endlich ausführlich erzählt: Dass Kevin mir am Wochenende abgesagt hat, um sich dafür heimlich mit Loretta zu treffen. Dass er trotz meiner Bitte weiterhin Kontakt mit ihr hat – und dass ich eben erfahren habe, dass seine Mama heiratet.

„Wer vergisst denn bitte schön, dass die eigene Mutter heiraten will?", frage ich meinen besten Kumpel. Ist ja toll, dass Jakob Verständnis für Kevin zeigt. Aber wenn er ehrlich ist, ist Kevins Verhalten mir gegenüber einfach erbärmlich.

Jakob nickt. „Stimmt auch wieder. Vielleicht hat Kevin ja Schweigepflicht. Kann doch sein, dass seine Mutter nicht wollte, dass jeder von ihrer Blitzhochzeit erfährt."

Daisy blickt mitleidig zu mir herüber. Nächtliche Ruhestörungen ist sie gar nicht gewohnt. Aber natürlich kapiert sie, was Sache ist. Seit ich mit Jakob auf dem Strohballen im Stall sitze und wir die Tüte mit Chips hin- und herwandern lassen, lässt sie mich nicht mehr aus dem Blick. Daisys Augen ruhen besorgt auf mir. So, als wollte sie mich aus ihrer Box heraus trösten.

„Wieso sollte sie denn so heimlich heiraten wollen?“, frage ich.

Jakob zieht die Schultern hoch. Darauf hat er offenbar auch keine Antwort.

„Und du bist sicher, dass Kevin sich in Loretta aus deiner Klasse verliebt hat?“, kommt er noch mal auf das eigentliche Thema zurück. Mit der heimlichen Hochzeit hätte ich noch leben können. Aber die Heimlichkeiten mit Loretta sind einfach zu viel.

„Ja …“, seufze ich. „Die beiden wirken richtig vertraut miteinander.“

„Aber wir zwei sind doch auch vertraut miteinander!“, wirft Jakob ein. „Und trotzdem muss dein Kevin sich gar keine Sorgen machen. Wir zwei sind gute Kumpel, weiter nichts. Vielleicht ist es bei Kevin und Loretta ja ganz ähnlich!“

Verlegen weiche ich Jakobs Blick aus. Eigentlich hat er recht. Aber nur eigentlich. Er und ich, wir kennen uns schließlich unser ganzes Leben lang. Und Kevin und Loretta sind sich erst vor Kurzem begegnet.

Trotzdem tut es mir auf einmal leid, dass ich Kevin eifersüchtig gemacht habe. Davon habe ich Jakob nämlich nichts erzählt.

„He, willst du mal ein Bild von Sybille sehen? Schau mal, wir beide im Schullandheim.“ Jakob kramt in seiner Hosentasche nach einem völlig zerknitterten Foto. Jakobs Eltern sind gegen

Handywellen, deshalb hat er kein Mobiltelefon. Allerdings ist so ein Foto in der Hosentasche auch ganz schön romantisch.

Ich nehme ihm das Bild ab und sehe das Mädchen an. Diese Sybille habe ich mir ganz anders vorgestellt. Sie hat kurzes blondes Haar und sieht aus wie ein Lausbub. Sie hat tausend Sommersprossen im Gesicht und Ohrringe in Form von riesigen Kirschen.

„Ach, Tami!" Jakob seufzt und legt den Arm um meine Schulter. „Wir beide haben gerade eine Pechsträhne, was? Sybille hat sich auch immer noch nicht gemeldet. Dabei kann ich an nichts anderes als an sie denken. Ist sie nicht schrecklich süß?"

Süß finde ich einigermaßen übertrieben. Sie sieht nett aus. Aber zu Jakob habe ich mir immer ein ganz anderes Mädchen vorgestellt. Für einen Moment frage ich mich, wie er Kevin in Wahrheit findet.

„Kevin ist auch süß ...", murmele ich also und sehe ihn fragend an. Jakob hält den Kopf schief. „Na ja!", sagt er. „Er sieht ganz okay aus. Aber so Typen wie ihn gibt es doch an jeder Ecke. Glaub mir, du hast was Besseres verdient."

Jakob nimmt mir das Foto ab und steckt es in seine Hosentasche zurück.

„Weißt du was, Tami? Wir schicken die beiden einfach zum Mond und hören auf, ständig an sie zu denken! Tschüss Kevin! Tschüss Sybille! Gute Reise ins Weltall – und auf Nimmerwiedersehen!"

Ich würde ja gerne aufhören, an Kevin zu denken. Aber dafür liebe ich ihn viel zu sehr. Ich kann mir gar nicht vorstellen, dass ich mich jemals wieder so verlieben werde.

„Wollen wir morgen mal wieder einen längeren Ausritt machen?", fragt Jakob. Er steht auf und reicht mir die Hand. „Daisy und Feuerblitz sollten jetzt endlich schlafen! Morgen kommt der Hufschmied und sie müssen früh raus."

Ich gehe noch mal zu meiner wunderschönen Daisy und presse meine Stirn an ihren Kopf. Gut fühlt sich das an – eine Art Energieübertragung. Das mache ich manchmal, wenn es mir richtig lausig geht. Ich habe das mal in einem Fernsehbeitrag gesehen. Die Kraft des Pferdes überträgt sich so direkt auf den Menschen. Und wenn das Pferd schlapp oder traurig ist, kann der Mensch seine eigenen Energien an das Pferd weitergeben. Daisys Energie und Nervenstärke könnte ich zurzeit echt gut gebrauchen.

„Kopf hoch, Tami!", Jakob steht hinter mir und klopft mir freundschaftlich auf die Schulter. „Willst du noch die restlichen Chips?" Er streckt mir die Tüte mit den Paprikachips entgegen.

Auf dem Heimweg esse ich die Tüte leer. Es herrscht Vollmond und die ganze Landschaft funkelt silbern. Kevin zum Mond zu schießen, was für eine blöde Idee.

Ich hebe den Blick und schaue hoch in den Himmel. Jakob hat recht, noch ist nicht alles verloren. Morgen in der Schule gebe ich Kevin noch mal eine Chance. Und vielleicht bin ich abends schon wieder glücklich!

USA

In den USA wirft die Braut ihr Strumpfband in die Menge. Wer es fängt, wird als Nächstes heiraten.

Manchmal wünsche ich mir eine normale Mutter. Keine, die dir vor dem Weg in die Schule noch einen Zettel in die Hand drückt, auf dem das Wort „Strumpfband“ steht. Das Strumpfband soll ich nach dem Unterricht in Rosalkes Wäscheboutique holen. Mama hat es für eine Kundin bestellt. Die Kundin heiratet nächstes Jahr einen Amerikaner und für die sind Strumpfbänder offenbar Pflicht. Mindestens so wichtig wie für uns Deutsche die Torte.

Wie sieht so ein Strumpfband überhaupt aus? Ehrlich gesagt: keine Ahnung! Außerdem finde ich es seltsam, dass die ein Jahr vorher schon mit der Vorbereitung beginnt. Aber Mama sagt, das ist typisch für Amerikaner.

In der Schule herrscht schon ausgelassene Ferienstimmung. Noch zwei Tage, dann werden die

Zeugnisse ausgeteilt. Und anschließend: ab in den Urlaub!

Herrn Wiedenkamp ist das aber völlig egal. Die nahenden Ferien prallen an seiner versteinerten Miene ab und er zieht seinen straffen Unterricht durch bis zur letzten Minute. „Tamara!“, ruft er mich kurz vor dem Stundenende auf. „Übersetz bitte den ersten Satz des ersten Kapitels.“

Ich weiß überhaupt nicht, von welchem Kapitel Herr Wiedenkamp spricht. Den ganzen Tag bin ich heute gedanklich woanders. Genauer gesagt: drei Reihen weiter vorne, wo Kevin sitzt. Maik ist krank, und so hockt Kevin ausnahmsweise direkt neben Loretta.

Gerade, als Herr Wiedenkamp mich weiter in die Mangel nimmt, flüstern Kevin und Loretta vertraulich miteinander.

„Worüber haben wir denn die letzten zehn Minuten diskutiert?“, schnauzt Herr Wiedenkamp mich an. „Du hast noch nicht einmal dein Buch aufgeschlagen. Wir sind auf Seite achtundsiebzig! Die Erzählung über den Raben!“

Tränen steigen mir in die Augen – jeden Moment fange ich zu heulen an. Im Unterricht zu weinen ist megapeinlich. „In zwei Tagen sind Ferien!“, platzt es trotzig aus mir heraus. „Ich habe überhaupt keine Lust mehr, irgendeinen Unsinn zu übersetzen.“

Meine Klassenkollegen starren mich erschrocken an. Selbst Kevin und Loretta drehen sich um und beenden ihr dämliches Gequatsche. Dass ich so frech reagiere, ist hier niemand gewohnt. Normalerweise bin ich während der Schulstunden eher unauffällig.

Herr Wiedenkamp wirkt vor den Kopf gestoßen. Etwas verwirrt geht er zu seinem Pult zurück. „Du bleibst nach dem Unterricht da, Tamara!“, entscheidet er mit schneidender Stimme. Dann ruft er Loretta auf und die übersetzt den bescheuerten Satz in drei Komma null Sekunden.

„Wie immer perfekt!“, lobt Herr Wiedenkamp und notiert etwas in seinen Unterlagen.

Mitleidig streift mich Kevins Blick. Aber ich weiche ihm gleichgültig aus und starre stattdessen auf meine Hände.

Okay, ich gebe zu, dass ich manchmal Vorurteile habe. Und in Herrn Wiedenkamp habe ich mich wohl geirrt, und zwar gewaltig. Das jedenfalls merke ich nach der letzten Stunde. Ich habe bereits meinen Block und den Füller bereitgelegt. Denn ich bin sicher, er wird mir Zusatzaufgaben geben. Aber mein Lehrer hat anderes mit mir im Sinn. Herr Wiedenkamp schiebt seinen Stuhl an meinen Tisch und will sich ernsthaft mit mir unterhalten.

„Du bist in letzter Zeit ständig in Gedanken abwesend, Tamara!“, stellt er fest. „Ich mache mir

Sorgen um dich. Gibt es bei dir zu Hause irgendwelche Probleme?"

Verblüfft starre ich mein Gegenüber an. Gespräche mit Herrn Wiedenkamp sind nicht gerade an der Tagesordnung. Und dass der sich ernsthaft um jemanden sorgt ... Ich dachte immer, der interessiert sich ausschließlich für sein doofes Englisch.

„Also ...", ich fange tatsächlich an zu stottern. „Nein. Keine Probleme. Meiner Familie geht es wirklich prima. Meine Mama arbeitet ein bisschen viel. Und mein Papa muss öfter mal zum Arzt wegen seinem Rücken. Aber ansonsten ... Ansonsten ist alles super!"

Das ist nicht gelogen, aber mir ist natürlich klar, dass Herr Wiedenkamp was anderes meint. Im Gegensatz zu meiner Mutter ist ihm nämlich aufgefallen, dass wirklich etwas mit mir nicht stimmt. Und offenbar möchte er die Sache ergründen.

„Deine Mama betreibt eine gut gehende Hochzeitsagentur, oder?", fragt Herr Wiedenkamp.

Ich nicke. „Meine Mama kümmert sich um das komplette Fest. Nur Ja sagen müssen die Brautpaare selbst!"

Tatsächlich verziehen sich Herrn Wiedenkamps wulstige Lippen zum Anflug eines Lächelns. „Das klingt ehrlich witzig! Ziemlich guter Spruch, den sich deine Mama da ausgedacht hat."

Ich werde ein Dankesschreiben an Mamas Werbeagentur schicken. Bislang hat noch kein Mensch Herrn Wiedenkamp zum Lächeln gebracht! Die Tricks der Werbeindustrie machen es möglich.

„Wahrscheinlich musst du deine Mutter häufig in ihrer Agentur unterstützen?", bohrt Herr Wiedenkamp weiter nach. „Das ist für ein Mädchen in deinem Alter bestimmt ganz schön stressig."

Ich nicke halb. Er hat ja recht. Trotzdem ist das nicht der Grund für meine miese Laune. Aber ich kann meinem Lehrer ja nicht verraten, dass ich unglücklich verliebt in Kevin, den neuen Mitschüler, bin. Kevin ist ohne ein Wort des Abschieds nach der letzten Stunde nach Hause gegangen.

„Ich werde mal mit deiner Mama reden, damit sie dir ab dem nächsten Schuljahr mehr Freizeit lässt!", entscheidet Herr Wiedenkamp schließlich. „In Englisch wärst du nämlich richtig gut, wenn deine ewige Verträumtheit nicht wäre!"

Verlegen nicke ich. Dass ich gut in Englisch sein soll, ist mir neu. Aber Herr Wiedenkamp wird es wohl wissen.

„Und jetzt ab nach Hause mit dir. Das Wetter ist viel zu schön, um den Tag hier bei mir im Klassenzimmer zu verbringen!"

Im Fahrradkeller lauert schon der nächste Schreck: Mein altes Oparad hat einen Platten. Ich lasse den schrottreifen Drahtesel einfach stehen und mache mich zu Fuß auf den Weg zu Rosalkes

Wäscheboutique. Mamas Auftrag habe ich nicht vergessen, und wenn ich mich beeile, erwische ich den Bus um halb zwei.

Frau Rosalke freut sich riesig, mich mal wieder in ihrem kleinen Laden zu sehen. Sie reitet in ihrer Freizeit auch und wir beide fachsimpeln gerne miteinander.

Ich hole in der Boutique öfter mal was für Mamas Kundinnen ab. Nicht nur Unterwäsche gibt es hier. Sondern auch Unterröcke, Federboas oder teure Feinstrumpfhosen.

Frau Rosalke ist nett, hat aber einen Schleifentick. Sie trägt ständig Klamotten mit irgendwelchen rosa Schleifen. Außerdem steckt eine rosa Schleife in ihrem Haar. Wahrscheinlich ist das irgendeine angeborene Störung.

Frau Rosalke verschwindet im Lager, um nach dem bestellten Strumpfband zu suchen. Gedankenverloren drehe ich mich um.

Genau gegenüber ist die Eisdiele Amor. Letzten Sommer war ich mit Jakob gelegentlich da. Der Liebesbecher dort ist echt gigantisch: ein Traum aus Vanille, Erdbeere, Haselnuss und heißen Kirschen. Garniert mit einem großen Zuckerherz – den schafft man nur zu zweit, und auch dann nur mit Mühe. Verliebt sein muss man dafür nicht – aber hungrig nach Eis.

Mein Gesicht friert ein. Für einen Moment glaube ich, am helllichten Tag zu träumen. Aber nein, es ist Wirklichkeit: Dort drüben sitzen Kevin und Loretta gemeinsam im Freien.

Da kommt Frau Rosalke aus dem Lager zurück. „Hübsches Strumpfband, das deine Mutter da ausgewählt hat. Chiffon mit Strass. Würde mir auch gefallen!"

Schweigend starre ich den Stofffetzen an. Vierzig Euro für ein bisschen Chiffon. Erwachsene geben ihr Geld meistens für Schwachsinn aus. Und dann meckern sie über die sinnlosen Taschengeldeinkäufe ihrer Kinder.

Ich sage nichts zu dem dämlichen Strumpfband, sondern drehe mich noch mal zum Schaufenster um. Durch die Deko hindurch hat man eine perfekte Sicht zu den Tischen dort drüben. Gerade bringt der Kellner den Eisbecher an den Tisch. Ein Zuckerherz steckt wie ein Pfahl genau in der Mitte.

Ein Pfahl bohrt sich in Zeitlupe auch in mein Herz. Für einen Moment tut es richtig weh und ich vergesse zu atmen.

Loretta reicht dem Kellner einen Fotoapparat. Sie und Kevin umarmen sich eng und der Kellner schießt sechstausend Bilder.

Kevin, Loretta und ein Liebeseisbecher. Wenn das ein Film sein soll, kann es nur Horror sein.

„Tja. Verliebt, verlobt, verheiratet!", seufzt Frau Rosalke verträumt. Sie ist selbst geschieden und seit Jahren allein.

Dann wendet sie sich von dem Anblick ab und packt das Strumpfband in einen kleinen weißen Karton. Drum herum wickelt sie eine rosa Schleife. „Bei dem Preis sollte auch die Verpackung stimmen!“, flüstert sie mir zu. „Und wenn es wie ein Geschenk aussieht, freut sich die Kundin immer doppelt.“

Ich zahle mit dem Geld, das Mama mir mitgegeben hat. Bescheuertes Strumpfband. Ich wünschte, ich wäre bei Daisy im Stall.

Immer, wenn es mir ganz schlecht geht, stelle ich mir vor, bei ihr zu sein. Der vertraute Geruch, die angenehme Stille. Für mich ist Daisys Stall ein echter Rückzugsort. Hier sind alle Probleme fern. Es gibt nur mich, das Pferd und die immer gleiche beruhigende Arbeit.

Aber im nächsten Moment bin ich gedanklich wieder hier, am Verkaufstisch in Rosalkes Wäscheladen. Meinen Exfreund mit seiner Neuen direkt im Blick.

Das Schlimmste ist, dass ich jetzt nicht mal aus dem Laden gehen kann. Loretta und Kevin sehen mich dann doch sofort und darauf kann ich gerne verzichten!

In meiner Verzweiflung lüge ich Frau Rosalke an. „Tut mir leid, aber kann ich bei Ihnen hier warten? Mein Fahrrad ist kaputt und den Bus habe ich verpasst. Irgendjemand von zu Hause muss mich wohl holen kommen.“

Frau Rosalke nickt freundlich. Dann zückt sie ihr Portemonnaie. „Schau mal, das Bild habe ich von meinem Diamond gemacht. Wie geht es deiner Daisy überhaupt? Muss sie mal wieder eine Kutsche ziehen?"

Ich schüttele den Kopf. Das Paket „Kerzenschein" hat schon Ewigkeiten niemand mehr gebucht. Die Fahrt mit der Kutsche ist nicht gerade billig. Mir ist es recht, wenn Daisy arbeitslos bleibt. So eine Kutsche zu ziehen macht nicht immer Spaß, denn die vielen Leute, der Trubel und die hysterischen Bräute sind manchmal nur nervig. Nicht, dass Daisy sich jemals darüber beschwert hätte. Aber auch einem Pferd sieht man Unlust an.

Ich starre auf das Foto von Diamond. Seine schwarze Mähne ist zu Tausenden kleinen Zöpfchen geflochten. Winzige rosa Schleifen stecken darin. Für manche Leute sind Pferde keine Tiere, sondern Puppen. Niemals würde ich meine Daisy so ausstaffieren. Aber ich habe auch keinen Schleifenwahn, und ich weiß ja, dass Frau Rosalke ihren geliebten Diamond ansonsten mit großem Respekt behandelt.

Eine neue Kundin kommt hereingeschneit und Frau Rosalke verschwindet mit ihr hinten bei den Miedern.

Mama ist heute bei einem Kundengespräch. Papa ist bis sieben in der Arbeit. Fällt mir nur noch Hendrik ein. Er hat sich ein paar Tage frei genommen, vielleicht ist er ja zu Hause und holt mich ab.

„Hendrik?“, schon wieder fange ich beinahe zu heulen an. „Kannst du mich mit dem Auto holen kommen? Ich sitze in Rosalkes Wäscheboutique. Und auf der anderen Straßenseite hockt Kevin mit Loretta. Wegen dem bescheuerten Strumpfband bin ich jetzt hier – sonst wäre ich längst auf dem Weg nach Hause.“

Hendrik schweigt. „Tami, du hast dir ein Strumpfband gekauft? Du hättest Bescheid sagen können! So ein Strumpfband nähe ich dir in zehn Minuten.“

Eine Träne rinnt mir die Wange hinab. Für seine Witze fehlt mir im Moment der Humor. Hendrik hat nicht mal eine Nähmaschine. Er bestellt wirklich alles im Internet.

„Ich sitze ehrlich hier fest!“, weihe ich ihn ein. „Du musst dein Auto direkt vor der Eingangstür parken. Dann springe ich raus und wir fahren augenblicklich weg.“

„Klingt ja, als hättest du die Wäscheboutique überfallen!“, vermutet Hendrik lachend. „Wenn du mit zwei Säcken voller Unterhosen und Strumpfbändern in meinen Wagen springst, mache ich mir ehrlich Sorgen!“

„Das ist überhaupt nicht witzig!“, fauche ich Hendrik an. „Stell dir mal vor, dein Jan würde mit seinem Neuen in einer Eisdiele hocken. Und du müsstest die beiden beobachten, wie fändest du das?"

Hendrik schweigt. „Okay, tut mir leid, Tami. Manchmal bin ich ehrlich ein Gefühlstrampel!"

Frau Rosalke kommt von den Umkleidekabinen zurück. Sie nimmt das Foto ihres Diamond vom Tresen und wedelt damit in der Luft herum. „Niedlich, oder?", ihre geschminkten Lippen formen sich zu einem Kussmund. Jetzt drückt sie tatsächlich einen Schmatzer auf das Bild.

„Halte dich bereit!", raunt Hendrik mir am Telefon verschwörerisch zu. „Das Fluchtauto ist schon im Anflug!"

Türkei

In der Türkei treffen sich die Braut und ihre Freundinnen vor der Hochzeit zur Hennanacht. Die Hände der Braut werden rot eingefärbt. Die Farbe Rot steht für große Liebe und viele Kinder.

Okay, ein bisschen kindisch ist es vielleicht, eine Krankheit vorzutäuschen. Aber nach meinem Erlebnis in der Stadt reicht es mir endgültig. Ich habe keine Lust mehr, Kevin und Loretta bei ihren lächerlichen Turteleien zu beobachten. Also habe ich vorgestern behauptet, dass ich Magenschmerzen habe. Gestern war ich dann nur ganz kurz in der Schule, um mein Zeugnis abzuholen. Kevin bin ich aus dem Weg gegangen. Hendrik hat mich noch mal mit dem Auto abgeholt und auch das kaputte Rad mitgenommen. Es steht jetzt draußen im Garten und wartet darauf, dass jemand es repariert.

Ein kaputtes Fahrrad, ein kaputtes Herz. Der traurigste Ferienstart aller Zeiten!

Unten dudelt bereits die Kuschelrock-CD und meine Mutter steht an ihrem Arbeitstisch und begutachtet mit kritischem Blick Miniaturbrautpaare aus Plastik.

„Findest du, die sehen glücklich aus?", fragt sie, als ich in meinem Schlafshirt an ihr vorbeischlurfe.

Ich bleibe stehen.

„Die sehen plastikmäßig aus."

„Ja, aber auch Plastik kann glücklich oder unglücklich aussehen!", behauptet Mama. „Das Paar hier finde ich irgendwie süß!"

Sie drückt mir eines der Plastikpaare in die Hand. Die Paare kommen auf Hochzeitstorten. Mama hat eine ganze Schachtel mit unterschiedlichsten Figuren bestellt. Und ich soll ihr helfen, die beste Auswahl zu treffen.

„He, das sind ja zwei Männer!", fällt mir auf. Ich angle in der Kiste nach den zwei händchenhaltenden Männern in weißen Anzügen.

„Klar!", Mama zieht die Schultern hoch. „Inzwischen heiraten ja auch jede Menge Männer untereinander. Und Frauen heiraten Frauen. Aber ich glaube nicht, dass ich mal so eine Hochzeit ausrichten darf. Dabei hätte ich so viele wunderbare Ideen! Luftballons in Regenbogenfarben, ein unvergessliches Feuerwerk. Ein Fest, das so bunt und krachig ist wie die Liebe!"

Keine Ahnung, ob der Satz mit dem krachigen

Fest auch von der Werbeagentur stammt. Wenn nicht, sollte sie ihn unbedingt auf ihre Homepage setzen.

Es klingelt und ich gehe zur Tür hinüber. Der neue Lieferant steht draußen. Wieder habe ich mein Nachthemd an. Wieder stehen meine Haare in alle Richtungen ab. Aber heute ist mir alles egal. Sogar gebräunte Italiener.

„Hat deine Mutter hundert Meter roten Tüllstoff bestellt?“, fragt er und schiebt ein unförmiges Paket über die Schwelle. Der Tüll ist für die Königshochzeit der Doppelwhopper reserviert. Zufällig habe ich das mitbekommen.

„Ja. Der ist für meine Mama!“ Ich unterschreibe den Lieferschein. „Soll ich auch was für unseren Nachbarn in Empfang nehmen?“

Der Lieferant schüttelt lächelnd den Kopf. „Nein. Seine Pralinen bringe ich ihm gleich selber rüber. Heute ist Samstag, da ist Hendrik auf jeden Fall daheim.“

Der Italiener hat sich ganz schön schnell eingearbeitet in unserer Straße. Jetzt weiß er also schon, dass Hendrik regelmäßig Pralinen bestellt. Offenbar haben die zwei miteinander geredet.

„Und, was macht dein Pferd?“, fragt der Italiener nett. Der Typ ist ehrlich ganz schön geschwätzig.

„Heute gibt es einen richtigen Ausflug!“, weihe ich ihn ein. „Mit meinem besten Freund Jakob reite ich bis zur Minigolfanlage.“ Die Minigolfanlage ist ungefähr sechs Kilometer entfernt hinter dem Wald. Familien machen ganz oft Tagesausflüge dorthin, denn es gibt einen romantischen Biergarten und für nur drei Euro darf man zwei Stunden spielen.

„Aha. Dein *bester Freund*!“, sagt der Italiener zweideutig und zwinkert mir zu. Offenbar ist Jakob inzwischen so was wie ein Dauerwitz geworden.

„Der ist wirklich nur mein bester Freund …“, beteuere ich. „Aber Ihnen viel Spaß drüben bei *Hendrik*!“ Ich zwinkere ihm ebenfalls zu und schließe rasch die Türe.

„Ist endlich der Reis-Turbo gekommen?“, ruft Mama aus dem Wohnzimmer. Der Reis-Turbo ist die überflüssigste Erfindung der Welt. Ein scheußliches strombetriebenes Gerät, das vor dem Standesamt aufgebaut wird, um das Brautpaar mit Reis zu bespucken. Nicht mal mehr Reis werfen wollen die Leute selber!

„Nein. Das ist die Stofflieferung für die Königshochzeit“, rufe ich zurück. Mein Papa kommt aus dem Schlafzimmer heruntergewankt. Am Wochenende schläft er immer aus, danach geht er zum Joggen.

„Königshochzeit?“, fragt er verstört. Ich glaube, Mamas Job findet er komisch.

Ich schlinge eilig meine Schüssel Cornflakes

hinunter und mache mich fertig für den Ausflug mit Jakob. Das Wetter ist toll. Nicht zu heiß und nicht zu kalt. Genau richtig für einen fröhlichen Ausritt.

„Nimm den Helm mit, wenn ihr durch den Wald reitet!“, ruft Mama mir hinterher.

„Aber klar!“, schon bin ich auf dem Weg in Richtung Daisy.

„Meine Eltern haben mir zehn Euro geschenkt!“, verkündet mir Jakob. „Wir sollen das in der Minigolfanlage verjubeln.“

Sehr schön. Mein Papa hat mir eben auch einen Zehner zugesteckt. Wenn der Tag weiter so gut verläuft, freue ich mich doch noch auf die angehenden Ferien.

„Stell dir mal vor, wir reisen dieses Jahr noch in die Türkei!“, erzählt mir Jakob seine brandheiße Neuigkeit. Seine Eltern verreisen jeden Sommer mit ihm. Mit meinen Eltern war ich schon Ewigkeiten nicht mehr im Urlaub. Im Frühling und Sommer ist immer Heirats-Hochsaison. Da will Mama nicht weg und im Herbst muss Papa mit seiner Kanzlei regelmäßig zu irgendwelchen Kongressen. Bleibt nur der Winter. Da gehen wir ab und zu Skifahren nach Österreich. Aber so ein Urlaub mit Strand und Meer … das kenne ich eigentlich nur von Jakob.

„Türkei? Toll! Wann fliegt ihr?“

Wir steigen beide auf unsere Pferde. Daisy hat sich eben absolut geduldig satteln lassen. Und auch als ich aufsteige, bleibt sie ruhig stehen. Nur Feuerblitz ist wie immer ganz aus dem Häuschen. Der anstehende Ausflug macht unseren Wildfang ganz hibbelig. Die Gelassenheit von Daisy schaut er sich einfach nicht ab. Für ihn ist jeder Ausritt ein mögliches Abenteuer.

„Die letzten zwei Ferienwochen“, fährt Jakob mit seiner Erzählung fort. „Du passt doch wieder auf unsere beiden Lieblinge auf, Tami? Oder?“

Aber natürlich! Wenn Jakob und seine Eltern unterwegs sind, kümmere ich mich immer ganz allein um den Hof. Das heißt, eigentlich sind es ja nur die zwei Pferde. Ansonsten gibt es hier längst keine Tiere mehr. Der Bauernhof dient lediglich als Wohnhaus.

Ehrlich gesagt freue ich mich jedes Mal, wenn ich für ein paar Tage allein mit den Pferden bin. Dann male ich mir immer aus, wie es wohl ist, wenn ich endlich erwachsen bin. Wenn ich mein eigenes Haus habe – mit einem Stall, der für die Pferde reserviert ist. Ich will später unbedingt mehrere Pferde haben und auf dem Land leben – das ist ja klar.

In gemütlichem Schritt reite ich auf Daisy in Richtung Wald. Wie immer läuft Feuerblitz ein wenig voraus, sein Fell glänzt wunderbar in der Mittagssonne. Jakob bremst seinen Wildfang aus.

„Und, hast du noch mal mit Kevin gesprochen?“, ruft er mir zu und wird wieder langsamer. Ich schließe mit Daisy auf. Fröhlich klackern ihre Hufe über den Asphalt. Gleich haben wir die Lichtung erreicht. Dann beginnt der Waldweg und das ist bequemer.

„Nein, keine Lust. Der geht jetzt offenbar wirklich mit Loretta. Der Typ kann mir gestohlen bleiben.“

Mitleidig sieht Jakob mich an.

„Mir geht es mit Sybille ehrlich gesagt ähnlich. Jetzt hat sie sich schon zwei Wochen nicht mehr gemeldet. Ich glaube nicht, dass ich noch mal was von ihr höre. Bestimmt hat sie in Hamburg längst einen Neuen.“

Schweigend reiten wir nebeneinander her. Ein laues Lüftchen geht, der Geruch von gemähtem Gras steigt mir in die Nase.

Endlich haben wir den schattigen Waldweg erreicht. Daisy wird langsamer, und auch Feuerblitz hört endlich auf damit, uns anzutreiben. Immer wenn wir unterwegs sind, ist er ganz aufgeregt und schlägt regelmäßig über die Stränge. Dabei übernimmt er sich manchmal, weil er seine eigenen Grenzen nicht kennt. Zum Glück weiß Jakob ganz genau, wie viel er ihm zumuten kann. Er hat das perfekte Gespür für den Energiehaushalt seines Pferdes und gönnt ihm ausreichend Pausen.

Echt toll, was für ein Einfühlungsvermögen

Jakob für Feuerblitz hat. Und mit Daisy ist es im Grunde ganz ähnlich. Als Daisy letztes Jahr eine Kolik hatte, hat Jakob sich rührend um sie gekümmert. Er hat sich richtig lange Gedanken darüber gemacht, was der Grund sein könnte. Und schließlich ist er darauf gekommen, dass am Rand der Koppel Feldmohn gewachsen ist – und meine ahnungslose Daisy hat davon jede Menge gefuttert. Der damalige Tierarzt hat an so was überhaupt nicht gedacht, sondern ständig ganz vorwurfsvoll was von „Stresskoliken" gelabert. Kaum haben wir die Mohnblumen entfernt, ging es Daisy schlagartig wieder besser.

Später wird Jakob bestimmt beruflich was mit Pferden machen. Vielleicht eröffnet er ja irgendwo einen Reiterhof. Vielleicht wird er Tierarzt oder Tier-Therapeut. Jakob ist echt so was wie ein Pferdeflüsterer!

Von der Seite sehe ich meinen besten Kumpel an. Eigentlich sieht er ja ganz niedlich aus. Gut, er ist nicht wirklich mein Typ. Mir gefallen einfach dunkelhaarige Jungs viel, viel besser. Aber gut aussehend ist Jakob allemal. Und mit seiner Stupsnase sogar ziemlich süß.

„Ist was?", Jakob hat sich auch zur Seite gewandt. Verwirrt sieht er mich an, dann schaut er wieder auf die Straße.

„Nein. Ich habe nur über was nachgedacht …", verlegen greife ich nach den Zügeln.

Eigentlich eine echte Vergeudung, dass ich mein Herz an einen Verräter wie Kevin verschwendet habe. Mit Pferden kennt er sich überhaupt nicht aus. Klar, ein typisches Berliner Stadtkind eben. Landleben ist für ihn ein einziges Rätsel und sein Umgang mit Mädchen ist nicht wirklich toll. Erst küsst er mich – dann flirtet er hemmungslos mit Loretta. Wenn ich das geahnt hätte, hätte ich gleich einen Bogen um ihn gemacht.

Zu Jakob kann ich mir so ein verlogenes Verhalten überhaupt nicht vorstellen.

Schon wieder ertappe ich mich dabei, dass ich unauffällig zu ihm hinüberstarre. Jakobs Stupsnase ist *wirklich* süß. Komisch, ist mir bis eben überhaupt noch nie aufgefallen.

Am Golfplatz ist die Hölle los und schnell führen wir die Pferde hinüber zur Weide. Der Besitzer des Biergartens hat ein Stück Wiese eingezäunt und dort dürfen wir Daisy und Feuerblitz grasen lassen.

„Wollen wir erst eine Runde spielen oder im Biergarten eine Cola trinken?", überlässt Jakob mir die Wahl. Der Biergarten ist tierisch voll, lieber würde ich jetzt minigolfen.

Wir stellen uns an der Schlange an, zahlen und greifen uns unsere Schläger. Ich kann ein paar Leute aus meiner Schule sehen. Aber niemand, der mit mir in die Klasse geht.

Die ersten drei Bahnen schaffen wir problemlos. Bei einer brauche ich sogar nur einen Versuch und schon versenke ich die Kugel in der Grube.

„He, du spielst ja heute richtig gut!“, fällt Jakob auf. Er lacht breit und verwundert sehe ich ihn an. Auch Jakobs Lachen ist ziemlich süß. Nicht so gleichgültig oder cool, wie manche Jungs aus meiner Klasse grinsen. Jakob lacht immer aus vollem Herzen und absolut unverstellt.

„Was ist? Du siehst mich schon wieder so komisch an!“, Jakob runzelt die Stirn. Er setzt sich auf eine Wartebank. Die nächste Bahn ist noch von Leuten umstellt und wir gönnen uns eine kurze Pause.

Schweigend setze ich mich neben ihn.

Komisch, warum ist mir die Idee eigentlich nicht schon viel früher gekommen? Dabei liegt es doch auf der Hand. Unser italienischer Lieferant ist der Einzige, der alles sofort begriffen hat: Jakob und ich wären das optimale Liebespaar.

Wir kennen und mögen uns schon unser ganzes Leben lang. Unsere Häuser sind nur ein paar Schritte voneinander entfernt. Beide lieben wir Pferde und verbringen unsere Freizeit am liebsten im Stall. Und sogar ein bisschen ähnlich sehen wir uns.

Ich räuspere mich. Die Erkenntnis kommt so überraschend über mich, dass ich sie unmöglich für mich behalten kann. Es kribbelt in meinem

Magen. Ein Schmetterling ist aus einem Kokon geschlüpft. Zum ersten Mal seit dem Kuss mit Kevin spüre ich in meinem Bauch wieder Leben.

Ich räuspere mich noch mal. Dann fasse ich zaghaft nach Jakobs Hand. Er grinst mich nett an, ein Fragezeichen entsteht in seinen Augen.

„Jakob, findest du nicht, dass du und ich ... Also, dass wir ..."

Ich weiß leider nicht, wie ich den Satz beenden soll. Ausgesprochen klingt das alles unglaublich kitschig.

Jakob nickt überschwänglich. Er drückt meine Hand und ein liebevoller Ausdruck huscht über sein Gesicht. „Ja, du hast recht, Tami. Ich finde auch, dass es superschön ist, dass wir zwei so enge Freunde sind. Wir können über alles reden, vertrauen uns total! Ohne dich wäre mein Leben ziemlich leer und traurig."

Ich schlucke. Jakob hat es also auch erkannt. „Schön ...", flüstere ich. Die anderen Leute auf dem Golfplatz sind mir auf einmal egal. Ich sehe nur noch mich und Jakob. Wir zwei auf einer Parkbank, die Hände verliebt ineinandergelegt.

Ich beuge mich zu ihm hinüber, schließe die Augen und küsse ihn.

Aber irgendetwas ist anders als mit Kevin. Ich kann auch nicht sagen, was genau. Jakobs Lippen sind überhaupt nicht so weich und vertraut wie die von Kevin. Ein bisschen fühlt es sich an wie der Gutenachtkuss meiner Eltern. Vorsichtig öffne ich meine Augen. Entsetzt und überrumpelt starrt Jakob mich an. Verlegen lösen wir uns wieder voneinander.

„Ähm … Tami. Du hast dich doch nicht etwa in mich verliebt?“, entfährt es Jakob beunruhigt.

Auf einmal ist der Golfplatz mit all seinen Leuten wieder da. Kindergeschrei, ein Mann ruft nach seinem Hund und eine Frau streckt den Schläger in die Luft und jubelt. Es riecht nach Grillwürstchen und Pommesfett.

Der Schmetterling kriecht in seinen Kokon zurück.

Immer noch hält Jakob meine Hand. Aber in seinen Augen lese ich Verwirrung.

„Wir wären doch ein ziemlich tolles Paar, oder?“, frage ich leise. Jakob nickt. „Klar. Aber nicht so. Wir sind beste Freunde. Das bedeutet mir wirklich viel.“

Na prima. Was für eine Schnapsidee! Dabei könnte ich mir das wirklich wunderbar vorstellen. Seit heute zumindest. Vorher habe ich einfach nie darüber nachgedacht.

Gut, wenn ich ehrlich bin: Verliebt in Jakob bin ich natürlich nicht. Zumindest nicht so wie in Kevin. Aber es muss ja nicht immer die ganz große Liebe sein. Mama sagt immer, Vernunftehen sind gelegentlich die besten. Aber von Vernunftehen hält Jakob wohl nicht wirklich viel.

„Tami … Bist du jetzt enttäuscht? Nicht, dass du jetzt denkst, ich mag dich nicht! Ich mag dich wirklich sehr gern, wie eine Schwester." Er gibt mir einen versöhnlichen Kuss auf die Wange.

Mein Gesicht glüht, ich wünschte, ich hätte mein spontanes Liebesgeständnis eben nicht gemacht. Hoffentlich bleibt trotzdem zwischen uns alles beim Alten.

Peinlich berührt hebe ich den Kopf.

Und mein Blick trifft den von Kevin. Er steht nur ein paar Meter von mir entfernt und schießt soeben ein Foto von Loretta. Loretta hält einen Schläger im Arm und macht eine übertrieben witzige Geste.

Scheiße. Auch das noch!

Kevin starrt direkt auf meine Hand. Meine Hand, die immer noch in der von Jakob liegt. Jetzt hat er einen offensichtlichen Beweis für meine Eifersuchts-Lüge.

Komischerweise sieht Kevin ganz traurig aus. Dabei geht er doch mit der tollen Loretta!

„Ist das nicht …?" Jakob hat ihn endlich auch entdeckt. „Schöner Mist. Hoffentlich denkt Kevin jetzt nicht, dass wir zusammen sind!" Jakob lässt rasch meine Hand los. Er glaubt wohl immer noch, dass Kevin und ich irgendwann wieder zusammenkommen. Dabei sieht er doch jetzt mit eigenen Augen, dass Kevin mit der hübschen Loretta geht.

Kevin wendet sich von mir ab. Er greift nach Lorettas Hand und zieht sie in größter Eile Richtung Ausgang.

„Die haben's ja eilig!", murmelt Jakob verwirrt. „Komm. Hier ist zu viel los. Wir brechen das Spiel ab und schauen nach den Pferden."

Spanien

In Spanien wird der Braut vor dem Jawort vom Mann ein kleines Säckchen mit 13 Münzen überreicht. Es erinnert an sein Versprechen, immer für sie zu sorgen.

„Tami, wie war es eigentlich gestern mit Jakob?“, fragt Mama beim Frühstück. Sonntag ist der einzige Tag, an dem sie sich wirklich Zeit für mich und Papa nimmt. Ich glaube, wenn sie am Sonntag auch noch arbeiten würde, würde sich Papa scheiden lassen – und das käme bei einer Hochzeitsplanerin überhaupt nicht gut.

„Wart ihr beim Minigolfplatz?“, fragt Papa.

Ich nicke. Meine Wangen werden heiß. Am liebsten würde ich ganz rasch das Thema wechseln. Gestern Nacht bin ich immer wieder aufgewacht und habe an den peinlichen Moment in der Golfanlage gedacht, als ich Jakob meine Liebe gestanden habe. Eine Liebe, die in Wahrheit überhaupt nicht existiert. Beim Ritt zurück zum Stall waren wir beide super schweigsam gewesen. Es hatte eine richtig unangenehme Stimmung in der Luft gelegen. Und am Hof angekommen, hatte ich mich beeilt, nach Hause zu gehen.

Ich habe ehrlich das Gefühl, mit dem bescheuerten Kuss alles zwischen uns kaputt gemacht zu haben.

Und Kevin ... Sein entgeisterter Blick, als er Jakob und mich händchenhaltend auf der Parkbank gesehen hat! Als könnte er seinen Augen nicht trauen ...

„Was macht eigentlich die Hochzeitsplanung für Kevins Mama?“, frage ich und versuche, möglichst gleichgültig zu klingen. Gestern sah es ja nicht so aus, als würde Kevin sich großartig für die Heirat seiner Mutter interessieren. Sonst würde er doch seinen Samstag nicht mit Loretta auf dem Minigolfplatz verbringen, sondern ihr bei den Vorbereitungen helfen.

Mama überlegt. „Ach, Kevin. Das ist doch der Junge aus deiner Klasse, nicht? Ich kann dir später gerne die Unterlagen zeigen. Das wird eine richtig nette Hochzeit. Endlich bucht mal wieder jemand das ‚Kerzenschein-Paket‘. Ich habe schon befürchtet, unsere Daisy kommt nie mehr zum Einsatz.“

Beinahe verschlucke ich mich an meinem weich gekochten Ei. Ausgerechnet bei der Hochzeit von Kevins Mutter soll Daisy die Kutsche ziehen. Bei der Vorstellung, dass meine Daisy Kontakt mit meinem untreuen Exfreund hat, möchte ich am liebsten laut schreien.

„Freust du dich überhaupt nicht, dass Daisy gebucht wurde?“, fragt Mama überrascht, als sie meine versteinerte Miene sieht. „Wäre doch schade um unsere hübsche Kutsche!“

Den Einspänner haben Mama und Papa ganz günstig bei eBay gekauft und renovieren lassen. Jetzt steht er die meiste Zeit bei Jakobs Familie in der Scheune.

„Für Daisy ist das alles viel zu anstrengend!“, behaupte ich. Ist natürlich Quatsch. Daisy ist unglaublich muskulös. Mein niedliches Pferdchen kann richtig ackern.

„Unsinn ...“, murmelt Mama und schmiert sich ein Marmeladenbrot. „So ein Einspänner ist doch kein Problem. Nicht für ein Kraftpaket wie unsere Daisy.“

„Was macht eigentlich die Königshochzeit?“, wechselt Papa das Thema. Mama strahlt. „Ach, das wird die Hochzeit des Jahrhunderts. Die beiden sehen mit den Klamotten wirklich aus wie William und Kate. Und stellt euch vor, der Chor der freiwilligen Feuerwehr singt *God save the queen*. Genauso wie bei der echten Königshochzeit in England. Gut, meine Königshochzeit wird nicht die *echte* Königshochzeit sein. Aber die *wahre*!“

Papa und ich wechseln einen Blick. Mama steigert sich meistens ziemlich in die von ihr organisierten Hochzeitsfeiern hinein. Aber bei den Doppelwhoppern übertreibt sie es nun wirklich.

„Ist Hendrik jetzt eigentlich mit dem Spanier zusammen?", fragt Papa, um das Thema zu wechseln, und verwirrt starren Mama und ich ihn an.

Was für ein Spanier bitte schön? Hallo? Ich bin die beste Freundin unseres Nachbarn. Wieso habe ich denn noch nie was von einem Spanier gehört?

Verlegen zieht Papa die Schultern hoch. „Ich frage ja nur. Gestern Abend habe ich unseren neuen Paketlieferanten drüben bei Hendrik auf der Veranda gesehen. Die zwei haben ein Glas Wein getrunken und sich sehr angeregt unterhalten. Der war bestimmt eine ganze Stunde da. Erst gegen neun ist er davongefahren."

„Das ist doch ein Italiener!", verbessere ich.

„Wieso gehst du eigentlich nicht mehr rüber? Normalerweise hockst *du* doch jeden Abend bei Hendrik und isst seine Pralinen auf!", fällt Mama auf.

Keine Ahnung, warum. Mit meinem Kummer bin ich eben lieber alleine.

Na ja, ganz allein natürlich nicht. Denn auch wenn ich von Kevin getrennt bin, es mir wegen einem dämlichen Kuss grandios mit Jakob verdorben habe und Hendrik jetzt vielleicht mit unserem Paketlieferanten geht – es gibt ja trotz allem immer noch Daisy!

„Na, Daisy?" Ich stehe allein im Stall und mein Pferd kommt neugierig auf mich zugetrottet. Daisy ist es gar nicht gewohnt, dass ich sie bereits am Sonntagvormittag besuche. Normalerweise reiten Jakob und ich immer zusammen am Nachmittag aus. Aber die Vorstellung, Jakob zu treffen, bereitet mir Magenschmerzen. Den heutigen Tag will ich auf keinen Fall mit ihm verbringen. Immer noch steht die Sache auf der Minigolfanlage zwischen uns – und ich habe keine Lust auf komische Stimmung.

Feuerblitz kommt ebenfalls ans Tor gelaufen. Vorfreudig wiehert er auf. Klar, er denkt, dass Jakob jeden Moment zu uns kommt und dass wir wie immer gemeinsam durch die Gegend ziehen.

Aber Jakob ist um diese Uhrzeit mit seinen Eltern in der Kirche. Und danach gehen sie gemeinsam zum Mittagessen in den Gasthof Stern. Das machen die sonntags immer so und ich habe die Pferde für mich alleine.

Bestimmt findet Jakob es komisch, wenn er später nach Hause kommt und bemerkt, dass ich während seiner Abwesenheit dagewesen bin. Dass ich Daisy ohne ihn ausgeritten habe. Dass ich ohne ihn den Stall ausgemistet habe und das Futter nachgefüllt ist.

Normalerweise ist all das bei uns Teamwork.

Aber Teamwork war früher. Jetzt heißt es, Jakob möglichst aus dem Weg zu gehen.

Ich führe Daisy auf den Platz hinaus. Heute Nacht hat es ein schlimmes Gewitter gegeben, aber jetzt blinzelt die Sonne freundlich zwischen ein paar Quellwolken hervor. Sorgfältig putze ich meine schöne Schimmelstute. Gleichmäßig striegle ich mit der Kardätsche Daisys weiches Fell und dabei erzähle ich ihr in Ruhe endlich alles. Von meinem aufregenden Geknutsche mit Kevin vor knapp zwei Wochen. Davon, dass Kevin mich dann wegen der schönen Loretta verlassen hat. Ich erzähle Daisy von meiner schwachsinnigen Idee, mit Jakob zu gehen, von dem peinlichen Kuss und dem noch peinlicheren Heimweg gestern.

Na ja, den Heimweg hat Daisy ja live miterlebt. Und ich bin sicher, sie hat gespürt, dass irgendwas vorgefallen ist. Früher habe ich mich ganz oft mit Daisy unterhalten und ihr all meine Sorgen und Neuigkeiten erzählt. Aber in diesem Schuljahr war das anders. Jakob und ich hatten beide einen ähnlichen Stundenplan und ich war fast kein einziges Mal mit Daisy alleine.

Jetzt erst merke ich, wie sehr mir der Austausch mit meiner Daisy gefehlt hat. Geduldig hört sie mir zu, stupst mich mit ihren Nüstern an und scharrt dann doch etwas ungeduldig mit den Hufen. Sie weiß natürlich, dass ein schneller Ritt über den Feldweg hinter dem Kieswerk meine schlechte Laune sofort vertreibt. Und genau so werde ich meinen Vormittag verbringen.

Ich ziehe mir den Helm auf, rufe Feuerblitz ein fröhliches „Tschüsschen!“ zu und schon sind Daisy und ich auf dem Weg in die Freiheit.

„Reiten ist wie fliegen – nur schöner!“, das hat Jakob mal gesagt und ich muss sagen, er hat recht. Als ich auf Daisys Rücken über den Feldweg jage, kommen mir all meine Sorgen völlig fern und klein und unwichtig vor. Das Entscheidende ist und bleibt, dass Daisy und ich uns haben. Wir zwei können uns immer völlig aufeinander verlassen. Es gibt nichts, das zwischen uns steht, und um Daisy werde ich mich mein Leben lang kümmern.

Es fängt leicht zu regnen an, aber das stört mich komischerweise nicht im Geringsten. Im Gegenteil: Die Nässe ist wie eine reinigende Dusche. All das Traurige und Ärgerliche und Peinliche der vergangenen Tage wird weggewaschen. Daisy wird immer übermütiger. Ich spüre regelrecht, welchen Bewegungsdrang sie hat. Die letzten zwei Wochen sind wir zwar häufig geritten – aber meistens in ganz gemächlichem Trab. So richtig losgaloppieren – das darf Daisy selten.

Eine endlose Wiese liegt vor uns. Hier habe ich letzten Sommer ein paarmal mit Jakob Picknick gemacht. Und davon abgesehen ist es eine wunderbare Rennstrecke für Pferde. Ich lotse Daisy auf die regennasse Wiese. Die Grashalme glitzern und funkeln im Licht – als lägen geschliffene Diamanten über allem. Nach Regen wirkt Gras immer unglaublich frisch!

Daisy legt an Tempo zu, so ungezügelt lasse ich sie normalerweise nicht durch die Gegend jagen. Jakob ist ziemlich vorsichtig, was das Reiten betrifft. Wahrscheinlich, weil sein Feuerblitz einfach schon zu viele Unfälle hatte. Wenn wir zusammen unterwegs sind, bremst er Feuerblitz und Daisy immer sofort aus. Selten lassen wir unsere Pferde so richtig rennen.

Aber heute ist mir komischerweise einfach danach. Daisy und ich sind alleine, und so lasse ich sie frei losgaloppieren. Ausgelassen jagt sie in Richtung Horizont – dort, wo die Sonne sich nun wirklich in ihrer ganzen Pracht aus den Wolken schält. Für einen Moment scheint alles zu leuchten.

Daisys Mähne schlägt mir ins Gesicht, ich spüre ihren Körper unter mir arbeiten. Kraftpaket, so hat Mama Daisy eben beim Frühstücken genannt. Ja, und das stimmt auch. Die Energie, die Daisy ausstrahlt, ist einfach unübertroffen.

Doch dann passiert es. Wir sind auf der Höhe der kleinen Quelle angelangt – normalerweise ein völlig unauffälliges Wassergerinnsel. Aber über Nacht hat sich einiges getan. Die feste Erde hat sich in Schlamm verwandelt, statt festem Boden erwartet uns matschiger Sumpf.

Ich merke, wie Daisy plötzlich abgebremst wird. Ihr Bein taucht tief in die Sumpfpfütze ein. Beinahe rutscht sie aus – wiehert verängstigt und strauchelt. Ich werde von der Wucht fast von ihrem Rücken geworfen. Mit beiden Händen klammere ich mich fest. „Daisy!“, erschrocken schreie ich ihren Namen. Einen Moment lang habe ich das ungute Gefühl, Daisy geht unter mir durch. Im letzten Moment kann ich das Gleichgewicht halten. Glück gehabt! Denn schon steht sie wieder ruhig da, schnaubt überrascht und bläht die Nüstern. Daisys Atem geht schwer, aber ansonsten merkt man nichts von dem heil überstandenen Unfall. Das alles hätte wirklich schlimm ausgehen können. Mein Herz schlägt wie verrückt, der Schreck ist mir ganz schön in die Glieder gefahren.

Erst als ich weiterreite, merke ich es. Daisy lahmt!

„Mein Liebling!“ Sofort springe ich ab. Im Internetforum für Ponykids hatte ich mal eine Chat-Partnerin, deren Haflinger sich einen üblen Sehnenriss zugezogen hat. Erst hat sie ihn monatelang nur spazieren geführt, am Ende musste man das arme Tier doch noch einschläfern lassen. Diese schlimme Geschichte hat mich damals wochenlang verfolgt. Sogar geträumt habe ich davon – obwohl ich Daisy damals noch gar nicht hatte!

Mir wird vor Panik ganz kalt. Das Blut rauscht

in meinem Kopf, ich kann für einen Moment keinen einzigen klaren Gedanken fassen. Ich merke nur, dass ich zittere. Am ganzen Körper habe ich eine Gänsehaut.

Von außen betrachtet sieht Daisys Bein ganz in Ordnung aus. Aber sie humpelt und das ist mehr als eindeutig.

„Daisy! Schaffst du es bis nach Hause?“ Ich streichle meinem Schimmel besorgt über den Kopf. Den Weg zurück laufe ich neben ihr her. Das nasse Gras quietscht unter meinen schweren Schuhen – zum Glück hat es wenigstens aufgehört zu regnen. Wie konnte ich nur so unachtsam sein? Tausend Mal hat Jakob mir gepredigt, bei Eis und Regen vorsichtig zu sein. Und kaum ziehe ich allein mit Daisy los, verhalte ich mich wie der absolute Reitanfänger!

Tränen schießen mir in die Augen. Wenn Daisy eine schwere Verletzung hat, werde ich mir das nie im Leben verzeihen. Ich bin doch diejenige, die auf Daisy aufpassen soll! Und stattdessen habe ich sie über eine tropfnasse Wiese gehetzt wie eine Verrückte.

Es dauert ewig, bis wir das kurze Stück zurück zum Dorf gelaufen sind. Im Galopp geht alles viel, viel schneller. Jakob und seine Eltern sind schon vom Mittagessen heimgekehrt. Jakob steht in der Hofeinfahrt, er hat den Hufkratzer in der Hand und ist soeben dabei, seinen Feuerblitz zu putzen.

Als er mich und Daisy die Straße herunterkommen sieht, hebt Jakob etwas zaghaft den Arm, um uns zuzuwinken.

Dann kapiert er, dass irgendwas nicht stimmt. Er legt den Hufkratzer weg und kommt aufgeregt auf uns zugelaufen.

„Tami, was ist denn mit euch passiert? Hat sich Daisy verletzt? Sie lahmt ja rechts vorne!“

Jetzt kann ich meine Tränen nicht mehr zurückhalten. Ich bin ja schon bei weniger dramatischen Ereignissen nah am Wasser gebaut. Und das hier ist eine echte Katastrophe.

Alles, aber auch wirklich alles läuft schief. Das sind die beschissensten Sommerferien aller Zeiten!

Passenderweise fängt es wieder leicht zu regnen an. Jakob nimmt mir die Zügel ab und drängt mich dabei etwas unsanft zur Seite. „Meine Eltern fahren sie sofort zum Tierarzt!“, entscheidet er. Und dann führt er Daisy ganz vorsichtig hoch zum Pferdeanhänger.

China

Die chinesische Heiratsfarbe ist nicht Weiß, sondern Rot. Außerdem wird der Hochzeitstag in China traditionell per Horoskop ermittelt.

„Also, ich verstehe leider nur Chinesisch!“, sagt Hendrik, und bittet mich, alles noch mal in Ruhe zu wiederholen.

Ich wirke bestimmt ziemlich aufgelöst. Direkt nachdem wir vom Tierarzt gekommen sind, habe ich mich zu Hendrik geflüchtet. Weil es draußen immer noch regnet, haben wir es uns in seinem schönen Wohnzimmer gemütlich gemacht. Hendrik hat Ingwertee gekocht und wir essen die letzten Schokopralinen. Draußen peitscht der Regen gegen die Scheibe und ich denke mit pochendem Herzen an meine Daisy.

„Also …“, wiederhole ich. „Daisy ist ausgerutscht. Zuerst dachte ich, es ist ein Sehnenriss. Aber tatsächlich scheint es nur eine leichte Zerrung zu sein.“

Hendrik nippt an seinem duftenden Tee. „Und wieso habt ihr Daisy dann bei der Tierärztin gelassen?“

Unsere neue Tierärztin ist super. Mama hat ihre Hochzeit organisiert – und seitdem behandelt sie Daisy zum Sonderpreis. Mit allem Luxus einer Privatpatientin. Dass sie angeboten hat, dass wir Daisy zunächst bei ihr lassen, bis alles abgeklärt ist, werde ich ihr bestimmt nie vergessen!

Ich seufze. „Weil Daisy erst mal absolute Stallruhe braucht. Außerdem wollte die Tierärztin später noch Arnika-Wickel machen. Morgen werden dann Röntgenbilder vom Bein gemacht und am Dienstag holen wir Daisy zurück auf den Hof von Jakobs Eltern. Aber auch dort muss sie wahrscheinlich ein paar Tage im Stall stehen bleiben. An Reiten ist vorerst nicht zu denken.“

„Schöner Mist!“, sagt Hendrik.

„Schöner Mist!“, bestätige ich. Wenigstens bleibt Daisy so das Kutschenziehen bei der Hochzeit von Kevins Mutter erspart. Keine Ahnung, was Mama jetzt macht. Wahrscheinlich wird die Kutschfahrt einfach gestrichen.

„Sag mal, stimmt das mit dem Paketlieferanten? Bist du echt in den Italiener verliebt?“

Die Frage ist mir so rausgerutscht. Aber Hendrik ist wirklich verdächtig fröhlich. Eben, als er den Tee aufgegossen hat, hat er sogar gepfiffen! Das hat er seit Jans Auszug nicht mehr getan.

„Italiener? Du meinst den Österreicher?“, verbessert mich Hendrik.

„Hä?“ Verwirrt schiebe ich mir die letzte Mandelpraline in den Mund. „Was denn für ein Österreicher?“

„Na, unser Paketlieferant. Xaver! Er kommt aus Österreich. Deshalb hat er mich überhaupt erst angesprochen. Weil er zufällig die Konditorei kennt, bei der ich die hier bestelle!“

Hendrik hält die leere Pralinenschachtel hoch. „Oh. Aufgegessen. Ich muss dringend neue ordern.“

„Ich dachte, der ist Italiener!“, fällt mir ein. „Und mein Papa war der Meinung, er sei ein Spanier.“

„Nein, nein!“, Hendrik schüttelt grinsend den Kopf. „Der geht nur regelmäßig ins Solarium. Gestern Abend habe ich ihn auf ein Glas Wein eingeladen. Er ist selbst erst vor Kurzem hergezogen. Berufsbedingte Versetzung. Wir spielen beide gerne Squash. Gut möglich, dass wir demnächst mal was zusammen unternehmen.“

„Aha. Und ...“, ich weiß gar nicht, wie ich die Frage stellen soll. Was ist denn auf einmal mit Jan? Hendrik hatte wegen ihm solchen Liebeskummer. Ist der jetzt einfach wegen einem gut aussehenden Österreicher vergessen?

„Seid ihr beide ein Liebespaar? Ich meine, du und der Österreicher ...“, frage ich verlegen.

Hendrik sieht mich entgeistert an. „Um Himmels willen. Der Typ hat eine Frau und zwei Kinder! Die sind hergezogen, weil die Frau einen Job im Finanzamt bekommen hat. Und er hat den Job als Ausfahrer gefunden. Nein, wir beide sind nur gute Kumpel, weiter nichts. Wie du und Jakob."

Hendrik zückt sein Handy. „Aber das hindert mich natürlich nicht daran, den hübschen Xaver für meine Zwecke einzuspannen. Denn bei seinem Kurzbesuch hier habe ich jede Menge Fotos von ihm gemacht." Er reicht mir sein Telefon herüber. Es stimmt: tausend Bilder von unserem Paketlieferanten, der gemütlich auf der Veranda sitzt und ein Glas Wein trinkt. Der Typ sieht ehrlich gut aus. Ganz egal, ob Italiener, Spanier oder Österreicher.

„Tja. Und nun rate mal, wem ich das Foto aus Versehen gesimst habe? Obwohl ich es eigentlich an meine Schwester schicken wollte?", lässt Hendrik mich raten.

Mir dämmert da langsam etwas. „Deinem Exfreund Jan?"

„Bingo!", sagt Hendrik fröhlich und nimmt mir das Handy wieder ab. „Ich habe so getan, als hätte ich mich in der Nummer geirrt. Also hat Jan das hübsche Foto und den Spruch *Auch andere Mütter haben schöne Söhne!* erhalten."

Ich muss lachen. Geschieht Jan recht. Soll er ruhig denken, dass Hendrik einen Neuen hat. Einen, der tausend Mal besser aussieht als er. Auf der anderen Seite …

Das Eifersuchtsspiel erinnert mich stark an meinen Versuch, Kevin mit Jakob eifersüchtig zu machen. Als ich damals bei unserem Streitgespräch vor der Schule behauptet habe, ich hätte mich in Jakob verliebt. Dabei wollte ich doch nur, dass Kevin mich sofort zurückerobert und diese doofe Loretta links liegen lässt.

Leider ist dann alles genau anders gekommen. Jetzt ist Kevin mit Loretta zusammen und verbringt jede freie Sekunde mit ihr. Meine Freundschaft mit Jakob ist vielleicht für immer angeknackst und Daisy steht in einem fremden Stall fast zwanzig Kilometer entfernt von hier und bekommt vermutlich gerade in diesem Moment einen kalten Wickel.

„Du siehst so traurig aus!“, sagt Hendrik besorgt.

„Glaubst du, Jan kommt wegen des Fotos zurück?“, ich sehe Hendrik fragend an.

Hendrik schüttelt ernst den Kopf. „Deswegen kommt er bestimmt nicht zurück. Aber vielleicht, weil er mich vermisst – und weil ihm auffällt, dass unser gemeinsames Leben eigentlich ganz wunderbar war. Weißt du, gelegentlich vergisst man so was im Alltag nämlich. Das Foto soll ihn nur daran erinnern, dass es mich auch noch gibt.“

Ich frage mich, ob Kevin auch vergessen hat,

wie schön unsere gemeinsame Woche war – unsere wilde Knutscherei im Fahrradkeller, sein Ausflug zu mir nach Hause.

Das alles kommt mir vor wie aus einem anderen Leben.

„Was machst du denn jetzt in den Ferien – ohne dein Pferd?“, fragt Hendrik mitleidig.

Pferd weg, Freund weg, bester Kumpel weg. Momentan habe ich ein echtes Talent, mich selbst ins Aus zu katapultieren.

„Keine Ahnung. In zwei Tagen ist Daisy ja wieder da. Da werde ich ihr wohl in ihrem Krankenlager Gesellschaft leisten. Und ansonsten ... Ich habe jede Menge Bücher, die ich lesen will. Und ich kann Mama helfen, sie plant gerade zwei ziemlich große Hochzeiten.“

Dass eine davon bei Kevin stattfindet, verschweige ich Hendrik. Alles ist auch so schon kompliziert genug und ich erzähle ihm lieber von den Doppelwhoppern.

„Königshochzeit?“, fragt Hendrik entsetzt. „Du meinst so richtig mit ellenlanger Schleppe, Krönung und Thron?“

Ich schüttele den Kopf. „Die Krönung musst du streichen. Aber mit dem Rest hast du recht. Mama hat für die zwei sogar einen Thron organisiert – beim Theaterfundus in der Stadt. So richtig schön kitschig golden mit riesigen roten Kissen aus Samt.“

„Wow!", Hendrik schüttelt erstaunt den Kopf. „Sachen gibt's! Wenn ich mal arbeitslos bin, werde ich ein Praktikum bei deiner Mama machen!"

„Na?", ich lockere das Heu auf und schiele unbehaglich zu Jakob hinüber. Er ist schweigsam und komisch. Ich glaube, den Unfall mit Daisy schiebt er mir in die Schuhe. Und irgendwie hat er ja auch recht. Wäre er dabei gewesen, hätte ich Daisy nie so herumtollen lassen. Jakob ist einfach der Vernünftigere von uns beiden!

„Wenn Daisys Bein nicht wieder wird, kriege ich die Krise", seufze ich zerknirscht. „Warum muss ausgerechnet mein Pferd so ein Pech haben? Ich könnte mich ohrfeigen, dass ich nicht besser auf sie aufgepasst habe."

Jakob nickt. Irgendwie wirkt er geistesabwesend.

„Bestimmt vermisst Daisy mich!", fällt mir dann noch ein. „Du weißt ja, wie Pferde die Einsamkeit hassen."

Nicht nur Pferde. Auch Menschen. Aber das sage ich natürlich nicht.

Jakob schweigt und schaufelt mit ausdruckslosem Gesicht Pferdeäpfel in den Schubkarren.

„Ist was? Bist du sauer auf mich?" Ich spreche Jakob direkt darauf an. Wenn er ein Problem mit mir hat, soll er es einfach sagen. Seine miese Laune nervt.

Jakobs Gesicht verfinstert sich. „Mensch, Tami! Immer dreht sich alles nur um dich. Ausnahmsweise haben meine Sorgen mal nichts mit dir zu tun!“

Erschrocken starre ich meinen besten Freund an. So aufgebracht kenne ich ihn gar nicht. Wir verlassen den Stall, den wir eben noch gemeinsam ausgemistet haben. Jakob läuft schweigend mit der Mistgabel vorneweg, ich folge ihm verdattert.

„Was meinst du denn damit?“

Jakob dreht sich sauer zu mir um. „*Dein* Liebeskummer, *dein* krankes Pferd, *deine* Freundschaft mit mir, *deine* anstrengende Arbeit für deine Mutter. Ich höre mir das ja alles gerne an, Tami. Aber merkst du nicht, dass ich auch manchmal Sorgen habe? Dein komisches Liebesgeständnis am Samstag war nicht fair. Ich glaube, du wolltest dich einfach von Kevin ablenken und hast mich dazu benutzt.“

Schöner Mist. Jakob hat alles voll durchschaut. Mein Verhalten ist manchmal einfach peinlich.

„Tut mir leid…“, bringe ich traurig heraus. Tränen steigen mir in die Augen.

„Ich wollte zwischen uns nichts kaputt machen. Ich dachte ehrlich, dass wir beide ein gutes Paar abgeben würden. Vor allem jetzt, wo wir beide verlassen worden sind. Ich von Kevin. Du von deiner Sybille …“

„Sybille hat sich gemeldet“, rückt Jakob endlich mit der Wahrheit heraus. „Sie hat mir einen ganz langen Brief geschrieben. Schon am Freitag. Eigentlich wollte ich es dir im Biergarten erzählen. Aber daraus wurde ja nichts.“

„Ja und?“, frage ich jetzt und komme mir mal wieder echt erbärmlich vor. Erst bekomme ich nicht mit, dass Hendrik sich mit dem Paketlieferanten trifft. Dann erfahre ich, dass Sybille aus Hamburg sich schon vor Tagen gemeldet hat. Alles scheint an mir vorbeizugehen, ohne dass ich es merke.

Aber jetzt will ich natürlich genau Bescheid wissen.

„Nichts *und* …“, sagt Jakob. „Es ist genau so, wie ich befürchtet habe. Sie hat in Hamburg einen neuen Freund.“

Mitleidig umarme ich meinen armen Jakob. Wie er sich fühlt, kann ich absolut nachempfinden. Es ist das schlimmste Gefühl der Welt, wenn der, den man liebt, jemand anderen mag. Das ist schlimmer als Grippe, Nachsitzen und eine Sechs in Mathe zusammen.

Jakob befreit sich aus meiner Umarmung. „Das war noch nicht alles. Inzwischen hat sie sich wieder von ihm getrennt. Sie schreibt mir, dass sie mich nicht vergessen kann. Dass sie mit mir viel besser quatschen konnte als mit dem Neuen. Also hat sie ihn in die Wüste geschickt. Jetzt will sie mich zurück. Aber kann ich ihr nach der Geschichte überhaupt noch trauen?"

Diese Sybille verstehe ich nicht. „Wieso hat sie dir das denn überhaupt gestanden? Sie hätte doch eine Ausrede erfinden können, warum sie sich nicht mehr gemeldet hat!", sage ich verwirrt.

Jakob lächelt schief. „Aber das ist doch genau der Grund, warum ich Sybille so schrecklich gern habe. Sie ist der ehrlichste Mensch auf der ganzen Welt. Sie sagt, was sie denkt. Und Geheimnisse mag sie gar nicht. Eigentlich ist es ja ganz schön, dass sie mich eingeweiht hat. Andererseits bin ich jetzt natürlich total misstrauisch und sauer."

Wir stehen auf dem Hof und sehen uns an.

„Und was sagt dein Herz?", frage ich ihn.

„Mein Herz?", Jakob seufzt. Dann fasst er nach meiner Hand und legt es sich auf die Brust. Sein Herz schlägt schnell und ein bisschen holperig.

„Das sagt mein Herz!", murmelt er. „Kannst du das bitte für mich übersetzen?"

Russland

Bei einer russischen Hochzeit beißen Braut und Bräutigam von einem Apfel ab. Wer den größeren Bissen hat, wird während der Ehe das Sagen haben.

„Sieh es doch mal positiv. Jetzt hast du jede Menge Zeit, mir bei den Vorbereitungen zu helfen. Du wolltest doch einen Ferienjob! Ich bezahle dich auch für deine Hilfe."

Meine Mutter ist wirklich die geborene Geschäftsfrau. Anstatt sich darum zu kümmern, dass ich mich in meinen Sommerferien ausruhe und Spaß habe, bietet sie mir sofort eine Festanstellung an. Dabei wollte mein Lehrer doch wegen mehr Freizeit mit ihr reden.

Auf der anderen Seite kann ich Geld im Augenblick gut gebrauchen. Ich spare schon länger auf neue Reitstiefel. Aber es fehlen mir immer noch fünfzig Euro.

Mama hockt an ihrem Tisch und studiert Fotos

von neuen Brautfrisuren. Die wurden ihr per E-Mail von einer Hochzeitsmesse aus Paris geschickt. Ich glaube nicht, dass Mamas Lieblingssalon hier im Dorf so was zustande bringt. Die eine Braut hat ihr Haar zu einem richtigen Eiffelturm hochgesteckt. Der Friseur, mit dem Mama zusammenarbeitet, schafft wahrscheinlich höchstens einen Dutt in Form einer Weißwurst.

„Wie romantisch ...", seufzt Mama und fährt mit der Fingerspitze die Eiffelturmfrisur nach. „Hier ist übrigens ein Geschenk für dich, Tami! Die musste ich dir einfach kaufen."

Sie schiebt mir eine CD herüber. *Best of Rod Stewart* mit einer großen Schleife darum. Gerührt bedanke ich mich bei meiner Mutter, obwohl Rod Stewart bei mir Ohrenkrebs erzeugt.

„Mensch, toll! Die werde ich später in meinem Zimmer hören. Jetzt muss ich dringend in den Stall. Daisy wartet bestimmt schon sehnsüchtig darauf, dass ich sie besuche!" Seit vorgestern ist Daisy wieder drüben im Stall. Aber sie muss noch mindestens vier Tage Ruhe halten. So schlimm ist die Zerrung zum Glück offenbar nicht. Bald schon darf sie wieder ausgelassen springen. Doch bis dahin heißt es, Geduld haben. Und das ist genau der Grund, warum ich so miesepetrig bin. Mir fällt in unserem kleinen Dorf die Decke auf den Kopf. Ich habe ja eigentlich geplant, in den Ferien täglich mit Daisy auszureiten.

Jetzt ist Jakob allein mit Feuerblitz unterwegs und mir bleiben nur Krankenbesuche und das Füttern meiner Stute. Ich lasse Mama mit ihren Frisurenfotos alleine und eile die Straße hinunter zum Bauernhof.

Daisy langweilt sich. Sie kann es gar nicht leiden, wenn sie allein im Stall bleiben muss. Sie und Feuerblitz verstehen sich super. Die zwei sind zwar unterschiedlich wie Tag und Nacht, aber irgendwie ergänzen sie sich eben auch prima. Als Feuerblitz letztes Jahr wegen eines Turniers drei Tage auf Reisen war, ist Daisy in ihrer Box fast ausgeflippt vor Sehnsucht. Sie hat kaum gegessen und getrunken, sondern stand die ganze Zeit über mit gesenktem Kopf reglos da. Ehrlich, Daisy hatte wegen Feuerblitz richtig Liebeskummer.

Na ja, man sagt ja immer, dass Pferde und ihre Besitzer sich irgendwie ähnlich sind. Daisys Gefühlswelt wundert mich also überhaupt nicht – in mir sieht es ja zurzeit ganz ähnlich aus.

„Hallo, mein kranker Schatz!" Daisy kommt ganz aufgeregt an die Boxentüre gelaufen. Seit sie Stallruhe verordnet bekommen hat und nicht mehr rausgehen darf, ist mein Besuch der absolute Höhepunkt jeden Tages.

Ich zaubere eine Mohrrübe aus meiner Tasche hervor. Mohrrüben und Zuckerstücke liebt Daisy über alles. Sehnsüchtig stupst sie mich mit ihren Nüstern an. Sie versteht nicht, warum sie bei dem schönen Wetter im Stall bleiben muss. Aber die Tierärztin hat darauf bestanden, dass das Bein eine Woche lang gar nicht belastet wird. Noch wenige Tage, dann darf ich Daisy am Halfter im Hof herumführen. Und dann fangen wir wieder mit dem Reiten an. Aber natürlich ganz behutsam und ganz, ganz langsam.

Ich verfüttere noch eine zweite Karotte an Daisy. Etwa eine Stunde bleibe ich bei ihr, dann gehe ich wieder nach Hause. Jakob und Feuerblitz sind immer noch nicht von ihrem Ausflug zurück, das gemeinsame Stallmisten machen wir dann wohl heute Abend.

Als ich daheim durch die Terrassentür ins Haus trete, bleibe ich wie angewurzelt stehen. Ich glaube, ich träume!

Jan, Hendriks Exmann, sitzt mit Mama am großen Arbeitstisch. Als sie mich sehen, verstummen beide verlegen.

„Hallo, Tami!“, Jan steht unsicher auf. Er wirkt ertappt und fühlt sich offenbar unwohl. Etwas förmlich reicht er mir die Hand. Klar, Jan weiß, wie gerne ich Hendrik habe und dass ich absolut auf Hendriks Seite bin. Dass Jan einfach ausgezogen ist, finde ich ehrlich das Allerletzte.

„Hallo, Jan!“, keine Ahnung, was der hier bei meiner Mama will. Die ist schließlich Hochzeitsplanerin und keine Scheidungsanwältin!

Wahrscheinlich ist er nur gekommen, um die

letzten Sachen bei Hendrik drüben zu holen. Seit heute arbeitet Hendrik nämlich wieder und Jan kann unbemerkt ins Haus.

„Gut, ich gehe dann mal wieder!“, entscheidet Jan, nachdem wir uns ein paar Sekunden blöde angeschwiegen haben.

„Wir telefonieren!“, sagt Mama hastig. Die beiden wechseln einen Blick. „Du hast meine Nummer?“ Sie reicht ihm eine ihrer Visitenkarten. „Ruf auf dem Geschäftstelefon an. Bei unserem privaten Telefon erreichst du sowieso nur den Anrufbeantworter.“

Ich kann es nicht fassen: Mama ist eine Verräterin! Sie weiß doch, wie fies Jan Hendrik behandelt hat. Eigentlich hätte sie ihn vor der Türe stehen lassen sollen.

Kaum ist Jan rüber zu Hendriks Haus gegangen, läutet auch schon Mamas Geschäftstelefon. Jetzt kann ich sie gar nicht fragen, was Jan von ihr wollte.

„Hallo, Frau Klingenbichler!“

Das ist Frau Doppelwhopper. Zugegeben: Klingenbichler klingt nicht wirklich nach Prinzessin. Aber ihr Mann heißt Huberstratzl und das ist sogar noch schlimmer.

Mama lauscht und schlägt dann ihren beruhigenden Tonfall an. Den kenne ich gut. So redet sie mit mir und Papa, wenn sie uns weismachen will, dass unser kurzer Skiurlaub gestrichen werden muss, weil sie einen megawichtigen Kunden hat. Ein kurzfristiger Kunde, für den sie eine Hochzeit bei zehn Grad minus ausrichten soll – mit Iglu, Eisbären und Wollhandschuhen.

Na ja, jetzt übertreibe ich natürlich ein bisschen. Aber tatsächlich hat Mama unseren Skiausflug letztes Jahr genau deswegen abgesagt. Manche Leute heiraten noch kurz vor Silvester wegen der Steuer. Und Mama darf dann innerhalb weniger Tage die Feier organisieren.

„Frau Klingenbichler, ich verstehe ja Ihre Aufregung!“, behauptet Mama, sieht mich an und tippt sich dabei an die Stirn. „Aber müssen es denn unbedingt Lindenbäumchen sein? Die Gäste erkennen den Unterschied zwischen Birken- und Lindenbäumchen doch überhaupt nicht, oder?“

Frau Doppelwhopper redet und redet. Alle paar Sekunden sagt Mama: „Verstehe, verstehe!“ und verdreht die Augen. Dann kritzelt sie auf einen Notizzettel: Spalier!!! Keine Ahnung, was ein Spalier sein soll. Aber offenbar ist dieses Lindenbäumchen-Spalier unglaublich wichtig.

„Es ist doch viel wichtiger, dass der Ehering genau so aussieht wie der von Kate!“, versucht Mama Frau Doppelwhopper zu beruhigen. „Wallisisches Gold. Sie bekommen sogar ein Echtheitszertifikat vom Goldschmied geliefert! Was für Bäumchen am Kircheneingang stehen, das ist doch ehrlich gesagt unwichtig.“

Frau Doppelwhopper scheint da anderer Meinung zu sein. Die Diskussion am Telefon geht weiter. Inzwischen hat Mama sich mit dem Telefon aufs Sofa gelegt. Sie hat die Augen geschlossen und hält eine Hand auf ihre Stirn. Ein Zeichen für aufsteigende Migräne. Jetzt fehlt nur noch, dass sie zum Schrank hinübergeht und sich ein Gläschen russischen Wodka gönnt. Davon trinkt sie nur, wenn anstrengende Kunden sie an den Rand der Verzweiflung treiben.

Zum Glück passiert das nicht so oft – eigentlich sogar ziemlich selten.

Ich verziehe mich an den Arbeitstisch. Solange meine Mutter telefoniert, kann ich mit meinem Ferienjob schon mal beginnen. Mama hat mir aufgetragen, Tischkarten zu basteln. Das habe ich früher auch schon getan. Ich habe nämlich eine richtig schöne und saubere Schrift – nicht so hektisch und eckig wie die meiner Eltern.

Die Namensliste liegt neben den vanillefarbenen Tonpapierkärtchen und als Erstes springt mich natürlich Kevins Name an. Für einen Moment wird mir ganz schwindelig und übel. Aber klar, es ist die Hochzeit seiner Mutter. Wenn er nicht auf der Gästeliste stehen würde, wäre das ziemlich sonderbar.

Mein Blick wandert die Liste hinab. Direkt unter Kevins Name steht der Name Loretta.

Ich schlucke. Wenn ich noch mit Kevin zusammen wäre, würde jetzt wahrscheinlich mein Name auf der Liste stehen. Aber nun nimmt er seine neue Freundin mit zur Feier.

Mein Blick wandert über den Plan mit der Sitzordnung, der neben der Namensliste liegt. Mama erstellt mit ihren Kunden immer hochkomplizierte Tischpläne. Schließlich muss man vermeiden, dass Leute nebeneinander sitzen, die sich nicht leiden können – und dass die wichtigsten Gäste in der Nähe der Brautleute sind.

Kevin und Loretta sitzen nebeneinander. Und direkt neben dem Hochzeitspaar. Am liebsten würde ich den sorgfältig erarbeiteten Plan zerknüllen.

Meine Hand greift mechanisch nach dem Goldstift. Wie ferngesteuert schraube ich die Kappe auf. Aber meine Hand verharrt reglos über der Tonpapierkarte.

Ich bin unfähig, auch nur einen Buchstaben zu schreiben.

„Diese Königshochzeit bringt mich noch um meinen Verstand!“, Mama hat endlich aufgelegt und kommt rüber zum Arbeitstisch gewankt. Nach so einem Kundengespräch bräuchte sie eigentlich sofortigen Urlaub. Zumindest sagt sie das immer, wenn jemand sie so genervt hat, dass ihr Job ihr keinen Spaß mehr macht.

„Eigentlich bräuchte ich jetzt sofortigen Urlaub!“, schimpft Mama tatsächlich. „Wo soll ich bitte schön auf die Schnelle Lindenbäumchen herzaubern? Außerdem gibt es da noch ein kleines Problem. Prinz William trägt keinen Ehering. Ein Ringtausch mit nur einem Ring. Das kann man hier in Bayern einfach nicht bringen!“

Eine Hochzeit ohne Ringtausch kann ich mir ehrlich gesagt auch nicht vorstellen.

„Da lobe ich mir doch stinknormale Hochzeiten!“, seufzt Mama und nimmt mir den Goldstift ab. „Der trocknet aus, wenn du ihn offen lässt. Hast du schon mit den Tischkarten angefangen?“

Ich schüttele den Kopf. „Kann ich nicht was anderes machen?“

Mama seufzt. „Du weißt doch, wie verunstaltet die Karten aussehen, wenn ich das mache …“ Ihr Blick wandert über den Arbeitstisch. Dann grabscht sie nach einem weiteren Plan.

„Du kannst am Computer den Ablaufplan abtippen. Wir wollen eine Art Programmheft für die Gäste machen. Es gibt jede Menge Auftritte: Gesangseinlagen, Sketche, Hochzeitsspiele und so.“

Ich nehme ihr den Zettel ab. Stumpfsinnig etwas in den Computer hämmern ist genau das, was ich jetzt brauche. Nicht an Kevin denken. Nicht daran denken, dass mein Herz in tausend Stücke zerrissen ist.

Punkt eins auf der Liste ist: Rede der Trauzeugen. Neben Punkt zwei steht: Duett Kevin und Loretta: *My heart will go on*!

Ich wusste gar nicht, dass Kevin singen kann. Klar, von Loretta wusste ich es. Die kann ja alles.

Der Plan gleitet mir aus der Hand, und Mama bückt sich, um ihn vom Boden aufzuheben.

„Bist du arg sauer, wenn ich schon wieder kündige?“

Mama sieht mich verwundert an. „Aber wieso denn? Ich dachte, du wolltest dir etwas dazuverdienen? Und jetzt, wo Daisy krank ist, hast du doch jede Menge Zeit.“

„Ja. Schon.“ Garantiert werde ich nicht die Tischkärtchen zeichnen, die die ganze Feier über vor der dämlichen Loretta und meinem Exfreund stehen. Garantiert werde ich nicht ein Programmheft tippen, in dem Kevin und Loretta den dramatischsten Lovesong der Filmgeschichte trällern.

Lieber lerne ich freiwillig Englisch. „Mein Lehrer, Herr Wiedenkamp, hat gesagt, ich soll meine Ferien nutzen, um mich auszuruhen. Er glaubt, wenn ich weniger arbeite und stattdessen mehr lese und lerne, könnte ich richtig gut in Englisch sein.“

„Ehrlich?“ Mama sieht mich etwas schuldbewusst an. „Ich dachte immer, dir macht es Spaß, mir zu helfen!“

„Macht es ja auch!“ Ich ziehe verlegen die Schultern hoch. „Bei der nächsten Hochzeit helfe ich auch wieder. Aber bei dieser musst du ausnahmsweise ohne mich klarkommen.“

„Schade!“, Mama sieht echt am Ende aus. Sie geht zurück ins Wohnzimmer und ich höre, wie sie die Schranktür aufmacht und sich am helllichten Tag ein Verzweiflungsglas russischen Wodka gönnt.

Brasilien

In Brasilien schneidet das Brautpaar die Torte von unten nach oben an – damit es im Leben stets bergauf geht!

Selten habe ich einen Ausritt so genossen wie den heutigen. Auch Daisy ist ungewohnt ausgelassen. Das lange Stillstehen im Stall hat ihr gar nicht gefallen und jetzt überkommt sie ein ungebremster Bewegungsdrang.

„He, mach mal langsam!“, bremse ich meine wilde Schimmelstute aus. „Du sollst nicht gleich die nächste Verletzung riskieren.“

Wir reiten die Asphaltstraße hinauf. Von Daisys Lahmheit ist nichts mehr zu bemerken. Offenbar ist die Verletzung gut abgeheilt. Vielleicht wegen der Arnika-Wickel der Tierärztin, vielleicht aber auch wegen der strengen Ruhe. Ich habe alles genau nach Anweisung gemacht: ein paar Tage Stillstehen, dann langsames Longentraining. Und heute endlich wieder ein Ausritt in freier Natur!

Ein bisschen eingerostet wirkt Daisy unter mir. Ist aber auch kein Wunder: Man stelle sich vor, man liegt eine Woche lang im Bett und soll dann durch die Gegend hüpfen!

Aber bald schon fühlt es sich an wie früher. Wir nehmen die Abzweigung in den Wald und hier geht es ein bisschen langsamer weiter. Alles ist still. Nur mein Atem und das sanfte Hufgetrappel sind zu hören. Ich bin unglaublich gerne mit Daisy im Wald.

Jakob habe ich seit Tagen nicht mehr gesehen und ich weiß noch nicht mal, was aus ihm und Sybille geworden ist. Aber bestimmt wird er es mir irgendwann erzählen.

An dem kleinen Tümpel bleibt Daisy stehen. Unser Bild spiegelt sich in der glasklaren Wasseroberfläche. Toll sieht das aus. Ich auf einem weißen Pferd. Fast wie ein Traumbild oder so ähnlich. Wenn nur mein trauriger Blick nicht wäre!

Ich springe ab und presse meine Stirn an Daisys großen warmen Kopf. Energieübertragung – vielleicht hilft es mir. Daisy ist tapfer, ausdauernd und stark – das hat sie in den letzten Tagen wieder bewiesen. Obwohl sie am Anfang ungeduldig war, hat sie die Stallruhe schließlich mit großer Gelassenheit gemeistert. Wenn sich nur ein bisschen was von diesen Eigenschaften auf mich überträgt, kann ich mich ehrlich glücklich schätzen.

Tatsächlich kommt es mir so vor, als würde eine

hitzige Kraftwelle durch meinen Körper schwappen. Sie wirbelt die Kokons mit den verpuppten Schmetterlingen in meinem Bauch hoch und einen kurzen Moment fühle ich mich, als könnte ich Bäume ausreißen. Dann ist der Zauber auch schon wieder vorbei und Daisy sieht mich an, als wäre gar nichts gewesen.

Ich löse mich von meinem treuen Tier und streichle ihr nachdenklich durch die Mähne.

„Morgen ist endlich diese bescheuerte Königshochzeit …“, erzähle ich ihr. Ich glaube, es gefällt Daisy, wenn ich ihr aus meinem Leben berichte. „Mama flippt schon beinahe aus. Sie sagt, das ist die erste und letzte Königshochzeit ihres Lebens!“ Ich muss lachen und fast scheint es mir, als ob auch Daisys Augen amüsiert aufblitzen. Dabei versteht sie vermutlich kein Wort. Hochzeiten – so was gibt es schließlich nur bei uns Menschen. Auf der anderen Seite kennt Daisy Liebeskummer sehr wohl – ich sage nur: Feuerblitz' Turnier und Daisys Einsamkeitsflash nach seiner Abfahrt!

„Das nächste Wochenende heiratet Kevins Mutter …“, berichte ich weiter. Ich bücke mich nach einem Kieselstein und werfe ihn in den Tümpel. Die Oberfläche kräuselt sich. Das Bild von Daisy und mir wackelt und verschwimmt.

„Kann sein, dass du doch zum Einsatz kommst. Tut mir echt leid, aber Mama hat extra mit unserer Tierärztin geredet. Ich habe behauptet, dass du noch zu schwach für den Einspänner bist. Leider hat sie sich aber inzwischen selbst erkundigt. Zwei Tierärzte haben unabhängig voneinander entschieden, dass es kein Problem ist, dass du die Kutsche ziehst! Rein medizinisch giltst du als völlig gesund und darfst wieder für meine Mama schuften!"

Ich klopfe meiner Daisy sanft auf die Seite. Sie kann ja nichts dafür, dass sie Kevins Mutter zu Hause abholen muss. Wenigstens ist sie nicht bei der Doppelwhopper-Hochzeit dabei. Die haben nämlich eine richtig große Kutsche bestellt: rot, gezogen von vier riesigen Schimmeln. Genau so wie bei der echten Königshochzeit eben! Da ist unser kleiner Einspänner, der von meiner knuffigen Daisy gezogen wird, das reinste Sparprogramm.

„Ich heirate nie!", sage ich zu Daisy. Inzwischen liegt der Tümpel wieder still vor uns da. Unser Spiegelbild ist zurück und ich steige wieder auf, um weiterzureiten. „Das Geld für die Hochzeit stecke ich lieber in eine Weltreise. Wegen Mamas Job war ich noch nirgendwo! Dabei möchte ich so gerne mal richtig weit weg. Zum Beispiel nach Kuba oder Brasilien. Nicht immer nur Österreich. Sondern mal was Spannendes: Karneval in Rio de Janeiro!"

Im Fernsehen habe ich einen Beitrag über den Karneval in Brasilien gesehen. Das würde ich wirklich gerne erleben. Wenn mir irgendwann mal jemand einen Heiratsantrag macht, werde ich ihn bitten, stattdessen mit mir nach Rio zu fliegen.

Schon wieder muss ich an Kevin denken. Kevin, der aus Berlin kommt, und deshalb viel welterfahrener ist als ich. Bestimmt würde der sofort mit mir nach Brasilien reisen. Natürlich nicht jetzt. Sondern irgendwann später. Wenn wir erwachsen sind. Wenn ich mein eigenes Haus habe mit einem großen Stall extra für meine Pferde. Daisy ist dann natürlich immer noch da, aber auch andere Pferde und Ponys. Und natürlich ein Fohlen. Fohlen sind so was von süß!

Daisy legt einen Zahn zu. „Langsamer!“, bremse ich sie lachend aus. „Keine Angst. Ab heute darfst du wieder jeden Tag raus und dich nach Lust und Laune bewegen.“

Als ich nach dem Stallausmisten nach Hause laufe, sehe ich einen Lieferwagen vor unserer Tür. Unser neuer Paketlieferant und ein Typ mit grüner Gärtnerschürze hocken auf der Laderampe und rauchen. Überall an unserer Hauswand lehnen junge Bäumchen.

Meine Mama steht mit roten Wangen daneben. Am Ohr ihr Telefon, in der Hand ein gezückter Kugelschreiber.

„Natürlich Lindenbäumchen!“, säuselt sie soeben in den Hörer. „Sie können gerne den Lieferschein kontrollieren, Frau Klingenbichler! Ach, Sie haben zwischenzeitlich ja das Standesamt hinter sich – Frau *Huberstratzl*, wollte ich sagen."

„Eröffnet deine Mama eine Baumschule?", fragt der Typ mit der grünen Schürze, als ich vorbeilaufe.

„Nein!", ich schüttele den Kopf. „Meine Mama ist Hochzeitsplanerin. Sie kümmert sich um das komplette Fest."

„Nur Ja sagen müssen die Brautpaare selbst!", beendet der österreichische Paketlieferant Xaver, der aussieht wie ein spanischer Italiener, den Satz.

„He, super Satz!", lobt der Typ im grünen Kittel. „Den könntest du glatt als Werbeslogan verkaufen!"

Ich husche an meiner telefonierenden Mama vorbei ins Haus. Papa sitzt über einer Tasse Kaffee in der Küche.

„Das ist kein Zuhause, das ist eine Irrenanstalt!", murmelt er erschöpft.

„Das heißt nicht mehr Irrenanstalt, sondern Psychiatrie!", verbessere ich ihn. So was lernen wir im Deutschunterricht: politisch korrekte Sprache. Papa seufzt. „Das wäre eine Beleidigung für jede Psychiatrie!", murmelt er. „Das Wort Irrenanstalt trifft es einfach viel, viel besser. Hast du die dreißig Lindenbäumchen da draußen gesehen? Außerdem wurde soeben ein Thron angeliefert!"

Tatsächlich! Der gigantische Thron steht im Wohnzimmer und Papa muss ihn später mit unserem großen Auto in die Kirche fahren. Papa und ich wünschen uns manchmal, dass Mama einen anderen Job hat. Einen, bei dem sie nicht jeden Samstag bis spät nachts arbeiten muss. Eine Arbeit, bei der es nicht normal ist, dass ein halber Wald angeliefert wird, man Strumpfbänder abholen muss und plötzlich ein Thron die Sicht auf den Fernseher verstellt.

„Nächste Woche steht noch die Hochzeit von deinem Schulkameraden an!", seufzt Papa. „Und dann ist erst mal Sommerpause!" Sommerpause. Zwei Hochzeiten wurden kurzfristig abgesagt. Die eine Braut hat sich beim Wandern das Bein gebrochen. Und das andere Paar hat es sich wohl doch noch anders überlegt. Sie haben die Feier per SMS gestrichen. Jetzt hat Mama ungeplant drei Wochen frei. Aber mit Verreisen ist nichts, denn Papa muss trotzdem arbeiten. Er hat seinen ganzen Urlaub extra in den Winter gelegt.

„Wie wäre es denn mit Beruhigungspillen?", fragt Mama. Sie ist soeben mit ihrem Telefon am Ohr in die Küche geprescht. Sie reißt den Kühlschrank auf, nimmt die Milch heraus und trinkt gierig direkt aus der Flasche.

Papa und ich schauen uns an. Beruhigungspillen? Keine Ahnung, ob sie mit uns, der königlichen Braut oder mit sich selber spricht.

Beruhigungspillen könnten wir alle gut gebrauchen.

„Sag ich doch, Irrenanstalt!“, flüstert Papa mir zu. Dann schnappe ich meine Weste und gehe noch mal rüber zu Jakob.

Auf dem Hof von Jakobs Eltern steht ein roter Volvo mit dem Kennzeichen „HH“. Bestimmt neue Gäste für die Ferienwohnung.

Gerade als ich zur Haustür marschiere, bemerke ich die geöffnete Stalltür.

Ich bin ganz sicher, dass ich sie zugemacht habe, als ich Daisy nach dem Ausritt zurückgeführt habe. Ich habe den Stall ausgemistet und den beiden Pferden Futter gegeben, und nachdem niemand zu Hause war, habe ich den Stall fest verschlossen.

Neugierig gehe ich auf die geöffnete Stalltür zu.

Verdächtig still ist es hier. Wenn Jakob bei den Pferden ist, spricht er meistens laut mit ihnen, erteilt sanft Befehle oder lässt sich einfach nur über das Wetter aus. Aber jetzt ist alles mucksmäuschenstill und ich höre nicht mal Feuerblitz' gewohntes Schnauben.

Als ich in der offenen Stalltür stehe, setzt erst einmal mein Herzschlag aus. Beide Boxen sind leer. Sowohl Daisy als auch Feuerblitz sind verschwunden!

Mein Puls rast, ich habe einen metallischen Geschmack im Mund. Vor Schreck habe ich mir in die Zunge gebissen. Erst dann komme ich auf die Idee, auf der Koppel nachzusehen.

Große Erleichterung macht sich breit. Schon von Weitem kann ich Jakob und Feuerblitz über die Weide galoppieren sehen. Aber Moment mal! Was macht denn die fremde Person auf meinem Pferd?

Ich bin so überrascht, dass ich stehen bleibe. Eine Zeit lang beobachte ich das Geschehen auf der Weide, dann nähere ich mich langsam dem Zaun.

Endlich hat mich Jakob entdeckt und kommt auf Feuerblitz direkt auf mich zugeritten.

„Tami!“, etwas verlegen nimmt er sich den Helm ab. Er springt von Feuerblitz ab und schenkt mir ein schiefes Lächeln. „Ich wollte dich anrufen, ob ich Daisy mit auf die Weide nehmen darf. Aber bei euch war die ganze Zeit belegt. Und an dein Handy bist du auch nicht gegangen.“

Irritiert starre ich das Mädchen an, das soeben auf Daisy zu uns stößt. Sie reitet so gekonnt, als hätte sie ihre komplette Kindheit auf einem Pferderücken verbracht. Das Mädchen hat rote Wangen und leuchtende Augen. Als sie den Helm abnimmt, fährt sie sich grinsend durch ihr kurzes blondes Haar. An ihren Ohren baumeln große rote Plastikkirschen. Sportlich springt sie ab.

Der Groschen fällt sofort. Aber klar doch! Das ist Sybille aus Hamburg!

„Hi, Sybille!“, sage ich und reiche ihr zögernd die Hand. Aber Sybille kennt keine Berührungsängste.

„Du musst Tami sein!“, sagt sie strahlend. Sie umarmt mich überschwänglich und drückt mir einen Kuss auf die Wange. „Du bist Jakobs beste Freundin. Er hat schon so viel von dir erzählt!“

Kann ich mir gar nicht vorstellen. Aber natürlich freut es mich trotzdem.

Sybille legt ihren Arm um Jakobs Schulter. Dann drückt sie ihm ebenfalls einen liebevollen Kuss auf die Wange. Jakob wird rot und weicht verlegen meinem Blick aus. Aber man kann die Freude regelrecht in seinem Gesicht aufflackern sehen. Sybille ist nun also doch wie geplant mit ihren Eltern gekommen. Und Jakob suhlt sich im Liebesglück.

Wenn diese Sybille so gerne küsst, wie es den Eindruck macht, wird es für Jakob die nächsten Tage auf jeden Fall sehr romantisch werden.

In mir hingegen macht sich eine dumpfe Traurigkeit breit. Nicht nur, dass Jakob mir einfach verschwiegen hat, dass zwischen ihm und Sybille wieder alles in Butter ist. Nein! Jetzt leiht er seinem neuen Schatz einfach mein Pferd.

Aber Jakob zuliebe versuche ich, meine Wut zu verbergen. Diese Sybille ist ja wirklich nett. Offenbar kennt sie sich mit Pferden supergut aus und dass sie reiten kann, hat sie eben bewiesen.

Und der wichtigste Grund: Jakob ist rettungslos verknallt in das Mädchen mit dem kurzen blonden Haar. Ich will ihm seine Verliebtheit nicht vermiesen und setze ein gekünsteltes Lächeln auf.

„Ich muss leider gleich wieder heim!", presse ich eine Notlüge heraus. „Mama hat morgen eine riesige Hochzeit. Und ich muss meinem Papa noch helfen, einen Thron zur Kirche zu fahren!"

„Einen Thron?", fragt Sybille verwirrt. „Wird das etwa eine bayerische Adelshochzeit?"

„So was in der Art!" Ich nicke Sybille freundlich zu. „Ich mache bei meiner Mama einen Ferienjob und muss ihr ziemlich oft helfen."

Das war auch gelogen. Den Job habe ich ja gekündigt, noch ehe ich ihn begonnen habe. Aber das brauchen Sybille und Jakob nicht zu wissen.

„Wir sehen uns die nächsten Tage ja bestimmt noch öfter!", sagt Sybille erfreut. „Ich mache mit meinen Eltern zwei Wochen Urlaub hier. Wandern und reiten. Und natürlich küssen, wann immer es geht!" Schon wieder beugt sie sich lachend zu Jakob hinüber und nun küssen die beiden sich überschwänglich auf den Mund.

Genau so haben Kevin und ich uns auch geküsst. So richtig weltvergessen und sogar mit Zunge.

Auf dem Weg zurück zum Haus brennen mir Tränen in den Augen. Kein Mensch ist ersetzbar, das haben Mama und Papa mir ganz oft schon gesagt. Und doch ist es so. Kevin hat die tolle

Loretta. Hendrik hat zwar keine neue Liebe, aber zumindest einen neuen guten Freund gefunden. Er und Xaver waren inzwischen wirklich beim Squashspielen und Hendrik sagt, sie beide könnten richtig gute Kumpel werden.

Jakob hat Besuch von Sybille aus Hamburg.

Daisy hat Feuerblitz.

Frau Klingenbichler hat Herrn Huberstratzl.

Mama hat Papa.

Frau Rosalke hat ihre rosaroten Schleifen.

Und ich?

Eine Träne rinnt mir die Wange hinab. Der Lieferwagen vor dem Haus ist zum Glück wieder weg. Und die aufgereihten Bäumchen stehen da und lechzen nach Wasser.

Japan

In Japan verlässt die Braut während der Feier den Raum, um das weiße Kleid gegen ein buntes Kleid auszutauschen. Das symbolisiert den Eintritt ins alltägliche Leben.

Ich finde, mit vierzehn ist man noch jung genug, um ohne schlechtes Gewissen eine Woche lang kindisch sein zu dürfen. Seit Sybille mit ihren Eltern bei Jakobs Familie in die Ferienwohnung gezogen ist, bin ich einfach nicht mehr drüben gewesen. Ich habe keine Lust, meinen besten Kumpel dabei zu beobachten, wie er eine fröhliche, kurzhaarige Hamburgerin küsst.

Zumindest nicht, solange ich selbst an Liebeskummer sterbe.

Sybille kümmert sich voller Hingabe um meine Daisy – wenigstens habe ich das aus der Ferne gesehen. Ich habe Jakob gegenüber behauptet, dass ich in den großen Ferien neben meinem Job auch noch Englisch lernen will. Wenn Herr Wiedenkamp denkt, dass ich wirklich Talent habe, soll er nach den Sommerferien sein blaues Wunder erleben! Papa hat mir einen Computer-Lernkurs gekauft und jetzt hocke ich jeden Tag mit Headset an Papas Laptop und pauke Vokabeln.

Ich gebe zu, es geht mir nicht wirklich um Herrn Wiedenkamp oder Englisch. Aber momentan will ich einfach nur alleine sein. Jakob und Sybille in ihrem Liebesglück zu erleben, macht mich krank. Ich brauche ein bisschen Pause von Verliebten.

Aber das ist im Haushalt einer Hochzeitsplanerin natürlich leichter gesagt als getan. Seit der Königshochzeit herrscht bei uns absoluter Ausnahmezustand. Die Lokalzeitung hat eine große Fotoserie über das Ehepaar Huberstratzl gebracht. Und jetzt klingelt jeden Tag das Telefon und irgend ein Müller, Mayer oder Schmidt will auch so eine Königshochzeit haben.

„Tami?“, Mama schiebt den Kopf durch die Tür. „Das mit dem Englisch wird mir langsam unheimlich!“, stellt sie fest. „Draußen ist so schönes Wetter! Willst du nicht mal wieder rüber zu Jakob gehen? Daisy hat dich ja seit fünf Tagen nicht mehr gesehen – bestimmt hat sie schreckliche Sehnsucht!“

Seit wann fällt meiner Mama auf, was in meinem Leben passiert? Ich hätte nie gedacht, dass sie bemerken würde, dass ich nicht mehr zum Reiten gehe.

Mama ist jetzt ganz in meinem Zimmer und legt ihre Hand auf meine Schulter. „In letzter Zeit habe ich dich und Papa ganz schön vernachlässigt, stimmt's?", gibt sie zu. Ich nicke.

„Na ja. Noch eine Hochzeit, und dann habe ich endlich mal eine wohlverdiente Pause. Und ich verspreche, ich werde ganz viel mit dir und Papa unternehmen!"

Das hat Mama schon oft behauptet. Aber da unser Zuhause gleichzeitig ihr Arbeitsplatz ist, hat sie sogar an ihren freien Tagen nie wirklich Freizeit. Ständig kommt berufliche Post, Lieferungen, Anrufe und so weiter. Man müsste meine Mama schon entführen, um sie davon abzuhalten, Tag und Nacht zu arbeiten.

Mein Computer-Lernkurs bietet mir ein Kreuzworträtsel an. Es geht um Vokabeln aus dem Bereich „Naturkatastrophen".

„Tami, kannst du mir einen kleinen Gefallen tun?"

Ich sehe von meinem Bildschirm hoch. „Klar. Was denn?"

„Wenn übermorgen die Hochzeit ist ... du weißt schon, die Hochzeit der Mutter deines Schulkollegen Kevin!"

Als ob ich das vergessen könnte. Kevin ist nicht mein Schulkollege, möchte ich am liebsten schreien. Er ist mein allererster Freund. Der Typ, mit dem ich herumgeknutscht habe und der mir gesagt hat, dass ich ein ganz spannendes Mädchen bin. Und das ganz ohne Saxofon, ohne witzige Sprüche und ohne auszusehen wie Selena Gomez! Der Typ, mit dem ich diesen wunderbaren warmen Sommer verbringen wollte. Der Typ, der einen Goldfisch namens Moby hat und ein Tattoo unten am Knöchel. Kevin hat mir erklärt, was das japanische Zeichen heißt. Es bedeutet: einsamer Krieger.

Kevin ist der erste Typ, der mir das Herz gebrochen hat. Liebe wird für mich in Zukunft nie mehr so unbeschwert und fröhlich sein wie früher.

„Was schaust du denn so griesgrämig?“, fragt Mama. „Ich sage doch, es ist nicht gut, bei dem schönen Wetter im Haus zu sein. Geh rüber und hilf Jakob und seiner netten Besucherin mit den Pferden.“

Ich schüttele den Kopf. „Was soll ich dir denn eigentlich helfen?“, erinnere ich sie an den ursprünglichen Anlass ihrer Störung.

Mama wuschelt mir durch das Haar. „Nur eine Kleinigkeit, Tami. Hast du ja schon tausend Mal gemacht, und ich wäre dir wirklich dankbar, wenn du mir auch diesmal helfen könntest. Du müsstest am Samstag die Braut mit dem Einspänner abholen und zur Kirche fahren. Ich selber muss mich um die Tauben kümmern. Ich hoffe, Schrempke hat mich eingeplant. Bei der letzten Hochzeit hätte er mich ja beinahe vergessen.“

Schrempke ist der Typ, der die zehn Tauben

vermietet, die nach dem Heraustreten der Brautleute aus der Kirche aus einem rosengeschmückten Korb in den Himmel fliegen. Wunderschöne weiße Tauben sind das. Das Problem ist nur, dass Schrempke optisch nicht zu seinen Tauben passt. Er hat einen Dreitagebart, eine echt frauenfeindliche Tätowierung am Hals und trägt ausschließlich schmuddelige Bundeswehrhosen.

Also lässt Mama die Tauben selber aus dem Korb. Schrempke steht währenddessen hinter der Kirche und raucht seine selbst gedrehten Zigaretten.

Mama sagt, der Anblick von Schrempke wäre schädigend fürs Geschäft. Außerdem sollen die Gäste nicht kapieren, dass die Tauben abgerichtet sind. Nach ihrem Flug in die Freiheit fliegen die nämlich brav in ihren Käfig zurück.

Bei meinen Gedanken über Schrempke hätte ich beinahe Mamas Bitte vergessen. Ich den Einspänner lenken? Auf gar keinen Fall!

„Das geht nicht!“, druckse ich herum. „Ich kann den Einspänner nicht lenken. Diesmal zumindest nicht.“

Mama wirkt verdutzt. „Aber wieso das denn? Du hast das die letzten Male doch auch getan. Und es hat dir auch immer gefallen.“

Bei der Vorstellung, dass ausgerechnet ich Kevins Mutter zu Hause abhole, wird mir schlecht. Womöglich treffe ich dann auch noch Kevin höchstpersönlich und die bescheuerte Loretta, die vermutlich aufgebrezelt ist wie ein Filmstar. Wer im Abendkleid zum Englischunterricht kommt, wird bei einer Hochzeit vermutlich alle Register ziehen.

„Ich finde einfach, dass Daisy noch zu schwach ist, um die Kutsche zu ziehen!“, erfinde ich rasch eine Ausrede. „Seit ihrer Zerrung hinkt sie leicht!“

„Unsinn!“ Mama sieht mich stirnrunzelnd an. „Ich habe doch extra mit der Tierärztin telefoniert. Sie sagt, Daisy sei absolut wieder die Alte.“

Das mag ja sein. Aber ich bin nicht mehr die Alte. Nicht, seit Kevin mit Loretta geht. Nicht, seit die Schmetterlinge in meinem Bauch aufgehört haben, sich zu regen.

„Tami, bist du etwa wegen der Pubertät so zickig?“

Meine Mama kapiert aber auch gar nichts! Ich bin nicht zickig, sondern habe Liebeskummer.

„Du kannst ja meinetwegen Jakob fragen. Der hat den Einspänner auch schon gelenkt!“, schlage ich schließlich vor, als ich das enttäuschte Gesicht meiner Mutter sehe. Ich klappe den Laptop zu.

„Und was hast du jetzt vor?“, irritiert sieht Mama mich an.

„Jetzt gehe ich rüber zu Hendrik. Quatschen.“

„Mensch, ich dachte schon, du bist in eine Erdspalte gefallen!", begrüßt mich Hendrik. Er scheint sich echt über meinen Besuch zu freuen und für einen Moment habe ich ein schlechtes Gewissen. Wahrscheinlich hätte es mir gutgetan, wenn ich ihn die letzten Tage gesehen hätte.

„Pralinen gibt es leider nicht mehr!", sagt Hendrik und stellt mir dafür eine Schüssel mit klein geschnittenen Erdbeeren hin. „Zum einen wurde mir das auf Dauer zu teuer. Zum anderen möchte ich etwas abnehmen. Ich habe ganz schön zugelegt in der Zeit, als ich Liebeskummer hatte."

„Und jetzt? Hast du jetzt keinen Liebeskummer mehr?", frage ich. Bei mir fühlt sich alles noch genauso an wie immer. Der Kummer wird kein bisschen weniger – und die Sehnsucht dafür immer mehr. Heute Nacht habe ich sogar von Kevin geträumt. Von Kevin und dem Tattoo an seinem Knöchel.

„Mein Liebeskummer ist zum Glück ziemlich verraucht!", sagt Hendrik stolz. „Jan schickt mir fast täglich Entschuldigungsbriefe!"

Verblüfft sehe ich unseren Nachbarn an. Was für Neuigkeiten! Vielleicht war Jan deshalb drüben bei meiner Mama. Womöglich hat er sich Tipps für schleimige Entschuldigungsbriefe geholt.

„Und, nimmst du seine Entschuldigung an? Seid ihr beiden wieder zusammen?"

Hendrik verschränkt die Arme im Nacken.

„So leicht ist das eben nicht!“, sagt er und klingt nun doch wieder ein klein wenig traurig. „Jan kann jetzt nicht einfach wieder angekrochen kommen, als wäre nichts geschehen. Woher soll ich denn wissen, ob es ihm diesmal ernst mit mir ist? Mein Vertrauen ist ein für allemal zerstört. Oder zumindest stark angeknackst. Sagen wir, Erdbeben der Stärke sieben.“

Ich nicke. Dann erzähle ich ihm von meiner Zwickmühle. Dass Mama mich gefragt hat, ob ich nicht die Kutsche am Samstag fahre und dass ich vorgeschlagen habe, den Job an Jakob weiterzugeben.

Hendrik sieht mich aus großen Augen an. „Aber Tami!“, sagt er. „Das ist doch eine wunderbare Gelegenheit!“

„Was denn für eine Gelegenheit? Soll ich Loretta mit dem Einspänner überfahren?“

„Unsinn!“ Hendrik lacht. „Aber stell dir das doch mal bildhaft vor: du auf einer weiß lackierten Kutsche. Eine strahlende Braut sitzt hinter dir. Du, selbstbewusst mit den Zügeln in der Hand. In deiner ganzen jugendlichen Schönheit!“

Von wegen jugendliche Schönheit. Mit meinem Spaghettihaar und dem Muttermal über dem Mund sehe ich nicht gerade aus wie ein Supermodel.

„Ich sehe überhaupt nicht schön aus!“, entgegne ich leise.

„So ein Quatsch!", sagt Hendrik und springt auf. „Du siehst toll aus. Und du hast exakt den gleichen Leberfleck wie Cindy Crawford. Und die ist schließlich eine der schönsten Frauen der Welt!"

Cindy Crawford? Nie von ihr gehört.

„Tami, glaube mir, das wird ein filmreifer Auftritt. Zieh dir was Hübsches an, setz dein unwiderstehliches Lächeln auf und lenke die Kutsche selbstbewusst zur Kirche. Wenn Kevin dich so sieht, wird er sich dafür hassen, dass er dich verlassen hat."

Kevin hat mich ja eigentlich gar nicht verlassen, sondern ich habe mit ihm Schluss gemacht. Aber trotzdem ist die Vorstellung schön, dass er sich über die Trennung ärgert. Hendrik hat ja recht: Der Typ soll bloß nicht denken, dass Loretta die bessere Entscheidung ist.

Auf einmal spüre ich einen richtigen Tatendrang. Am liebsten würde ich meine Daisy sofort vor die Kutsche spannen. Im Geiste male ich mir bereits aus, wie ich sie für ihren großen Auftritt herrichte und ihr Fell striegele, bis es fast silbern glänzt. Den Einspänner muss ich bis zur Hochzeit auf Hochglanz polieren, das ist klar. Und mir genau überlegen, was ich anziehen will. Vielleicht ein Kleid? Oder doch eine lässige Jeans? Am besten binde ich mir die Haare zu einem Zopf – Papa sagt, dass ich so immer viel älter aussehe.

„Tut mir leid, ich muss wieder heim!“, sage ich und lasse die Hälfte der Erdbeeren stehen. „Muss mal in meinem Kleiderschrank nachsehen, was sich für so einen filmreifen Auftritt eignet!“

„Ich hoffe, du kommst bald wieder!“, ruft Hendrik mir hinterher. Aber da bin ich schon zur Tür hinaus gerast und renne hinüber zu unserer Terrasse.

Dänemark

In Dänemark schneidet man dem Bräutigam Löcher in die Socken, damit keine andere Frau sich nach ihm umsieht.

„Aber Tami! Du heiratest doch heute nicht. Oder habe ich da was verpasst?“ Verblüfft sieht Mama mich an, als ich aus dem Bad komme.

Ich habe mir wirklich viel Zeit genommen. Mit der Heißbürste von Mama habe ich mir ein bisschen Volumen ins Haar geföhnt. Zusammengebunden habe ich es nicht, aber mit Spangen ein wenig hochgesteckt. So richtig funktioniert das natürlich nicht, zumindest nicht mit meinen Spaghettihaaren.

Aber trotzdem, das Ergebnis sieht einigermaßen zufriedenstellend aus. Vor allem zusammen mit dem hellblauen Jeansrock und dem T-Shirt mit den großen Rosen.

„Wow!“, sagt auch Papa, der aus der Küche gekommen ist. „Du siehst richtig toll aus. Du willst doch hoffentlich der Braut nicht alle Aufmerksamkeit stehlen?“

Natürlich will ich das. Aber das brauchen meine Eltern nicht zu wissen.

„Danke, dass du mir nun doch behilflich bist!“, sagt Mama dankbar und schaut auf ihre Armbanduhr. „Gut. Ich muss los. Wir sehen uns dann an der Kirche. Du hast die Adresse der Braut, Tami? Papi fährt dich in einer Viertelstunde in die Stadt.“

Papa hat bereits gestern den Einspänner in unsere Kleinstadt gebracht. Über Nacht durften wir ihn in der Garage der freiwilligen Feuerwehr parken. Papa wird mich und Daisy gleich mit dem Hänger hinfahren, dann spannen wir Daisy vor die Kutsche und schon geht es los. Es ist noch ewig hin bis zum Beginn der Trauung, aber Mama ist jedes Mal als Erste vor Ort. Brautpaar hin oder her – in Wahrheit ist es ihre Party.

Als ich eine Viertelstunde später neben meinem Papa im Auto sitze, vergesse ich vor Aufregung beinahe zu atmen. In meinen Fingern kribbelt es. Ich kann überhaupt nicht klar denken.

„Ist was, Tami?“ Papa sieht mich von der Seite an. „Du wirkst so aufgewühlt. Soll ich die Fahrt über bei dir bleiben? Ich kann am Straßenrand neben der Kutsche herlaufen, wenn du willst!“

Normalerweise holt Papa mich und Daisy erst nach der Feier wieder ab. Für die Fotos muss ich nämlich mit der Kutsche bis nach dem Traugottesdienst bleiben. Heute schlägt er mir zum ersten Mal vor, mir Gesellschaft zu leisten. Sonderbar! Offenbar merkt er, dass etwas nicht stimmt.

Trotzdem winke ich ab. Das fehlt gerade noch, dass mein Papa im Hintergrund ist und alles beobachtet. Nein, nein. Die Begegnung mit Kevin muss ich ganz alleine meistern.

Und schließlich ist ja Daisy dabei.

Papa parkt den Hänger vor dem Feuerwehrhaus. Ich hüpfe aus dem Auto und sperre die Garage auf. Hier steht sie, unsere niedliche Hochzeitskutsche. Gestern habe ich den ganzen Nachmittag damit verbracht, sie zu putzen und mit Blumen zu schmücken.

Gemeinsam mit Papas Hilfe spanne ich Daisy vor. Dann mache ich es mir auf dem Kutschbock bequem.

„Tami, du siehst da oben aus wie eine Prinzessin!“, kann Papa sich nicht verkneifen. „Steht dir, so eine Kutsche. Verdreh bloß den Jungs nicht den Kopf! Mit so einem verdrehten Kopf lässt sich gar nicht mehr Fußball spielen!“

Ich werde rot. Den Spruch sagt Papa normalerweise immer, wenn er mich zu einer Party fährt.

„Danke!“, flüstere ich verlegen. Dann werfe ich meinem Papa eine Kusshand zu und lenke die Kutsche klopfenden Herzens langsam zu Kevins Adresse.

In Märchen wird immer davon erzählt, dass ein Märchenprinz auf einem Pferd angeritten kommt. Glaubt mir, umgekehrt ist es mindestens genauso lustig. Die Leute in der verkehrsberuhigten Straße drehen sich verblüfft nach mir um. Eine so wunderschön geschmückte Kutsche sieht man auch in ländlichen Gebieten nicht alle Tage!

Das Wetter meint es gut mit mir. Keine einzige Wolke ist am Himmel, die Vögel zwitschern in den Bäumen und die Sonne lacht mir ins Gesicht. Ich selbst gebe mir auch alle Mühe, fröhlich zu wirken. Obwohl es mir alles andere als leicht ums Herz ist. Wie wird es sein, Kevin nach so langer Zeit der Funkstille wiederzusehen?

Für einen kurzen Moment wird mir regelrecht mulmig. Angst steigt in mir auf. Was, wenn ich meine Tränen nicht zurückhalten kann? Das passiert mir schließlich ständig! Was, wenn mir das Lächeln im Gesicht einfriert, sobald Kevin auftaucht? Was, wenn ich die Nerven verliere?

Aber dann schiebe ich all diese negativen Gedanken entschlossen zur Seite. Hendrik hat versprochen, ganz fest an mich zu denken, und auch Jakob habe ich doch noch eingeweiht. Wir haben ausgemacht, uns alle morgen bei Hendrik auf der Veranda zu treffen. Hendrik wird extra für mich seine berühmte dänische Kirschbowle zaubern und dann werde ich alles haarklein erzählen.

Erleichterung macht sich in mir breit. Es ist

einfach toll, Freunde zu haben, die einen in Krisenzeiten unterstützen!

Hausnummer 23, 24, 25. Kevin wohnt mit seiner Mutter in Hausnummer 31. Noch ein paar Meter. Mein Herzschlag beschleunigt sich – Daisy wird langsamer.

Dann bin ich da.

Das Eingangstor ist mit Rosen geschmückt. Am Randstein parken jede Menge Autos. Sogar ein paar Journalisten lungern auf der Straße herum. Keine Ahnung, wieso die ausgerechnet von dieser Hochzeit Bilder machen.

Aber bei den Doppelwhoppern war das ja auch der Fall. Die Lokalzeitung interessiert sich einfach für alles.

Dann stutze ich. Etwas weiter vorne parkt ein Kamerawagen. Was bitte schön will denn das Fernsehen hier in unserem Kuhkaff?

„Die Kutsche ist da!“, reißt mich eine junge Frau mit viel zu stark geschminktem Gesicht aus meinen Gedanken. Sie presst ihren Zeigefinger auf die Türglocke, das melodische Klingeln dringt bis zu uns hinaus auf die Straße.

Und dann tritt Kevins Mama aus dem Haus. Sie hat ziemliche Ähnlichkeit mit Kevin. Man sieht sofort, dass die beiden miteinander verwandt sind. Ihr Kleid ist sehr elegant. Einen Schleier trägt sie nicht. Aber einen Hut mit einer riesigen weißen Rose.

Die Journalisten schießen Fotos, eine Kamera filmt. Für einen Moment herrscht das reinste Blitzlichtgewitter.

Dann tritt ein junger Mann hinter Kevins Mama. Er trägt einen schicken Anzug und Krawatte. Er fasst die Braut an der Hand und führt sie nach draußen.

Mein Herz setzt aus.

Der junge Mann ist ja Kevin!

Hinter ihm tritt Loretta ins Freie. Wie ich schon befürchtet habe, trägt sie ein prächtiges Abendkleid. Türkisblau mit einer kleinen Schleppe. Ihr langes Haar ist zu einem kunstvollen Knoten hochgetürmt. Zwar nicht der Eiffelturm, aber auch keine Weißwurst.

Loretta sieht ehrlich prima aus.

Geschminkt ist sie auch. Dunkel umrandete Augen, die Lippen lipglossgetränkt und die Wimpern dicht angemalt mit blauer Tusche.

Die Fotografen schießen ungefähr sechstausend Bilder.

Lässig hebt Loretta ihre Hand und lächelt freundlich in Richtung der Journalisten.

Klar, sie ist es gewohnt, mit vierzehn bereits Interviews zu geben.

Ich schlucke und kämpfe gegen die aufsteigenden Tränen an. Gegen Loretta sehe ich aus wie ein Mauerblümchen.

Hendriks Tipp war die größte Schnapsidee des

Jahrtausends. Nicht ich ziehe alle Blicke bewundernd auf mich, sondern alle starren Loretta an.

Alle, bis auf einen.

Kevin steht immer noch neben seiner Mama. Seine Augen sind ungläubig aufgerissen, fast wie in Trance blickt er mich an. Als er erkennt, wer da auf dem Kutschbock sitzt, wird er für einen Moment ganz blass um die Nase. Seine Unterlippe zittert und er zwinkert verwirrt. Dann lässt er seine Mutter los und tritt auf mich zu.

„Hallo, Tami!", sagt er und reicht mir die Hand.

„Hallo, Kevin!" Einen Moment umfassen wir unsere Hände. Ganz warm und vertraut fühlt sich das an. Am liebsten würde ich die Zeit anhalten. Aber leider haben wir es eilig. Kevin löst sich von mir und hilft seiner Mama auf die hintere Sitzbank.

„Darf ich auch mitfahren?", fragt er mich verlegen. Er sieht mich immer noch an, als würde er träumen.

„Klar!" Dieses Gestarre macht mich ganz verwirrt. Es fällt mir richtig schwer, weiter cool zu bleiben. Aber genau das soll ich nach Hendriks Ratschlag tun. So tun, als wäre mir das Wiedersehen völlig egal. Als wäre es mir egal, dass Loretta wie eine Schönheitskönigin drüben auf der Treppe steht. Und als wäre es mir egal, dass Kevin mir so nah ist wie seit Wochen nicht mehr.

„Vorne neben mir ist noch Platz!“, lade ich Kevin gleichgültig ein. Ein wenig zittert mir am Ende des Satzes dann aber doch die Stimme.

Kevin steigt auf. Immer noch starrt er. Starrt und starrt und starrt. Als hätte er mich niemals vorher gesehen. Als wäre ich eine himmlische Erscheinung.

„Toll siehst du aus!“, flüstert er mir schließlich zu. „Wunderschön. Noch schöner, als ich dich in Erinnerung hatte!“

Seine Worte zaubern mir einen Knoten in den Hals. Wenn ich jetzt spreche, ertönt bestenfalls ein Krächzen. Aber zum Glück erwartet sowieso niemand einen Kommentar von mir. Die Stars der Stunde sind die Braut und die hübsche Loretta.

Loretta steht bei einer Gruppe Journalisten und plaudert mit ihnen, als würde sie sie kennen. Sie deutet auf die Kutsche und gibt offenbar Anweisungen, aus welchem Winkel sie fotografieren sollen.

„Cheese!“, ruft sie schließlich laut und Kevins Mama hinter uns lacht. Ich nehme all meine Kraft zusammen, um mir ebenfalls ein Lächeln aufzuzwingen. Auf den Fotos will ich nicht wie der letzte Trauerklops wirken.

„Wir sehen uns gleich in der Kirche, Leute!“, ruft Loretta. Dann steigt sie bei den Kameraleuten mit in den Wagen.

„Wow!“, kann Kevin es sich nicht verkneifen.

„Loretta ist so cool im Umgang mit all diesen Presseleuten. Aber klar. Sie kennt es nicht anders. Ihr Papa ist ja seit mehr als zehn Jahren eine richtige Fernsehgröße.“

Daran hätte Kevin mich nicht zu erinnern brauchen. Und auch sein Lob für Loretta ist irgendwie fehl am Platz. Am liebsten würde ich nun doch die Kutsche alleine lenken. Meine Stimmung ist schlagartig wieder im Keller.

Soll sich Kevin doch ebenfalls in den Kamerawagen zu seiner heißgeliebten Loretta quetschen! Soll er sich beibringen lassen, wie man mit Presseleuten spricht!

Klar, solche Dinge lernt Kevin bei mir nicht.

Das Einzige, was ich kann, ist reiten und lesen. Und knutschen natürlich – aber das ist lange her. So lange, dass ich es vermutlich gar nicht mehr auf die Reihe kriege.

„Komisches Wiedersehen, oder?“, sagt Kevin, als die Kutsche über das Kopfsteinpflaster rattert. Wir beide sitzen ganz eng aneinander gepresst. Nicht absichtlich – auf dem Kutschbock ist einfach nicht mehr Platz, das ist alles.

Der laue Fahrtwind weht durch mein Haar. Überall, wo wir vorbeifahren, bleiben die Fußgänger stehen und klatschen. „Viel Glück!“, ruft eine Mutter mit Kinderwagen. „Viel Liebe!“, schreit ihr ein Mann hinterher.

Ich weiß zwar, dass die Rufe an Kevins Mama gerichtet sind. Trotzdem speichere ich jeden Glückwunsch ab, als wäre er für mich gedacht. Ich werde auch irgendwann wieder Glück erleben. Und auch Liebe. Zumindest hoffe ich das.

Langsam geht mein Atem wieder normaler. Ich fühle mich ganz ruhig und sicher, obwohl Kevin direkt neben mir sitzt.

Aber mit einem hat Hendrik doch recht gehabt: Kevin ist hin und weg von mir. Ständig schielt er unauffällig zu mir herüber. Als sich unsere Augen für einen Moment treffen, sehe ich direkt, wie verliebt er noch immer in mich ist. Fragt sich nur: Was soll dann das Schauspiel mit der doofen Loretta?

„Ich habe dich so was von vermisst, Tami!", gesteht mir Kevin, als wir die Einfahrt hoch zum Kirchplatz rollen. Hier stehen schon jede Menge Gäste in wunderschönen Kleidern und Anzügen. Auch hier wimmelt es nur so von Journalisten. Ein Radiosender ist auch dabei.

Ein paar kleine Mädchen in niedlichen weißen Kleidern bewerfen die Braut mit Rosenblättern, als sie von der Kutsche steigt.

Jetzt beginnen die Kirchenglocken zu läuten und die Gäste strömen in die Kirche.

Kevin und ich steigen nun ebenfalls ab. „Ich habe dir doch diese lange SMS geschickt ...", murmelt er. „Du hast überhaupt nicht darauf geantwortet."

Das war wahrscheinlich die SMS, die er mir nach unserem Streit geschrieben hat. Die, die ich ungelesen gelöscht habe. Vielleicht war das ein Fehler.

In dem Moment springt Loretta auf uns zu. „Super Kutsche, Tami!“, sagt sie und hakt sich vertraulich bei Kevin unter. „Los, die Messe fängt gleich an! Du musst deine Mama zum Altar führen. Das hat sie sich schließlich gewünscht.“

„Sprechen wir später in aller Ruhe miteinander?“, Kevin bleibt stehen und dreht sich noch mal zu mir um. Seine Augen sehen mich flehend an.

Später ... Keine Ahnung, ob es ein Später für uns gibt.

Aber ich nicke und die zwei eilen zur Kirche.

Ich sehe Kevin und Loretta hinterher. Loretta hat einen leichten, fast hüpfenden Gang – ein bisschen wirkt es, als würde sie schweben.

„Willst du bei der Trauung dabei sein?“ In all dem Trubel habe ich meine Mutter ganz vergessen! Aber klar, sie führt Regie bei dieser ganzen Hochzeitsshow. Sobald der Gottesdienst anfängt, baut Mama vor dem Kirchenportal den riesigen Taubenkorb auf. Schrempke wartet bereits mit dem Taubenkäfig hinter der Kirche und teert seine Lungen. Ich stehe bei Daisy und kraule ihr zärtlich den Kopf. Das Wiedersehen mit Kevin haben wir beide mit Bravour gemeistert.

Mama wiederholt ihre Frage, nachdem ich nicht antworte. „Willst du bei der Trauung dabei sein? Jeden Moment geben die zwei sich das Jawort! Das fandest du früher doch immer so romantisch!“

Früher fand ich auch die Schlümpfe super und habe auf eine Bettwäsche mit den Teletubbies gespart.

Seit der zwanzigsten Hochzeit kann ich Jaworten nicht mehr viel abgewinnen. Trotzdem folge ich Mamas Ratschlag und stehle mich in den Gottesdienst.

Die Kirche ist bis auf den letzten Platz besetzt. Überall wimmelt es nur so von Journalisten.

Ganz vorne in der ersten Reihe sitzen Kevin und Loretta.

Ein schmerzhafter Stich durchfährt mein Herz, also konzentriere ich mich voll und ganz auf das Brautpaar.

Sie knien vorne vor der Pfarrerin, die gerade den Segen erteilt. Als das Brautpaar aufgefordert wird, sich zu küssen, murmeln die Gäste verzückt. Der Kameramann ist so hemmungslos und stolpert einfach vor an den Altar, um das Bild einzufangen.

Loretta wischt sich eine Träne aus dem Augenwinkel und Kevin reicht ihr ein Taschentuch.

Sehe ich richtig? Loretta heult bei der Hochzeit von Kevins Mama? Diese Schleimerin! Die Angeberin in ihrem auffälligen Kleid ist sich wirklich für keinen miesen Trick zu schade.

Die Pfarrerin sieht den Kameramann bitterböse an und er verzieht sich wieder zurück zu den anderen Journalisten.

„Nun sind Sie beide Mann und Frau!“, sagt die Pfarrerin ernst. „Und Kevin und Loretta ... ihr habt nun nicht nur einen Stiefpapa und eine Stiefmama dazugewonnen, sondern seid in Zukunft Geschwister.“

Mein Mund bleibt offen stehen. Ungläubig starre ich den Gang nach vorne. Träume ich oder hat die Pfarrerin eben was von Geschwistern gesagt?

Die Menge fängt zu singen an und das Brautpaar erhebt sich langsam.

Wie in Zeitlupe drehen sie sich um.

Groß, dunkelhaarig mit einer auffälligen Silbersträhne in der Stirn – Lorettas berühmter Papa, wie ich und Tausend andere ihn aus den Abendnachrichten kennen.

Wie benebelt taumele ich nach draußen.

Dort steht meine Mutter schon in Position.

„Aber Tami, ist alles in Ordnung?“, fragt sie erschrocken. Etwas hektisch nestelt sie an dem Korb herum. Wenn sie ihn nicht richtig aufbekommt, ist der ganze Effekt im Eimer und die Tauben fangen im Korb zu kreischen und zu kämpfen an.

Das ist Mama leider schon mal passiert. Die Braut hätte beinahe den Tierschutzbund informiert und der Bräutigam wollte die Rechnung nicht bezahlen.

„Du hast mir gar nicht gesagt, dass Lorettas Papa der Bräutigam ist!“, fahre ich meine Mutter an. Es klingt vorwurfsvoller, als es gemeint ist. Meine Mutter zuckt ein bisschen zusammen.

„Rede bitte nicht in diesem Ton mit mir!“, sagt sie etwas säuerlich. „Außerdem hatte ich Schweigepflicht. Sonst hätten die Journalisten bereits seit Tagen das Haus belagert. Sogar den zwei Kindern wurde unter Androhung von lebenslangem Hausarrest befohlen zu schweigen. Für mich als Hochzeitsplanerin galt das also doppelt. Auch eine Berühmtheit wie Lorettas Papa hat ein Anrecht auf Privatsphäre, oder?“

Da gebe ich Mama durchaus recht. Aber die Privatsphäre von Lorettas Papa hat mein Privatleben pulverisiert. Seinetwegen habe ich mich von Kevin getrennt. Dabei waren die beiden niemals ein Paar – sondern angehende Geschwister.

Geschwister ... Das Wort wiederholt sich in einer Endlosschleife in meinem Kopf. Es schwillt immer lauter an, als wollte es sich über mich lustig machen.

Geschwister. So was wie Jakob und ich. Ich muss da definitiv einiges mit Kevin klären.

Schottland

In Schottland wird dem Bräutigam heimlich Salz in die Jackentasche gestreut. Das soll Glück bringen.

„Hast du wirklich gedacht, dass ich und Loretta ein Liebespaar sind? Ich glaub's ja nicht!" Kevin sieht mich so irritiert an, als fände er die Idee absolut hirnrissig.

„Na ja. Was hätte ich denn sonst denken sollen?", frage ich ihn kleinlaut. Wir hocken nebeneinander in der Kutsche. Daisy steht geduldig vor uns und scheint zuzuhören.

Wir stehen vor dem Gasthof, wo die Feier stattfindet. Von drinnen schwappt immer wieder laute Musik und Lachen hinaus ins Freie. Obwohl es die Hochzeit seiner Mama ist, hat Kevin sich zu mir nach draußen gestohlen.

„Aber Loretta ist doch gar nicht mein Typ ...", murmelt Kevin amüsiert. „Klar ... sie ist nett. Aber du bist doch ganz, ganz anders."

„Loretta ist viel toller als ich!", klage ich verzweifelt. „Sie sieht super aus, ist unglaublich klug und hat diesen berühmten Vater. Immer ist sie gut gelaunt. Und ich … ich heule eigentlich dauernd."

Wie zum Beweis stehen mir schon wieder Tränen in den Augen. Bis zu meinem fünfzehnten Geburtstag muss ich das in den Griff bekommen, sonst wird es ehrlich peinlich.

„Aber du siehst auch super aus, bist auch klug und außerdem witzig."

„Aber nicht so hübsch und klug wie sie …", flüstere ich.

Kevin legt mir den Arm um die Schulter. „Mir gefällt, wie nachdenklich du manchmal bist. Du bist viel ernster als andere Mädchen in deinem Alter. Und ehrlich gesagt, finde ich das super so. Ich finde es schön, dass du so viel Zeit mit deinem Pferd in freier Natur verbringst. Dass für dich Klamotten und Schminke nicht so wichtig sind. Und dass du einen besten Freund hast statt einer besten Freundin. Mir gefällt, dass du deiner Mama immer wieder bei ihrer Arbeit hilfst, obwohl du in Wahrheit gar keine Lust darauf hast. Und mir gefällt, dass du so gefühlvoll sein kannst. Du hast ein riesiges Herz … Ich glaube, deshalb heulst du auch dauernd."

Gefühlvoll … Damit hat Kevin wohl recht.

„Und du und Loretta … ihr seid jetzt also wirklich Geschwister?"

Kevin nickt. „Na ja, richtig natürlich nicht. Eher so was wie Halbgeschwister. Weißt du, unsere Eltern waren früher schon mal ein Liebespaar. Meine Mama kommt ja aus dieser Stadt hier, sie ist damals nur wegen Papa nach Berlin gezogen. In Wahrheit hat sie aber wohl immer Lorettas Papa geliebt. Bei einem Klassentreffen haben sie sich vor ein paar Wochen wiedergetroffen. Und da hat es augenblicklich *Wumm* gemacht."

„*Wumm!*", wiederhole ich etwas bedröppelt.

Die ganze Geschichte klingt, als wäre sie erfunden. „Und wieso hast du mir gar nichts davon erzählt?", frage ich Kevin vorwurfsvoll.

Kevin sieht verlegen auf seine Hände. „Ich wollte dir ja alles erzählen!", entschuldigt er sich. „Weißt du, am Wochenende, als ich keine Zeit für dich hatte, da habe ich Lorettas Papa kennengelernt. Unsere Eltern haben für uns gekocht und uns eröffnet, dass sie heiraten wollen. Am nächsten Tag in der Schule war ich total aufgeregt. Loretta auch – wir fanden die ganze Sache natürlich unglaublich spannend und auch ein bisschen seltsam. Aber dann hast du mir nach der Schule eröffnet, dass du dich in Jakob verknallt hast. Und da hatte ich gar keine Lust mehr, dich einzuweihen. Schließlich mussten wir Lorettas Vater schwören, kein Wort von der anstehenden Hochzeit auszuplaudern. Na ja, du hast ja mitbekommen, wie lästig all diese Journalisten sind."

Ich bin wirklich verdattert. Auf einmal klingt alles so schrecklich logisch.

„Später habe ich dir noch mal eine SMS geschickt und dir darin alles erklärt. Aber darauf hast du nie geantwortet. Also dachte ich, dass du nun wirklich mit Jakob gehst!“

„So ein Unsinn!“, entfährt es mir erschrocken. „Ich gehe doch nicht mit Jakob. Ich bin ja nicht mal in ihn verliebt. Das habe ich nur behauptet, um dich eifersüchtig zu machen.“

Verwirrt sieht Kevin mich an.

„Ehrlich?“

„Ehrlich!“

„Und euer Händchenhalten auf dem Golfplatz?“

„Und dein Liebeseisbecher mit Loretta in der Eisdiele Amor?“, schieße ich zurück.Verwirrt sieht Kevin mich an. „Da hast du uns gesehen?“

„Aber klar!“, wenn ich nur daran denke, wird mir sofort wieder ganz weh ums Herz. Ich, versteckt in einer Wäscheboutique. Und Kevin lachend und scherzend draußen mit Loretta.

„Das war doch nur für unser Hochzeitsgeschenk!“, erklärt Kevin mir entgeistert. „Wir wollen den beiden lauter kleine Ausflüge schenken: ins Eiscafé, in die Minigolfanlage, zum Bootfahren an den Weiher und so weiter. Also haben wir lauter lustige Fotos von uns an den betreffenden Orten gemacht. Wir haben die Bilder auf den Gutschein geklebt – das ist alles.“

„Oje, bin ich doof!“, gebe ich zu. Ich fühle mich

ehrlich so. Total blamiert. Dabei gab es überhaupt nie Grund, sich zu ärgern!

Kevin grinst. Dann beugt er sich zu mir und küsst mich. Diesmal macht also er den ersten Schritt. Zuerst fühle ich mich etwas überrumpelt. Meine Gefühle fahren Achterbahn. Aber dann lasse ich mich einfach von der warmen Welle tragen, die in mir aufsteigt. Unsere Zungenspitzen berühren sich. Erleichterung macht sich in mir breit: Küssen kann ich noch. Und ein neugieriger Schmetterling in meinem Bauch entfaltet zaghaft seine Flügel.

„Oh mein Gott, wie romantisch!“, Hendrik starrt uns sehnsüchtig an. Wir sitzen auf seiner Veranda, Kevin, Jakob, Sybille und ich. Hendrik hat seine berühmte dänische Kirschbowle gemacht – natürlich ohne Alkohol, dafür mit jeder Menge frischer Minze. Zum Knabbern gibt es schottische Kekse. Keine Ahnung, wo Hendrik die schon wieder bestellt hat. Ich sage ja: Internet-kaufsüchtig.

„Und ich hatte die ganze Zeit über so schrecklichen Liebeskummer!“, seufzt Kevin und tunkt seinen Keks in die Bowle. „Tami, ich musste Tag und Nacht an dich denken.“

„Aber ich auch an dich!“, verteidige ich mich lauthals. „Und ich habe Loretta verflucht. Schließlich dachte ich, sie hat dich mir weggenommen.“

„Und ich habe Jakob verflucht!“, gibt Kevin vor

versammelter Mannschaft zu. „Denn ich dachte ja, ihr beiden geht jetzt miteinander."

„Wieso das denn?", fragt Sybille verwirrt. Offenbar hat Jakob sie nicht in unseren Kuss eingeweiht. Und dafür bin ich ihm mehr als dankbar.

Gerade als ich ansetzen will, eine erfundene Erklärung zu nuscheln, hebt Kevin seinen Blick.

„Sag mal Tami, kommt da etwa Daisy die Straße herunterspaziert?"

Verwirrt drehe ich mich um. Das sieht tatsächlich verdächtig nach meiner Daisy aus. Noch ist es nur ein weißer Punkt in der Ferne. Aber der Punkt kommt immer näher. Mit majestätischem Schritt schreitet Daisy die Straße hinab, den Blick auf die Veranda von Hendrik gerichtet.

„Ist das ein Prinz auf Daisys Rücken?", fragt Sybille verblüfft.

Irgendwie sieht es so aus. Da hockt wirklich ein wunderschöner Mann auf dem Rücken des Schimmels. Mit einem roten Samtmantel und einer glitzernden Prinzenkappe auf dem Kopf. Aber noch auffälliger als der Prinz sind die Luftballons, die er in der einen Hand hält. Es sind bestimmt hundert Stück, alle in Herzform und alle regenbogenfarben.

Hendrik starrt den näherkommenden Prinz begriffsstutzig an. Langsam steht er auf und gerät nun tatsächlich ins Wanken. „Aber … aber das ist ja mein Jan!", sagt er verwirrt.

Tatsächlich haben Daisy und Jan inzwischen Hendriks Garten erreicht. Elegant springt Jan vom Pferd ab und lässt die Luftballons fliegen – sie steigen tänzelnd empor und tauchen den Himmel über uns in ein Farbenmeer. Dann geht Jan vor Hendrik auf die Knie.

Und dann erlebe ich den schönsten Heiratsantrag meiner Karriere als Assistentin einer Hochzeitsplanerin.

Jan entschuldigt sich tränenreich bei Hendrik dafür, dass er ihn im Stich gelassen hat. Dafür, dass er nach all den Jahren geglaubt hat, sich in jemand anderen verliebt zu haben. Und er erklärt, dass er dann aber ganz schnell gemerkt hat, dass Hendrik die große Liebe seines Lebens ist.

Und schließlich fragt er Hendrik, ob er ihn heiraten will. Mit Vertrag und Goldringen und Hochzeitsessen und allem Drum und Dran.

Jetzt kapiere ich endlich, was Jan bei meiner Mutter wollte. Denn ich weiß natürlich genau, wer diese Traumhochzeit organisieren wird. Auf diese Party freue ich mich ausnahmsweise ehrlich. Und ich werde helfen, wo ich nur kann!

„Willst du?“, fragt Jan mit Tränen in den Augen.

Jakob, Sybille, Kevin und ich starren die zwei Männer atemlos an.

„Ja, ich will!“, haucht Hendrik bewegt.

Begeistert fallen wir uns in die Arme.

Ich gehe zu Daisy hinüber und kraule ihr liebevoll den Hals.

„Das hast du prima gemacht!", lobe ich mein schönes Pferd. „Du hast dem Bräutigam beinahe die Show gestohlen!"

„Wenn ich achtzehn wäre, würde ich dir auch einen Heiratsantrag machen!", sagt Kevin, der mir nachgelaufen ist, und küsst mich so verliebt, als wäre das unser erster Kuss.

Vor Rührung perlt eine Träne aus meinem Auge. Zweitausend Schmetterlinge tanzen in meinem Bauch. Ich glaube, das ist der schönste Moment meines Lebens.

„Eine Reise nach Rio wäre mir lieber", flüstere ich Kevin die Wahrheit zu.

Erstaunt sieht Kevin mich an. „Ist das dein Ernst?"

„Aber ja!" Ich nicke. „Ich war noch nie wirklich im Ausland. Immer nur in Österreich."

„Okay, unter einer Bedingung!"

Fragend sehe ich Kevin an. Mit dem Zeigefinger tippt er auf die einsame Träne unter meinem Auge und verwischt sie zärtlich auf meiner Haut.

„Das Leben ist so wunderbar, Tami! Und ehrlich gesagt weinst du ein bisschen zu oft. Du musst mir versprechen, in Zukunft häufiger zu lachen!"

Erst jetzt merke ich, dass alle Gespräche um uns herum verstummt sind. Sybille und Jakob stehen Händchen haltend da – sie haben jedes Wort mitbekommen. Hendrik und Jan sind eng aneinander geschmiegt, amüsiert starren sie ebenfalls in unsere Richtung.

Nur Daisy hat wie immer die Ruhe weg. Sie schnaubt leise in sich hinein und knabbert an Hendriks Rasen.

Ich bin die Erste, die prustend lacht. Jakob fällt in das Lachen mit ein. Und schließlich lachen wir alle zusammen. So laut, dass Mama und Papa aus dem Haus kommen und verwundert fragen, was denn mit uns los ist. Sie gucken ziemlich überrascht, als sie mich in enger Umarmung mit Kevin sehen. Bestimmt fällt Mama augenblicklich die gewonnene Wette mit mir ein. Ich bin sicher, sie wird mich später daran erinnern.

Aber was soll's: Bügeldienst kann ja manchmal auch richtig Spaß machen.

Wir lachen und sehen glücklich nach oben. Weit über uns verschwindet der letzte bunte Luftballon in den Wolken.

Meike Haas

Ferien im Nachbarhaus

Ein Star im Reiterhof

In diesen Sommerferien habe ich die kürzeste Urlaubsreise meines Lebens gemacht – und die beste! Ich musste nicht mal ins Auto steigen. Die Reise führte genau 628 Schritte von der Forsthausstraße 3 in die Forsthausstraße 27. Man kann auch sagen: von mir zu Alex. Aber das wusste ich damals noch nicht. Ich wusste nur, dass ich auf gar keinen Fall mit Mama, Papa und den kleinen Kreischern nach Kroatien fahren würde. Die kleinen Kreischer sind meine Geschwister Viola (7) und Raphael (5). Gut, irgendwie sind sie schon ganz süß und ich habe sie auch lieb, aber manchmal gehen sie mir auf die Nerven.

Ganz schlimm war es in den Wochen vor den Sommerferien, als Vio diesen Popstar-Tick hatte. Den ganzen Tag sang sie selbst erfundene Lieder und Raffi musste der Schlagzeuger sein und wild auf Mamas Kochtöpfen rumhämmern.

Aber so nervig sie sich teilweise benahmen – die kleinen Kreischer waren gar nicht der Grund, warum ich unbedingt daheimbleiben wollte. Der Grund stand auf einem roten Zettel, der am Montag, dem 5. Juni, an der Tür der Sattelkammer vom Reiterhof Werner hing. Damit fing die ganze Sache an.

Der Reiterhof ist mein zweites Zuhause – sagt Mama. Ich finde, er ist mein eigentliches Zuhause. Denn alle, die mir wirklich wichtig sind (außer meiner Familie und meiner Schulfreundin Nilgün natürlich), treffe ich hier: mein Pflegepferd Milan, Christa, meine Reitlehrerin, und die Mädchen aus meinem Reitkurs.

Wir sind fünf: Hannaka, also Hanna Karlmann, die wir so nennen, damit wir sie von ihrer besten Freundin Hannabu, also Hanna Buschke unterscheiden können. Die beiden heißen nicht nur gleich, sie sehen auch ziemlich gleich aus: groß, dunkelhaarig und dünn. Wie zwei Striche in der Landschaft. Zwei Striche, die sich immer wieder vor Lachen biegen, denn die Hannas sind totale Kichererbsen.

Dann sind da noch Leona, die immer die schicksten und teuersten Sachen hat, und Lilly, die so viel redet, dass wir anderen Mühe haben, zu Wort zu kommen – und ich.

Wie ich mich beschreiben soll, weiß ich nicht so richtig. Ich heiße Jasmina, genannt Jassi, und bin 13 Jahre alt. Leider sieht man das nicht. Ich bin nämlich die Kleinste von uns allen und werde ständig auf 11 oder 12 geschätzt. Seit Jahren warte ich auf diesen berühmten Wachstumsschub, aber bei mir kommt er einfach nicht. Nur meine Haare, die finde ich richtig gut. Sie reichen bis zur Hüfte und glänzen goldblond. Zum Reiten muss ich sie natürlich immer zusammenbinden.

So. Jetzt fange ich an, von dem Zettel zu erzählen. Es war am Montag, dem 5. Juni, und ich hatte gerade mein Fahrrad abgesperrt …

Stopp! Ich habe noch jemanden vergessen. Nina. Sie war auch bei uns im Reitkurs. Aber Nina zählte nicht so richtig. Sie war erst vor vier Wochen nach Haberberg gezogen und außerdem erst 12, also ein Jahr jünger als wir anderen. Nina sagte kaum etwas, sie stand immer nur da, mit halb offenem Mund, guckte in die Gegend und verströmte Langeweile. Mich guckte sie ganz besonders oft an, ich glaube, sie wollte sich mit mir anfreunden. Bestimmt dachte sie, ich sei noch frei, weil die Hannas beste Freundinnen waren und Leona und Lilly auch. Aber das stimmte nicht. Ich hatte ja meine beste Freundin Nilgün, mit der ich in eine Klasse ging. Sie ritt nur nicht. Aber natürlich hielt ich ihr die Treue, das versteht sich von selbst! Und klar hatte ich noch andere Freundinnen, aber Nina passte einfach nicht dazu, so leid sie mir auch manchmal tat.

So und jetzt aber wirklich: Ich war an diesem 5. Juni wie jeden Montag zur Reitstunde geradelt, hatte das Rad abgestellt und wollte das Sattelzeug holen. Ich war schon im Gang zur Sattelkammer und hatte die Hand auf der Türklinke, da stach mir der Zettel ins Auge. Besser gesagt, der Name, der auf dem Zettel stand: Dörte Ahlbeck.

Sofort bekam ich eine Gänsehaut am ganzen Körper – noch bevor ich richtig begriff, was da stand.

Was??! dachte ich, ließ die Klinke wieder los und las den ganzen Text: Vom 1. bis 12. August findet auf dem Reiterhof Werner ein Sommerkurs ‚Springreiten' mit Dörte Ahlbeck statt.

Ich war wie versteinert. Dann las ich es noch mal. Und dann noch mal. In der Zwischenzeit trudelten auch Hannabu, Hannaka und Nina ein. Nina guckte mal wieder wie ein blasser, erstaunter Fisch. Aber jetzt passte das ganz gut, denn eigentlich starrten wir alle vier wie erstaunte Fische.

„Meint ihr, das ist *die* Dörte Ahlbeck?", flüsterte ich schließlich ehrfürchtig.

„Wer denn sonst?", meinte Hannaka, „das wäre ja schon sehr komisch, wenn jemand denselben Namen hätte und auch Springreiterin wäre."

Hannabu nickte zustimmend.

Aber ich konnte es mir nicht vorstellen: „Ihr glaubt doch nicht im Ernst, dass jemand so Berühmtes wie Dörte Ahlbeck auf unseren popeligen Reiterhof nach Haberberg kommt?! Das können die hier ja gar nicht bezahlen!"

Da hörte ich hinter uns ein Lachen. Das war Christa, die Besitzerin des Reiterhofes und gleichzeitig die netteste Reitlehrerin der Welt. Sie sieht aus wie ein Jockey, klein, dünn und mit ganz kurzen Haaren.

„Jasmina, ob du es glaubst oder nicht, das ist *die* Dörte Ahlbeck!"

„Wahnsinn!", schrien wir alle begeistert. Gleichzeitig wurde mir ganz heiß vor Schreck. Weil ich doch unseren Reiterhof „popelig" genannt hatte und Christa das bestimmt gehört hatte. Solche Sachen passieren mir sehr oft, um nicht zu sagen täglich. Ich weiß nicht, warum ausgerechnet ich ständig in peinliche Situationen gerate.

Wahrscheinlich hätte ich das vorhin sagen sollen, als ich mich selbst beschreiben wollte: Ich bin immer die, die Zahnpastaflecken auf dem T-Shirt hat, die in einen Kaugummi tritt oder die eben „popeliger Reiterhof" sagt, wenn die Besitzerin direkt hinter ihr steht.

Das Allergemeinste daran ist, dass mein Kopf dann sofort aufleuchtet wie eine rote Signallampe. Jetzt auch. Ich hatte das Gefühl, alle starrten mich an.

Zum Glück habe ich eine Oma, mit der man sehr gut über solche Probleme reden kann. „Starr einfach zurück!", hat sie mir geraten. „Schau nie auf den Boden, sondern zu den Leuten, vor denen du dich genierst – dann wirst du schon merken, dass die andern dich gar nicht angucken. Für die gibt es doch Wichtigeres als deine Gesichtsfarbe!“

Und tatsächlich, als ich jetzt an Omas Rat dachte und zu Christa und den anderen Mädchen schaute, beachtete mich kein Mensch. Christa hatte ja viel Interessanteres zu erzählen.

„Da staunt ihr, was?“, sagte sie und lachte wieder. Ich mag es sehr, wenn sie lacht, dann kneift sie die Augen zusammen und zieht die Nase kraus, als müsse sie gleich niesen. „Ein richtiger Star kommt aufs Hofgut Werner!“

Das konnte man wohl sagen! Dörte Ahlbeck war die Deutsche Meisterin im Springreiten. Ich hatte sie erst vorgestern im Fernsehen gesehen. Da war sie bei einem Wohltätigkeitsturnier gewesen und hatte natürlich auf ihrer Holsteiner Stute Luminosita gewonnen.

„Wisst ihr, Dörte ist eine alte Freundin von mir.“

Wir staunten. „Du kennst sie?“, rief Hannabu.

Christa nickte. „Wir haben auf demselben Hof reiten gelernt, vor zwanzig Jahren – und seither sind wir Freundinnen. Weil ihr so gut seid und ich euch in punkto Springreiten nicht mehr viel beibringen kann, habe ich gedacht, ich frage sie mal, ob sie Zeit und Lust hat.“

Wow! Das war wirklich überwältigend. Allein das Lob, das Christa uns gemacht hatte. Ich sah sie sprachlos an. Da bemerkte ich das Zwinkern in ihren Augen – so ganz ernst hatte sie das wohl doch nicht gemeint.

Wir bestürmten Christa, uns mehr von Dörte zu erzählen, aber sie schüttelte den Kopf. „Später! Jetzt müsst ihr eure Pferde fertig machen, in einer Viertelstunde beginnt der Unterricht!“

Christa drückte die Tür zur Sattelkammer auf. „Wenn ihr wollt, könnt ihr euch ja die Flyer und die Anmeldungsformulare gleich mitnehmen.“ Sie griff ins Regal und reichte uns ein paar DIN-A4-Kopien. Als ich einen der Zettel in der Hand hatte, las ich zum ersten Mal bewusst das Datum: „1. - 12. August“.

Mir wurde ganz mulmig. Erster bis zwölfter August. Da war doch irgendetwas ... ?!

Genau: Dieses Datum hatte Mama gestern Abend mindestens fünf Mal wiederholt. Und zwar, als sie mit Papa vor dem Computer saß und sich Ferienwohnungen angeschaut hatte. Erster bis zwölfter August.

„Mist!“, rief ich, „da sind wir ja im Urlaub.“

„Echt?“, fragte Lilly bestürzt.

„Du Arme!“, meinte Hannaka.

Auch Nina guckte ganz betroffen. Das ärgerte mich noch zusätzlich. Sie brauchte gar nicht so zu tun wie eine enttäuschte Freundin. Wir waren keine Freundinnen!

Ich knüllte den Zettel zusammen und stopfte ihn in meine Tasche. Dann ging ich rüber in die

Garderobe und pfefferte die Tasche in meinen Spind in das Fach über der Pflegekiste, in der ich Bürsten, Striegel, Kardätschen und all solche Sachen aufbewahrte. Ich beugte mich hinunter und tat so, als müsse ich hier irgendetwas holen. Tatsächlich wollte ich nur ein paar Minuten unbeobachtet sein. Die Tränen in meinen Augen musste keiner sehen. Da kam eine weltberühmte Springreiterin an unseren Hof und ich war nicht da!

„Meinst du nicht, du kannst mit deinen Eltern sprechen, ob sie später fahren?“, hörte ich Leonas Stimme. Anstelle einer Antwort schnaufte ich verärgert. Bei mir zu Hause würde niemand verstehen, was dieser Springkurs bedeutete. Mit Sicherheit kannten weder Mama noch Papa den Namen Dörte Ahlbeck. Sie würden nur wieder damit anfangen, dass ich kapieren müsse, dass es auf dieser Welt auch noch etwas anderes gäbe als Pferde …

Ich ging zu Milan in die Box und lehnte meinen Kopf an seinen Hals. Sofort war alles besser. Ich weiß nicht, wie Milan das macht, aber wenn ich bei ihm bin, wenn ich sein warmes weiches Fell an meinem Gesicht spüre, dann löst sich jeder Ärger auf. Also, nicht ganz. Es ist eher so, dass alles, was in mir tobt und kratzt, plötzlich weicher und ruhiger wird.

Seit dem Frühling ist Milan mein Pflegepferd. Auf dem Reiterhof Werner können die fortgeschrittenen Schülerinnen ein Schulpferd zur Pflege bekommen. Das muss man täglich versorgen, muss die Box ausmisten, Futter einschütten, striegeln und die Hufe auskratzen (also nachmittags, morgens machte es Angie, die Pferdepflegerin) und dafür darf man zwei Mal die Woche umsonst auf ihm reiten. Schon seit vier Jahren hatte ich mir eines gewünscht und dann hatte mir Christa im März gesagt, sie glaube, ich sei so weit, die Verantwortung für ein Pferd zu übernehmen.

Das war ein toller Moment! Ich fühlte mich so stolz und erwachsen. Und als sie dann noch sagte, dass Milan mein Pflegepferd sein sollte, bin ich ihr tatsächlich um den Hals gefallen. Denn Milan mochte ich schon vorher von allen Reiterhofpferden am liebsten. Er sieht toll aus: ein Brauner mit glänzendem Fell und irre langer Mähne! Ich stecke oft meine Hände darunter und genieße die mollige Wärme.

Unter dem Schopf verbirgt sich ein winziges Abzeichen, gerade mal so groß wie eine Euromünze. Es erinnert mich immer an eine Sternschnuppe. Bestimmt gibt es viele Kinder im Reitstall, die es noch nie gesehen haben, weil Milan so eine dichte Mähne hat. Aber ich streife oft mit meinem Zeigefinger darüber. Irgendwie glaube ich, dass das Glück bringt.

Jetzt holte ich das Zaumzeug und wuchtete den Sattel auf meinen Arm. Während ich Milan für die

Stunde fertig machte, erzählte ich ihm leise die Sache mit dem Springkurs. Als ich schließlich den Sattelgurt festzog, wandte er seinen Kopf nach hinten und schnaubte in meine Haare. Das fühlte sich tröstlich an. „Dir hätte das auch Spaß gemacht, stimmt's?“, flüsterte ich ihm zu und Milan schnaubte wieder. „Aber wir zwei, wir können nicht …“

Da schoss es ganz heiß durch mich hindurch. Vom Hals bis in den Bauch, als hätte ich etwas Brennendes verschluckt. Mir fiel ein, dass ja bestimmt ein anderes Kind auf Milan reiten würde, wenn ich nicht da war! Natürlich. Wenn Dörte Ahlbeck auf den Reiterhof kam, meldeten sich garantiert so viele Kinder zum Springkurs an, dass alle Schulpferde gebraucht wurden. Und dann würde ein anderer auf Milan das Springreiten von einem echten Reitstar lernen. War das gemein!

Ich zog Milan die Trense über und schluckte. „Milan, was soll ich denn machen?“, flüsterte ich. Er schnaubte wieder, da musste ich ein klein wenig lächeln. Dann stupste er mich auffordernd mit seinem Maul an. Ich wusste, was das bedeutete: Er wollte raus und sich bewegen. Ich lächelte ein bisschen mehr und beschloss, jetzt erst mal nicht weiter darüber nachzudenken, jetzt hatte ich schließlich Reitstunde.

Und die wollte ich genießen.

Genießen und viel dabei lernen! Denn wenn man gut reiten will, muss man etwas dafür tun. Bei mir war es vor allem die richtige Armhaltung, auf die ich mich konzentrieren musste. Ich war in den Schultern nicht locker genug und wenn es schwierig wurde, verkrampfte ich im ganzen Oberkörper. Das spürt das Pferd dann und übernimmt die Anspannung. Heute gelang es mir allerdings ganz gut und Christa lobte mich drei Mal.

Erst beim Absatteln holte mich die schlechte Laune wieder ein. Beim Ausmisten wurde es immer schlimmer und als ich um halb sechs heimradelte, pochte die Verzweiflung im Takt meiner Pedaltritte: *Ohne mich! Ohne mich! Ohne mich!*

Als ich zu Hause klingelte und meine Mutter die Tür aufmachte, schlurfte ich grußlos an ihr vorbei in mein Zimmer und warf mich aufs Bett.

„Was ist denn los, Jasmina? Du heulst ja!“, rief sie und lief hinter mir her. Ich streckte ihr den Zettel entgegen.

„Irgendein Springreitkurs, na und?“ Mama verstand nie, wie wichtig Pferde waren! Dabei gab es doch nichts Schöneres auf der ganzen Welt.

Außerdem heulte ich gar nicht! Zumindest nicht wirklich – die paar Tränchen …

„Mama, du kennst dich eben nicht aus! Das ist nicht irgendein Springreitkurs. Das ist ein Kurs bei Dörte Ahlbeck! Die ist Deutsche Meisterin!“

„Ja und was ist so schrecklich daran?“

„Lies doch mal! Das Datum! Da sind wir im Urlaub!"

Mama hielt sich den zerknitterten Zettel wieder vor die Nase.

„Stimmt", sagte sie dann. „Da sind wir nicht da. Ist das jetzt so schlimm für dich?"

„Ich muss da mitmachen, Mama. Unbedingt! Können wir nicht später ans Meer fahren?"

Mama verdrehte die Augen. „Weißt du, du musst auch mal verstehen, dass Reiten nicht alles …"

Oh nein, nicht das schon wieder! Diesen Satz konnte ich nicht ertragen – da half nur schnelles Unterbrechen. „Falsch: *Du* musst mal verstehen, dass eine Deutsche Meisterin nur einmal im Leben kommt! Das ist der Hammer, das ist das Ereignis des Jahrhunderts! Und ich bin nicht dabei!" Ich ließ mich aufs Bett fallen und steckte den Kopf unters Kissen.

Von weit weg hörte ich ihre Stimme: „Also, man sollte meinen, du seist fünf Jahre alt, so wie du dich benimmst. Es geht eben nicht alles. Andere Kinder freuen sich, wenn ihre Eltern mit ihnen ans Meer fahren."

Blablabla, dachte ich.

Im Moment war der tollste Strand der Welt für mich nichts wert. Dörte Ahlbeck kam so schnell nicht wieder – das Meer war bestimmt noch eine Weile da …

„Hast du überhaupt den Preis gesehen? Jasmina, dieser Kurs kostet dreihundert Euro, das können wir uns sowieso nicht leisten! Sei nicht traurig, du wirst schon sehen: Das wird ein super Sommer!"

Ich hatte da meine Zweifel.

Betteln verboten

In dieser Nacht träumte ich von Milan. Gut, das war nichts Besonderes. Das tue ich oft. Meistens geht der Traum so, dass wir ausreiten. Wir galoppieren über eine weite Wiese und plötzlich schaue ich hinunter und merke, dass wir fliegen. Es ist ein wunderbarer Traum und wenn ich es steuern könnte, würde ich ihn jede Nacht wählen. Dieses Mal allerdings hatte er einen entscheidenden Fehler. Milan hob nicht ab. Irgendwann beugte ich mich vor und sagte: „Warum fliegst du nicht?“

Milan antwortete: „Dazu muss ich erst den Kurs bei Dörte Ahlbeck machen.“

Ich sagte: „Das geht nicht, da sind wir doch in Kroatien!“

Und Milan meinte: „Wir fahren nicht mit. Wir verstecken uns besser hier.“

Das leuchtete mir ein. „Genau!“, sagte ich. „Wir bleiben hier und verstecken uns.“ Ich streichelte ihm den Hals und dann hob Milan doch ab und wir flogen über die Wiese.

Im Traum kam mir das alles ganz logisch vor: dass Milan redete, dass er sich vor dem Kroatien-Urlaub drücken wollte, und dass er plötzlich auch ohne Kurs fliegen konnte und so. Aber am allerlogischsten erschien mir der Plan selbst: sich verstecken und hierbleiben.

Noch als der Wecker klingelte, hatte ich das Gefühl, die Lösung gefunden zu haben. Erst als ich ins Bad tappte, dämmerte mir, dass das nicht so einfach ging. Trotzdem. Ich war jetzt nicht mehr völlig hoffnungslos. Man musste nur alles noch einmal überdenken. Vielleicht gab es ja doch eine Möglichkeit, am Springkurs teilzunehmen.

Beim Zähneputzen raunte ich mit der Bürste im Mund meinem Spiegelbild zu: „Öch chöbe so schnöll nöch au! Öch chrage erchma Nilgün."

Die Zahnpasta quoll in weißen Blasen zwischen den Mundwinkeln hervor und tropfte auf mein T-Shirt. Aber immerhin bemerkte ich es und konnte mir ein neues überziehen, bevor ich das Haus verließ!

Nilgün ist meine beste Freundin. Leider reitet sie nicht. Sonst wäre mein Leben perfekt. Nilgün macht Leichtathletik, was mich nicht die Bohne interessiert. Aber sonst sind wir voll auf einer Wellenlänge.

Als wir uns wie jeden Morgen an den Fahrradständern vor der Schule trafen, kapierte sie auch gleich, was für eine Katastrophe es war, dass ich ausgerechnet die zwei Wochen nach Kroatien fuhr, in denen Dörte Ahlbeck kam.

Wir schlenderten von den Fahrradständern zum Eingangstor und Nilgün brütete vor sich hin.

Sie findet immer Auswege, darin ist sie Meisterin. Erst zieht sie die Augenbrauen zusammen und kaut angestrengt Kaugummi – so wie jetzt. Dann dreht sie einem urplötzlich den Kopf zu, sodass ihre kinnlangen braunen Haare wie eine Frisbee-Scheibe im Kreis herumschwingen, strahlt einen an und verkündet ihre Idee. Ein bisschen erinnert mich das immer an Wickie.

Auf jeden Fall stimmte es mich sehr zuversichtlich, sie jetzt so konzentriert kauen zu sehen. *Zusch* – schon drehte sie ihren Kopf zu mir: „Dann komm zu uns, schlaf zwei Wochen lang bei mir!"

Perfekt! Diese Idee war genial. „Seid ihr denn da? Vom ersten bis zum zwölften?"

Jetzt zerknitterte ihr fröhliches Gesicht. „Nee, du hast recht, da sind wir schon in der Türkei."

Sie kaute weiter, aber nicht lange. „Und wenn du einfach sagst, du würdest bei mir schlafen? Und bleibst dann allein zu Hause?"

In meinem Bauch zitterte und klopfte es bei dieser Vorstellung. Das war so clever – und so verboten! Nilgün sah mich erwartungsvoll an.

Ich seufzte. „Das traue ich mich nie. Das kommt doch raus! Und am Ende passiert noch was Blödes."

„Kann ich verstehen“, stimmte Nilgün mir zu.

Wir waren jetzt fast an der Schultür angekommen und Nilgün spuckte den ausgekauten Kaugummi in Richtung Papierkorb. Kurz davor plumpste er allerdings zu Boden, was an sich nicht weiter tragisch gewesen wäre.

Blöd war nur, dass Herr Gründlein, unser oberlangweiliger und megastrenger Musiklehrer, es beobachtet hatte. Herr Gründlein ist so einer, der sich immer gestört fühlt. Von allem: von zu lauten Stimmen, von zu schnellen Bewegungen, von zu vielen Fragen. Am liebsten wäre ihm wohl gewesen, die Schüler würden zu Hause bleiben und er könnte den ganzen Vormittag allein mit seinem Klavier im Musiksaal sitzen.

Jetzt kam er mit erhobener Hand auf uns zumarschiert: „Wenn da jemand reintritt! Nilgün! Das gibt doch so eine Sauerei. Kaugummis auf den Boden spucken ist verboten!“

Er blieb vor ihr stehen. Seine dünne Oberlippe zuckte. „Das ist nicht das erste Mal, dass ich dich dabei erwische …“

Nilgün guckte betreten vor sich auf den Boden. Es stimmte, was Herr Gründlein sagte. Sie kaute nämlich jeden Morgen Kaugummi und versuchte jeden Morgen, diesen Papierkorb zu treffen – es klappte vielleicht jedes zweite Mal.

„Das geht nicht, Nilgün“, moserte er weiter, „du wirst …“

„Aber Herr Gründlein“, sagte da ein Junge neben uns. „Das war doch gar nicht sie, die den Kaugummi ausgespuckt hat, das war ich!“

Der Junge war ein bisschen größer als wir und hatte dunkle Haare, die ihm schräg in die Augen fielen. Unter seinem Arm klemmte ein Skateboard.

„Wie bitte, was?“, fragte Herr Gründlein verwirrt.

„*Ich* habe den Kaugummi ausgespuckt. Weitspucken vom Skateboard aus. Beim Schanzen über die Stufe da hinten hat man extra viel Schwung im Mund!“ An seinen blitzenden fröhlichen Augen konnte man sehen, dass er den ganzen Quatsch nur erzählte, um Verwirrung zu stiften. Nilgün und ich mussten kichern.

„Aber ich habe es doch gesehen!“, ereiferte sich Herr Gründlein. Er streckte seinen Rücken und schaffte es so, ungefähr einen Zentimeter größer als der Junge zu sein.

„Sind Sie sicher?“, fragte der Junge jetzt ganz harmlos. „Glauben Sie nicht, dass ich so weit spucken kann? Soll ich es vormachen?“

Herr Gründlein wusste nicht, was er sagen sollte.

„Aber dann müssten Sie mir erst einen neuen Kaugummi geben.“

„Schluss!“, rief jetzt Herr Gründlein. „Ich glaube doch nicht jeden Mist, den ihr erzählt. Nilgün, heb den Kaugummi auf und schmeiß ihn in den Papierkorb!“ Dann streckte er den Rücken noch ein bisschen mehr, drehte sich um und stakste ins Schulhaus. Nilgün und ich prusteten los.

Der Junge grinste einem anderen zu, der weiter hinten an den Stufen zum Schulhof stand und sich krümmte vor Lachen. Dann lief er zu ihm, ohne uns weiter zu beachten.

„Kennst du den?“, fragte ich Nilgün.

Sie schüttelte den Kopf. „Noch nie gesehen.“

Ich schaute dem Jungen hinterher und fand es sehr schade, dass er sich nicht zu uns umdrehte. Ich hätte seine blitzenden Augen gerne noch einmal gesehen. Seufzend ging ich weiter.

Und genau in dem Moment, als ich in den Kaugummi trat, drehte sich der Junge doch noch um. Er konnte live miterleben, wie ich mit den klebrigen Fäden kämpfte, während mein Kopf wie eine Signallampe zu leuchten begann.

Im Unterricht versuchte ich dann, nicht darüber nachzugrübeln, was der Junge von mir dachte. Eigentlich war es doch völlig egal! Ich kannte ihn ja überhaupt nicht.

Trotzdem wurde mir immer wieder heiß, und zwar genau dann, wenn das Bild in meiner Erinnerung auftauchte, wie er sich noch einmal zu uns umdrehte und ich lauter Kaugummifäden an der Sohle kleben hatte. Wie blöd!

Ich musste geseufzt haben.

„Was ist los?“, flüsterte Nilgün.

„Ach nichts“, flüsterte ich zurück.

„Das wird schon“, sagte sie tröstend und kurz wusste ich nicht, wovon sie redete. Was sollte denn werden mit dem Jungen?

Aber dann fiel mir das Problem mit dem Reitkurs und Nilgüns Idee wieder ein. Das hatte ich nun glatt vergessen – dabei war es ja viel wichtiger!

Nilgüns Vorschlag war natürlich viel zu gewagt. Aber wenn ich jemand anders fand, bei dem ich zwei Wochen wohnen konnte? Jemanden, der zu Hause war, samt Eltern? Das würde Mama doch bestimmt erlauben. Vielleicht Hannaka oder Leona ... Das musste ich versuchen!

Weiter kam ich nicht mit meinen Überlegungen, denn jetzt teilte Frau Boeck irgendwelche Blätter aus und wir mussten französische Verben in verschiedenen Zeitformen in irgendwelche Lücken eintragen.

In Bio fiel mir dann ein, dass Mama Leonas Eltern nicht leiden konnte. Das sagte sie zwar nie so direkt, aber ich wusste es trotzdem. Sie lästerte zum Beispiel immer über den „Privatpanzer“, mit dem Leona zur Reitstunde gebracht wurde. Dabei war das ein ganz tolles Auto, ein BMW X5 – ich durfte auch schon mitfahren.

Und als ich Mama mal erzählt hatte, dass Leona

mit ihrer Mutter zusammen eine „*Germany's next Topmodel*-Party" veranstaltet, hat sie richtig angewidert den Kopf geschüttelt und gemurmelt: „Das arme Kind ..."

Bei Hannaka zu übernachten war aussichtsreicher. Mit Renate Karlmann verstand sich Mama gut. Das klappte bestimmt!

Das hob meine Laune schlagartig. Sie blieb stabil über die ganzen zwei Kunst-Stunden hinweg und sackte erst in der sechsten und letzten Stunde – Religion bei Herrn Hahnemann – wieder in sich zusammen. Da war mir nämlich Mamas letzter Satz eingefallen. Der mit den dreihundert Euro.

Wenn ich die nicht hatte, würde mir auch die beste Übernachtungsmöglichkeit nicht weiterhelfen.

„Nilgün, ich brauch auch noch dreihundert Euro!", flüsterte ich.

„Wofür?"

„Ruhe dahinten!", sagte Herr Hahnemann.

„Für den Springkurs, der kostet so viel!", jammerte ich.

„Dreihundert! Das schaffst du nie!"

„Nilgün, Jasmina, könnt ihr bitte die Privatunterhaltung einstellen – das stört die anderen!"

„Aber was soll ich denn machen?", flüsterte ich.

„Du hast doch so viel Taschengeld gespart."

„Hundertfünfzig Euro“, sagte ich. „Das ist gerade mal die Hälfte, außerdem wollte ich davon doch …“

„Also ihr zwei Damen, es reicht mir jetzt.“ Herr Hahnemann war zu unserer Bank gekommen. Er ist eigentlich sehr nett. Er kapiert nicht so ganz, wofür sich Jugendliche interessieren und meint immer, dass wir es toll und spannend finden müssen, wenn wir über Ungerechtigkeit in der Welt diskutieren. Aber sonst ist er wirklich nicht verkehrt: freundlich und gutmütig und anstelle von Strafarbeiten verteilt er „gute Taten“. So auch jetzt.

„Ich habe euch drei Mal ermahnt, das ist zu viel. Jetzt möchte ich gerne wissen, was ihr heute Nachmittag für eine gute Tat begeht.“

Ich überlegte. Mama in der Küche helfen war mir zu anstrengend. Darauf, mit Raffi und Vio zu spielen, hatte ich überhaupt keine Lust. „Ich besuche meine Oma im Altersheim!“, sagte ich schließlich und strahlte Herrn Hahnemann an.

Oma besuche ich nämlich gerne und er hatte das schon zwei Mal als gute Tat akzeptiert. Auch jetzt nickte er freundlich.

Gebongt!, dachte ich höchst zufrieden. Aber während ich das dachte, schob sich noch ein anderer, ein kleiner, hinterhältiger Gedanke in meinen Kopf: Wer weiß, vielleicht löst sich ja so auch das Problem mit den dreihundert Euro.

Ganz kurz freute ich mich. Aber dann wurde ich so sauer auf mich selbst, dass ich es gar nicht in Worte fassen kann.

Diese kleine Überlegung machte mich zu einer gemeinen, berechnenden Zicke. Und so wollte ich nicht sein! Wenn ich jetzt zu Oma ging und von dem Springkurs erzählte, würde ich das Gefühl haben, ihre Großzügigkeit auszunutzen.

Dabei wäre das ohne diesen Gedanken alles gar kein Problem gewesen! Oma hätte gelächelt, gesagt: „Na, wenn's weiter nichts ist" und mir das Geld gegeben. Bestimmt!

Aber ich konnte ihn ja nicht ungedacht machen. Als ich zum Altersheim radelte, wurde es mir immer unangenehmer und ich war richtig schlechter Laune, als ich die Tür zu Omas Zimmer öffnete.

„Tag", nuschelte ich.

Mit meiner Oma ist es komisch. Wenn man sie so sieht, wie sie klein und zerbrechlich in ihrem Rollstuhl sitzt, hat man automatisch Mitleid mit ihr. Wie mit einem kleinen Vogel, der aus dem Nest gefallen ist. Aber wenn sie einen dann anschaut mit ihren vielen Tausend Lachfalten, weiß man, dass sie einem nicht leidtun muss.

Erst recht nicht, wenn sie anfängt zu reden. Ihre Stimme ist zwar leise, aber sie gluckst immer ein bisschen, als ob Oma bei allem, was sie sagt, lacht.

„Wie schön, dass du kommst", sagte sie jetzt,

„und das an so einem herrlichen Tag! Da draußen blüht es, dass einem ganz schwindelig wird. Am besten gehen wir gleich in den Park!“

Mir war noch gar nicht aufgefallen, dass irgendetwas blühte und Spaziergänge im Park sind auch nicht so mein Ding. Aber als ich Omas glucksende Stimme hörte, bekam ich Lust dazu. Mit „gehen“ meinte Oma natürlich, dass ich sie schieben sollte. Ich gab ihr erst einen Kuss und stellte mich dann also hinter sie.

„Warum benutzt du nie den kleinen Motor an deinem Stuhl?“

„Ach, der macht so ein unangenehmes Geräusch, da kann ich schlecht denken. Dabei ist Denken das Einzige, was noch problemlos funktioniert!“, sagte sie kichernd.

Ich musste grinsen. Ich fand auch, dass Oma hervorragend denken konnte. Jedenfalls hatte sie mir oft schon Sachen gesagt, auf die ich alleine nie gekommen wäre.

„Und, gibt’s was Neues?“, fragte sie, als wir im Gang auf den Aufzug warteten.

Das wäre eigentlich der Moment gewesen, um zu erzählen, dass es diesen Springkurs gab.

Ich sagte: „Nö, eigentlich nicht …“

„Gar nichts? Das kann doch nicht sein. Du gehst zur Schule und zum Reiten, du hast kleine Geschwister, da muss es doch in zwei Wochen etwas geben, das sich zu erzählen lohnt.“

Hmm. Sollte ich von dem Jungen erzählen? Aber da gab es ja eigentlich gar nichts mitzuteilen – nur dass ich ihn gesehen hatte.

„Keine Probleme?“, hakte Oma nach.

„Doch!“, sagte ich. Und dann breitete ich den ganzen Ärger über die kleine Nina aus: Dass sie erst zwölf war und trotzdem bei uns mitreiten durfte. Dass sie sogar jetzt schon – nach nur vier Wochen! – ein eigenes Pflegepferd bekommen hatte und dass sie sich immer neben mich stellte und glotzte.

„Na ja, stehen und glotzen ist ja nicht verboten“, meinte Oma. Ich musste schmunzeln, weil sich „glotzen“ aus Omas Mund so komisch anhörte.

„Aber irgendwie wird sie immer bevorzugt!“, sagte ich dann.

„Dann müsstest du ja eigentlich sauer auf Christa sein und nicht auf Nina.“

Mittlerweile waren wir im Erdgeschoss angekommen und ich schob Oma durch die Eingangshalle. Sie hatte natürlich recht. Das mit dem Bevorzugen war Christas Fehler. Aber auf meine geliebte Reitlehrerin wollte ich nichts kommen lassen.

„Christa ist schon in Ordnung. Sie kümmert sich großartig um uns! Jetzt hat sie sogar Dörte Ahlbeck … Ach nee.“

Oma reckte ihr Ohr in meine Richtung: „Was hat sie? Ich habe dich schlecht verstanden.“

„Ach, sie hat eine ganz berühmte Springreiterin eingeladen, damit wir bei ihr einen Springreitkurs machen können: Dörte Ahlbeck. Sie ist Deutsche Meisterin." Mir wurde kribbelig im Bauch.

„Uihh! Das ist ja aufregend!", meinte Oma. „Da lernst du ja eine richtige Profi-Reiterin kennen."

„Nein, leider nicht." Es kribbelte noch mehr. So wie es jetzt gelaufen war ... Das war doch wirklich nicht betteln! Oder?

„Wieso denn nicht? Gerade hast du doch gesagt, diese Dörte Ahlbeck sei eine Profi-Reiterin."

„Ja, aber ich kann nicht an dem Kurs teilnehmen."

„Warum?!" Jetzt bremste Oma, sodass wir anhalten mussten, und sah mich richtig streng an. „Das kann doch nicht sein! Da kommt eine Deutsche Meisterin zu euch und du machst nicht mit! Wieso denn das?"

„Der Kurs kostet dreihundert Euro – ich hab aber nur hundertfünfzig, deshalb geht es nicht."

„Und deine Eltern können dir nichts dazugeben?"

„Mama sagt, es ist zu teuer."

„Hmmm", machte Oma und schaute wieder nach vorn.

Kam jetzt nicht noch irgendetwas? Warum sagte Oma nur „Hmmm"?! Ich hatte so gehofft, dass sie mir das fehlende Geld geben würde – aber hundertfünfzig Euro waren wohl einfach zu viel.

Fünf Euro fürs Kino, das ging. Doch so eine Summe bekam man nicht so nebenher, das verstand ich schon.

Ich schob weiter und biss mir auf die Lippen. Extra fragen würde ich nicht, aber enttäuscht war ich schon.

Wir redeten dann noch über die kleinen Kreischer und wie man am besten mit Geschwistern umgeht. Aber es war nicht so gut wie sonst, wenn ich mich mit Oma unterhalte. Vielleicht lag es an mir. Ich war nicht ganz bei der Sache, sondern dachte an den Reitkurs, den ich jetzt auf jeden Fall verpassen würde.

Als wir eine Stunde später wieder in Omas Zimmer ankamen und ich mich verabschiedete, klang ich ein bisschen missmutig.

„Na, na, na, jetzt lass mal den Kopf nicht hängen", sagte Oma da. „Ich hab schon gehört, was du vorhin über den Springkurs gesagt hast."

Dann rollte sie zu ihrem Schreibtisch, zog die Schublade auf und nahm einen Briefumschlag heraus. „Und ich habe auch mit Freuden registriert, dass du kein bisschen gebettelt hast!" Sie legte ihn auf den Tisch, holte den Geldbeutel aus ihrer Handtasche und steckte einen Einhundert- und einen Fünfzig-Euro-Schein in den Umschlag.

Ich stand daneben und schaute mit klopfendem Herzen zu.

Oma drehte sich zu mir. „Eine echte Deutsche

Meisterin, die solltest du dir wirklich nicht entgehen lassen!“, sagte sie und drückte mir den Umschlag in die Hand. „Betrachten wir es einfach als vorgezogenes Weihnachtsgeschenk“, meinte sie noch und zwinkerte mir zu.

Ich konnte mein Glück kaum fassen – Oma war einfach die Beste!

Wer will mich?

Als ich mit den hundertfünfzig Euro in der Jackentasche nach Hause radelte, fühlte es sich ein bisschen so an, als würde ich nachts im Traum auf Milan über die Wiesen fliegen. So leicht und glücklich! So schwerelos und sorgenfrei!

Ein bisschen fühlte ich mich aber auch wie in einem Gangsterfilm – wegen des vielen Geldes. So viel hatte ich noch nie mit mir herumgetragen. Es kribbelte richtig an der Stelle an meiner Hüfte, wo die Jackentasche mit den Geldscheinen auflag. Wenn es jetzt aus der Tasche fiel? Oder wenn jemand beobachtet hatte, dass meine Oma mir so viel Geld gegeben hatte und mich verfolgte?

Ich sah mich ein paarmal ängstlich um, aber da war niemand. Als ich dann immer noch ein mulmiges Gefühl hatte, stellte ich mir einfach vor, wie ich diesen eingebildeten Verbrecher abhängte, indem ich mit Milan durch die Lüfte galoppierte. Das klappte. Mehr als das!

Es fühlte sich großartig an!

Ich kam mir vor wie die Hauptdarstellerin in einem Kinofilm. Ich stellte mir die Szene auf einer ganz großen Leinwand vor: Mädchen mit wehendem Haar reitet vor einem Verbrecher davon und galoppiert durch die Lüfte – den Film würde ich mir auf jeden Fall anschauen!

Beschwingt bog ich in die Forsthausstraße ein und … Hoppla! … Achtung!

Schon passierte es!

Da war ein Skateboarder direkt vor meiner Nase! Der Schreck fuhr mir durch alle Glieder. Ich hörte einen Schrei. War das ich? Oder er?

Der Junge sprang ab. Ich riss den Lenker nach links, schaffte es aber nicht mehr, dem Board auszuweichen, und als es gegen mein Vorderrad knallte, kippte ich um.

Ich purzelte unelegant auf den Asphalt und schrammte mit dem Ellbogen auf. Aua!

Es blutete ein kleines bisschen, war aber nicht wirklich schlimm. Ich guckte an mir runter und überprüfte, ob auch wirklich alles heil war. Blöder Skateboarder, konnte der nicht besser aufpassen? Eben wollte ich mich schon beschweren, da folgte der nächste Schreck: der Umschlag! Wo war der Umschlag?

Ich sah ihn rechts neben mir auf dem Boden und hechtete noch halb liegend darauf zu.

Das sah bestimmt sehr albern aus, aber ich war noch ganz in meiner Gangsterfilm-Fantasie und es schien mir ungeheuer wichtig, den Umschlag sofort in Sicherheit zu bringen!

Erst jetzt sah ich auf – und erkannte den Jungen. Na so was. Es war der, der uns vor Herrn Gründlein gerettet hatte! Während ich auf dem Boden lag und das Geld umklammerte, sammelte er alles ein, was aus der Tasche in meinem Fahrradkorb auf die Straße gefallen war: mein Handy, zwei Bücher, die in die Bibliothek zurück mussten, den Geldbeutel mit der Busfahrkarte und meinen Hausschlüssel. Dann brachte er mir die Sachen.

„Tut mir leid, ich hab dich nicht gesehen. Alles in Ordnung?“, fragte er und seine Augen blitzten wieder so schön.

Ich nickte. Aller Ärger war auf der Stelle verpufft.

„Kommt das alles in die Tasche?“, fragte er und deutete mit dem Kinn auf den Lederbeutel.

Ich nickte wieder. Ich fand es voll nett, wie er sich um mich kümmerte.

Als er meine Sachen in den Beutel gestopft hatte, fragte er:

„Und dein Rad? Ist da was kaputt?“

Jetzt stand ich auf und hob das Rad vom Boden. Ich setzte mich drauf, fuhr ein kleines Stück – alles funktionierte.

„Na, dann ist ja alles gut“, sagte der Junge. Er nickte mir zu, sprang auf sein Skateboard und fuhr davon.

Ich sah ihm nach. Der war wirklich freundlich und total cool!

Und ich?

Ich hatte es fertiggebracht, während der ganzen Begegnung kein einziges Wort zu sagen! So blöd musste man mal sein!

Den Rest des Weges schob ich mein Rad. Meine Knie wackelten und nach der Aufregung musste ich mich erst einmal wieder erholen. Zum Glück war es nicht mehr weit.

Zwei Mal tastete ich nach meinem Umschlag, nur um sicherzugehen, dass er noch da war. Ich sagte mir, dass das viel wichtiger war, als irgendwelche Gespräche oder Nicht-Gespräche mit Skateboard fahrenden Jungs.

Zu Hause schloss ich mein Fahrrad ab, rannte durch den Garten über die Terrasse ins Haus, vorbei an Raffi und Vio, die sich gerade aus Decken eine Höhle bauten, hinein ins Arbeitszimmer meiner Mutter und legte ihr den Umschlag mit dem Geld freudestrahlend auf den Tisch.

„Schau mal!", sagte ich und jubelte. „Jetzt kann ich doch mitmachen!"

Ich dachte tatsächlich, ich hätte es geschafft.

Aber von wegen.

Zuerst war Mama sauer, weil sie dachte, ich hätte gebettelt. Dann war sie sauer, weil sie fand, Oma solle sich nicht in unsere Ferienplanung einmischen. Dann war sie sauer, weil ich nicht mit der Familie Urlaub machen wollte und dann fand sie, dass man sich nicht einfach so für zwei Wochen bei wildfremden Menschen einquartieren könne.

Als ich sagte, ich wolle überhaupt nicht bei „wildfremden“ Menschen wohnen, sondern bei einer Freundin, schwieg sie und sah mich lange an. Sie bekam diese Ringe unter den Augen, mit denen sie aussah wie ein trauriges Walross. Dann strich sie mir plötzlich über die Wange und meinte: „Tja, so ist das nun mal, Kinder werden eben älter.“ Sie seufzte und sagte: „Ich rede mal mit Papa.“

Super! Ich strahlte Mama dankbar an. Bestimmt schaffte sie es, Papa breitzuschlagen. Darin war sie ziemlich gut. Und dann ... Juchhu!

Weil ich im Moment nicht mehr machen konnte als warten und hoffen, ging ich in mein Zimmer, zog die Stallsachen an und verschwand Richtung Reiterhof. Schließlich musste ich noch Milan versorgen.

Außerdem traf ich dann bestimmt ein paar von den anderen Mädchen und konnte schon mal vorfühlen, wer mich für zwei Wochen aufnehmen könnte.

Zuerst sah ich Nina. Aber die fragte ich natürlich nicht, wir waren ja keine Freundinnen. Im Aufenthaltsraum neben der Sattelkammer fand ich dann die beiden Hannas. Sie aßen Chips und unterhielten sich über irgendwelche Klassenkameraden. Nachdem ich meine Lage geschildert hatte, versprachen beide zu Hause zu fragen! Lilly und Leona waren schon gegangen.

Ich holte die Mistgabel und stiefelte in Milans Box.

„Das klappt bestimmt!“, flüsterte ich Milan zu und strich mit dem Zeigefinger über das Sternschnuppenabzeichen auf seiner Stirn. „Und dann verbringen wir zwei einen ganz tollen Sommer miteinander und machen tolle Sprünge. Wirst sehen, das macht Spaß!“

Milan wieherte erfreut.

Als ich ihn später ausführlich striegelte, stellte ich mir vor, wie Dörte Ahlbeck uns beim Springen zusah und sagte: „Jasmina, du bist wirklich ein ganz großes Talent, in ein paar Jahren bist du bestimmt bei uns in der Nationalmannschaft!“ Natürlich glaubte ich das nicht wirklich. Aber so ein bisschen träumen wird ja wohl erlaubt sein.

Zwei Tage später eröffneten mir meine Eltern beim Abendessen, dass ich in Haberberg bleiben könnte – wenn ich jemanden fand, der mich aufnahm.

Sofort hängte ich mich ans Telefon, um bei den Hannas nachzufragen, was ihre Eltern gesagt hatten. Es war ernüchternd: Bei Hannabu ging es nicht, weil der Bruder schon Besuch von einem französischen Austauschschüler bekam. Hannaka schied aus, weil ihre Mutter genau in den zwei Wochen zu einer Fortbildung fuhr.

Ich wählte Lillys Nummer. Aber die konnte nicht fragen, weil ihre Mutter im Yoga-Kurs war.

„Geht auch Leona?“, rief ich in die Küche, wo meine Mutter aufräumte.

Sie lehnte sich aus der Küchentür und sah mich mit ihrem Walross-Gesicht an. „Wenn’s sein muss.“

Ich hoffte schon auf zwei Wochen, in denen ich nach dem Springkurs auch noch ungehemmt Privatfernsehen gucken durfte, aber es wurde nichts. Leonas Mutter seufzte gedehnt und erzählte mir, dass sie genau dann die Handwerker im Haus hätten, wegen des neuen Fitnessraums, und dass ich da einfach stören würde. „Tut mir wirklich leid“, sagte sie. „Sonst jederzeit gerne.“

Jetzt wurde ich nervös. Das durfte doch nicht sein! Nun, wo ich so weit gekommen war, konnte die Sache doch nicht daran scheitern, dass mich keiner aufnahm!? Ich überlegte, wen ich außer den Reiterhof-Mädchen noch fragen konnte. Vielleicht Chiara aus meiner Klasse. Aber irgendwie stellte ich mir das doof vor, wenn ich jeden Tag zum Springkurs ging und sie nicht mitkam …

Da klingelte das Telefon. Sofort hob ich ab.

„Jasmina Kralik?“

„Jasmina, hier ist Lilly! Du kannst kommen!“

Vor Freude küsste ich den Telefonhörer. Antworten konnte ich sowieso nicht, denn Lilly quasselte wie üblich ohne Pause.

„Als meine Mutter zur Tür reinkam, habe ich als Allererstes gefragt: ‚Darf Jassi die ersten beiden Ferienwochen bei uns wohnen?' Mama hat gesagt: ‚Wollen wir uns nicht erst begrüßen?' Aber das fand ich nicht! Ich habe gesagt: ‚Nein, das mit Jassi ist wichtiger. Sie kann sonst nicht beim Springkurs mitmachen!' Das hat sie sofort verstanden und genickt. Also: Du kannst bei mir im Zimmer schlafen, Luzia leiht uns sogar ihre extra breite Luftmatratze, da können wir nebeneinander liegen und immer, wenn der eine sich dreht, wackelt es beim andern!"

Das klang doch nach richtig guten Ferien! Ich machte ein paar kleine Hüpfer am Telefon, weil ich mich so freute, und als ich eine Weile später auflegte, boxte ich ein paar Mal in die Luft und rief „Yeahh!".

Vio und Raffi hielten es wohl für eine neue Form ihres Popstar-Spiels. Sie hüpften um mich herum, schrien auch „Yeahhh! Yeahhh!" und boxten in die Luft.

Manchmal sind die kleinen Kreischer richtig süß.

Verliebt? Verliebt!

Ein paar Wochen später ging ich morgens mit Nilgün über den Schulhof. Wir waren früh dran und trödelten ein bisschen. Am Papierkorb ließ sie sich viel Zeit, suchte die beste Abspuck-Position und beförderte ihren Kaugummi dann in einem wunderschönen Bogen direkt in den Abfalleimer.

„Nicht schlecht!“, meinte ich.

Nilgün sah wieder zu mir und lachte. Dann fiel ihr etwas ein. „Dieser Typ übrigens, der mit dem Skateboard, der macht auch Leichtathletik. Ich habe ihn gestern im Stadion gesehen.“

„Echt?“, rief ich. Ich merkte selbst, dass meine Stimme viel zu aufgeregt klang für so eine nebensächliche Mitteilung.

„Ja, seine Gruppe fängt eine halbe Stunde vor uns an. Gestern haben sie Hochsprung gemacht. Der springt echt gut.“

„Hast du mit ihm geredet?“

„Nee, wir haben doch selbst trainiert.“

„Weißt du, wie er heißt?“

Nilgün sah mich an und kicherte: „Sag mal, bist du verliebt?“

„Ich? Wieso?“ Die Frage brachte mich ehrlich durcheinander.

Nilgün prustete los.

„Ich weiß nicht“, stammelte ich dann. Es war ja schon irgendwie komisch, dass mich alles so interessierte, was mit diesem Jungen zusammenhing. Und dass es immer kribbelig wurde in meinem Bauch, wenn wir von ihm sprachen, oder wenn ich an seine blitzenden Augen dachte.

Nilgün kicherte noch immer. „Hol mich doch einfach nächsten Donnerstag um 17:30 Uhr vom Training ab. Dann treffen wir ihn bestimmt.“

„Okay“, sagte ich.

„Cool“, meinte Nilgün. Dann drehte sie den Kopf wieder so plötzlich zu mir, wie sie es immer tut, wenn sie eine Idee hat. „Das ist dann ja schon der letzte Schultag! Frag doch mal deine Mutter. Vielleicht dürfen wir da ein bisschen später heimkommen.“ Sie stieß mich mit dem Ellenbogen in die Seite. „Und dann gehen wir noch in die Eisdiele und vielleicht kommt er ja mit!“

Nilgün strahlte mich an. Aber ich fühlte mich ein bisschen unwohl. Mir war das etwas zu viel, so für ein erstes Treffen. Dann würden wir uns ja richtig miteinander unterhalten müssen!

Ich sah Nilgün zweifelnd von der Seite an. Aber sie war schon längst beim nächsten Thema und erzählte von ihrem nächsten Leichtathletik-Wettkampf, bei dem sie mitmachen wollte.

Ich versuchte zuzuhören, wirklich! Aber es ging beim besten Willen nicht, weil das Kribbeln in meinem Bauch nicht aufhörte. Und weil ich mir vorstellte, wie ich mich auf das Geländer beim Stadion setzte, wie ich es immer tat, wenn ich Nilgün abholte. Und dass mich der Junge sehen würde. Wie er mich dann wohl fand? Was sollte ich dafür anziehen? Normalerweise natürlich meine Reithosen. Denn Nilgüns Training ging bis 17:30 Uhr und ich kam dann direkt vom Stall. Aber Jungs finden Pferde oft blöd. Sollte ich mich vorher umziehen? Noch mal zu Hause vorbeizufahren würde zu lange dauern …

„Sag mal, hörst du mir eigentlich noch zu?“, sagte Nilgün da.

Erschrocken sah ich sie an. „Nee! ’tschuldigung!“

„Also Jassi“, stellte Nilgün fest und kicherte. „Wenn du mich fragst, dann bist du wirklich verliebt!“

Ich war verliebt! Diese Einsicht kribbelte mindestens genauso wie der Gedanke an den Jungen selbst! Ich war richtig echt verliebt! So fühlte sich das also an: Das Herz schlägt schnell und man muss die ganze Zeit darüber nachdenken, wie es wohl ist, *ihn* zu treffen.

Gleichzeitig wusste ich, dass es all die anderen

Male, als ich gedacht hatte, ich sei verliebt, überhaupt nicht gestimmt hat. Da hatte ich mir nur einen Jungen ausgesucht, den ich ganz nett fand, damit ich auch jemanden anhimmeln konnte. Aber jetzt spürte ich es im ganzen Körper! Sogar im kleinen Finger! Auch auf der Kopfhaut! Überall war dieses aufgeregte Kitzeln und Kribbeln!

„Was soll ich anziehen, Nilgün?"

Leider war Nilgün genauso unerfahren wie ich. Sie hatte noch nie einen Jungen geküsst und sich noch nie geschminkt. Jetzt musste ich alles als Erste machen! Also das mit dem Schminken auf jeden Fall. Ob das mit dem Küssen klappte, war ja noch nicht klar.

Wenigstens konnte sie mir bei den Klamotten helfen. „Ich würde das weiße Shirt mit den Glitzerträgern nehmen", sagte sie. „Das finde ich echt cool."

Fand ich auch. Wenigstens das war geritzt!

Aber damit waren die Probleme noch lange nicht gelöst. Das merkte ich, als ich im Englisch-Unterricht unserer Lehrerin Frau Beckmann genauso wenig zuhören konnte wie vorher Nilgün. Ständig kreisten meine Gedanken um den Moment, wenn ich Nilgün vom Training abholen würde.

Wann sollte ich das weiße Glitzer-T-Shirt anziehen? Ich konnte es ja schlecht zum Ausmisten tragen, aber bevor ich Nilgün abholte, musste ich auf jeden Fall Milan versorgen.

Ich schrieb Nilgün einen Zettel und schilderte mein Problem.

„Kannst du dich nicht auf dem Klo im Reitstall umziehen?“, flüsterte sie zurück.

Ich nickte. So würde ich es machen.

„Und schminken?“, fragte ich vorsichtig. „Weißt du, wie man das am besten macht?“

Wir sahen uns an. Da waren wir jetzt ziemlich auf uns allein gestellt. Natürlich gab es Mädchen in unserer Klasse, die sich schon eine ganze Weile schminkten. Aber wir beide gehörten ja eher zu den Sportlichen, Lässigen – nicht zu den Tussies. Mit denen waren wir verfeindet und die würden uns auf gar keinen Fall irgendwelche Ratschläge geben. Leona vielleicht? Leona besaß bestimmt Schminksachen. Aber eigentlich wollte ich mit ihr nicht darüber sprechen. Über verschiedene Pferdebürsten, über die richtige Beinhaltung beim Reiten ohne Sattel, über die Qualität von Pferdedecken – kein Problem. Aber über Make-up? Nein. Große Schwestern hatten wir auch nicht. Und unsere Mütter schieden sowieso aus. Das waren solche, die fanden, dass 13-jährige Mädchen sich nicht schminken sollen.

„Wir können nach der Schule in den Drogeriemarkt gehen und was kaufen“, meinte Nilgün.

Ich nickte. Das war eine gute Idee. Und wenn Nilgün mitkam, machte es sicher Spaß.

Der Drogeriemarkt war gleich vorne an der Ecke. Um 12:30 Uhr düsten wir hin, stellten die Räder ab und schoben uns durch die Glastür. Die Kosmetikabteilung zu finden war nicht schwer. Aber dann! Wir standen vor einem riesigen Regal mit Stiften und Töpfchen und Schächtelchen.

Was Kajal war, wusste ich, auch Wimperntusche. Aber was bitte war ein „Smoothing Eyeliner Pencil"? Oder ein „Foundation Stick"? Nilgün nahm einen Test-Lippenstift aus dem Regal und zeigte mir die Farbe. Dunkelrot. „Gefällt dir das?"

Ich zuckte mit den Schultern. Eigentlich fand ich die Farbe ganz schön. Aber ich wusste ja nicht, wie das an mir aussehen würde.

„Probieren wir's aus!", meinte Nilgün und legte mir die Hand um den Hals. „Lehn deinen Kopf zurück!" Dann begann sie, meine Lippen anzumalen.

Sofort kam eine Verkäuferin um die Ecke. „Na, na, na! Das probiert man auf der Hand!", meckerte sie. „Wir sind hier nicht dazu da, dass ihr euch umsonst schminken könnt!" Nilgün ließ den Stift sinken.

„'tschuldigung", nuschelte sie. „Aber vielleicht können Sie uns ja helfen. Wir kennen uns nicht aus!"

In diesem Moment sah ich, wie zwei Mädchen auf unser Regal zumarschierten. Zwei Mädchen in unserer Größe, aber mit doppelt so bunten Gesichtern. Es waren Celina und Mandy, die Obertussies aus unserer Klasse.

Ich stupste Nilgün in die Seite. Auf keinen Fall wollte ich, dass die beiden unser Beratungsgespräch beobachteten. Die würden sich tagelang darüber lustig machen! Aber Nilgün lauschte total interessiert, was die Verkäuferin gerade über Lipgloss erzählte.

Mir warf sie nur einen irritierten Blick zu. „Hör doch auch zu!“, zischte sie. „Das ist interessant!“

Doch ich konnte nicht. An mein Ohr drang Celinas Gekicher. Und dann Mandys Stimme: „Hast du dich in der Tür geirrt, Jassi? Das hier ist ein Drogeriemarkt und kein Pferdestall!“

Celinas Kichern wurde lauter, richtig hysterisch. „Oder suchst du nach etwas, dass deinen Pferdemist-Geruch überdeckt? Das Parfümregal ist da drüben!“

„So gut wie ihr riecht Pferdemist schon lange!“, zischte ich den beiden zu, packte Nilgün am Arm und zog sie aus dem Geschäft. Die Verkäuferin sah uns kopfschüttelnd hinterher.

Als ich später in Milans Box stand und seinen wunderbaren Geruch einatmete, musste ich wieder an Mandy und ihre dämliche Bemerkung denken. Wie konnte sie so etwas nur sagen! Nirgends roch es besser als im Pferdestall!

Ich striegelte Milan, kratzte seine Hufe aus und

sattelte ihn dann. Heute war Freitag. Da hatte ich keine Reitstunde. Aber weil Milan freitags nur eine Stunde im Unterricht gebraucht wurde, durfte ich ihn mir holen, wenn ich wollte.

Und ich wollte! Ich hatte nämlich vor, ein bisschen springen zu üben. Nur über ganz flache Cavaletti. Das hatten wir bei Christa auch schon gemacht.

Ich führte Milan hinter die Halle auf den Springplatz. Da ritt bereits jemand. Eine ganz zierliche Frau. Sie galoppierte gerade auf ein Rick zu. Sie trieb das Pferd an. Jetzt sprang es ab. Die Frau lehnte sich vor, ließ die Zügel locker und gab dem Pferd Raum. Nach der sanften Landung zog sie die Zügel wieder an, um das Pferd in den versammelten Galopp zu führen. Perfekt! Wie aus dem Lehrbuch.

Ach, wenn ich nur auch erst auf Milan über so hohe Hindernisse springen könnte! Ich stellte mir das so vor wie in meinem Lieblingstraum, in dem wir immer über die Wiese fliegen.

Ich band Milan kurz fest, um mir ein Cavaletto zurechtzulegen. Da wendete die Reiterin ihr Pferd und beide kamen auf mich zu. Jetzt erst erkannte ich sie. Es war gar keine Frau – und das Pferd war mir auch nicht unbekannt.

Es war Nina. Auf Alessia!

Ich biss mir auf die Lippen. Ich hatte nicht gewusst, dass sie so gut springen konnte – und hätte es ihr auch nie zugetraut. Aber vor allem hatte ich nicht die geringste Lust, jetzt neben ihr über irgendwelche Mini-Hindernisse zu springen. Das wäre ja total peinlich!

Ich nahm Milan am Zügel und dachte mir, dass ich vielleicht besser in der Halle ritt – einfache Dressur-Übungen –, aber da hatte Nina mich schon gesehen. Erst glotzte sie nur mit geöffnetem Mund. Dann schien sie sich ein Herz zu fassen und ritt zu mir herüber. „Hallo“, sagte sie mit dünner Stimme. „Willst du dich auch ein bisschen auf den Springkurs vorbereiten?“

Ich antwortete gar nicht, sondern fragte: „Woher kannst du das so gut?“

Nina zuckte mit den Schultern. „Wo ich früher gewohnt habe, sind wir ziemlich viel gesprungen.“

„Echt toll!", presste ich hervor. Ich wollte nicht zeigen, wie neidisch ich war, aber ehrlich gesagt hatte ich einen dicken Kloß im Hals.

„Ich kann dir ja ein bisschen helfen und dir Tipps geben“, schlug Nina vor.

„Nee, danke“, brummte ich. Von der Kleinen wollte ich mir doch nichts beibringen lassen! Für wen hielt die sich denn? Für Dörte Ahlbeck?

„Ich mach doch lieber ein bisschen Dressur in der Halle.“ Und dann drehte ich mich um und führte Milan quer über den Hof.

In der Halle war aber gerade Longen-Stunde

für zwei Anfängerinnen. Mir blieb also nichts anderes übrig, als den enttäuschten Milan wieder abzusatteln.

Na prima! Das war ja ein toller Reitnachmittag gewesen!

Mürrisch löste ich den Sattelgurt. Da drehte Milan den Hals und legte seine Nüstern so sanft an meinen Kopf, dass aller Ärger verblasste.

Ich lächelte und strich mit dem Handrücken über die weiche Stelle zwischen den Nüstern. „Du hast ja recht!“, flüsterte ich. „Eifersüchtig sein ist dämlich – wir lernen das auch noch früh genug!“ Außerdem ärgerte ich mich, dass ich auch zu ihm so mürrisch gewesen war. „Tut mir leid, mein Hübscher. Du kannst ja nichts dafür.“ Er wieherte leise, als hätte er mich verstanden und mir verziehen. Zum Glück!

Da fiel mir plötzlich ein, dass ich ihm ganz viel Aufregendes zu berichten hatte!

Ich wuchtete den Sattel auf die Zwischenwand, stellte mich dicht neben Milans Hals und erzählte ihm leise von dem Jungen und von meinem Styling-Problem. Dann mistete ich noch aus und schließlich kämmte ich seine Mähne mit den Fingern.

Christa hatte uns eingeschärft, dafür nie einen Kamm zu benutzen, weil sonst die Pferdehaare herausgerissen werden. Mit den Fingern machte es sowieso viel mehr Spaß. Und wenn man Zeit und Geduld hatte, bekam man es genauso schön hin wie mit dem Kamm. Heute hatte ich beides.

Ich fuhr so oft durch seine Mähne, dass ich schließlich das Gefühl hatte, jedes einzelne Haar läge ordentlich neben dem anderen. Ach, wenn ich nur auch jemanden hätte, der sich so hingebungsvoll um mein Aussehen kümmern könnte!

Wer mir dann half, war Oma. Ich besuchte sie am nächsten Nachmittag, um ihr zu erzählen, dass mit dem Springkurs jetzt alles klappte und es echt super war, dass sie mir die hundertfünfzig Euro gegeben hatte.

Oma nickte und lächelte und plötzlich fiel mir auf, dass sie ja Lippenstift auf dem Mund hatte. Obwohl das eigentlich nichts Besonderes war, sie hatte nämlich immer geschminkte Lippen und dunkel nachgezogene Augenbrauen – genau darum dauerte es so lange, bis ich darauf kam.

„Sag mal, Oma, du schminkst dich doch, oder?"

„Aber sicher", meinte sie glucksend. „Nur graue Haut und Falten wäre ja ein bisschen unangenehm für jeden, der mich anschaut."

Wahrscheinlich hätte sie es gerne gehabt, dass ich jetzt sagte: Aber nein, Oma, du bist auch so sehr schön, aber darauf bin ich erst sehr viel später gekommen.

„Kannst du mir zeigen, wie das geht? Und mir Schminkzeug leihen?"

Oma lachte: „Da fragst du ausgerechnet deine alte Oma? Ich weiß doch gar nicht, wie ihr heutzutage aussehen wollt."

Jetzt erzählte ich ihr von dem missglückten Drogeriemarkt-Besuch mit Nilgün. Und da hatte Oma dann eine wunderbare Idee: „Na, dann gehen wir doch in der Drogerie vom Altersheim einkaufen! Hier triffst du garantiert keine dämlichen Klassenkameradinnen und Frau Kössnitz freut sich, wenn sie mal ein junges Mädchen beraten kann und nicht immer nur so alte Schachteln!"

In der Eingangshalle des Altersheims gab es nämlich eine Konditorei, einen kleinen Supermarkt und eine Drogerie. Ich glaube, es hat Oma noch mehr Spaß gemacht als mir. Und der Verkäuferin Frau Kössnitz auch. Wir verbrachten über eine halbe Stunde in dem kleinen Geschäft, und anschließend wusste ich ganz genau, wozu „Smoothing Eyeliner Pencil" gut ist und wofür ein „Foundation Stick". (Mit dem einen malt man sich eine schwarze Linie um die Augen und mit dem anderen überdeckt man unreine Haut.)

Aber ich brauchte diese beiden Sachen sowieso nicht. Frau Kössnitz riet mir, es für den Anfang bei etwas Wimperntusche und Lipgloss zu belassen. Das reiche für ein Mädchen in meinem Alter absolut.

Sie gab mir dunkelbraune Mascara (das ist ein anderes Wort für Wimperntusche) und ich musste sie selbst auftragen. Gar nicht so einfach. Man darf nämlich nicht blinzeln. Aber das tut man automatisch, wenn sich das Bürstchen den Augen nähert. Mindestens dreimal schmierte ich mir die Mascara irgendwo auf die Lider und nicht auf die Wimpern. Als ich es dann schließlich schaffte, blinzelte ich Oma an.

„Sehr hübsch!“ sagte sie. „Sehr hübsch und sehr erwachsen!“

Dann kaufte sie mir nicht nur Lipgloss und Wimperntusche, sondern auch noch einen echten hellroten Lippenstift und grünen Lidschatten für besondere Anlässe. Und so eine Creme, mit der man alles wieder wegwischen kann.

Meine Oma! Ehrlich, mit der kann man was anfangen!

Hosenwechsel

Am letzten Schultag war ich dann schon um halb drei Uhr nachmittags total nervös. Ich hatte Mama gefragt, ob ich am Abend noch mit Nilgün in die Eisdiele gehen durfte, und sie hatte es erlaubt. Erst um neun musste ich daheim sein!

Ob alles so klappte, wie Nilgün sich das vorstellte? Wir wussten ja nicht einmal, ob der Junge nach dem Leichtathletik-Training überhaupt noch Zeit hatte!

Ich lief in meinem Zimmer hin und her und packte alles in die Tasche, was ich für meinen Auftritt vor dem Stadion brauchte: weißes Glitzer-Shirt, enge Jeans und die weißen Ballerinas. An der Sohle konnte man immer noch den Kaugummifleck erkennen, dort war es dunkler, weil so viel Dreck kleben geblieben war.

Ob *er* sich daran erinnern würde, wie ich reingetreten war? Egal, in einen Kaugummi tritt schließlich jeder mal! Viel wichtiger war, dass der Zeitplan aufging!

Das würde nämlich gar nicht so ohne werden. Zwar hätte ich einfach mal aufs Reiten verzichten können und dadurch Zeit gespart. Aber Milan brauchte doch seine Bewegung, sonst wurde er ganz kribbelig! Das konnte ich nicht zulassen. Andererseits ...

Wenn ich es dieses eine Mal ein bisschen kürzer anging, wäre es vielleicht nicht so schlimm. Dafür könnte ich es morgen wiedergutmachen. Ich könnte einfach ausmisten, Milan von der Koppel holen, ihn füttern und striegeln und dann wieder gehen. Dann wäre ich auf jeden Fall pünktlich.

Aber wie sollte ich dann den ganzen Nachmittag überstehen?

Verflixt! Wie ich es auch drehte, immer blieb irgendein Haken.

Egal, jetzt erst mal los, sonst würde ich echt Zeitprobleme kriegen. Ich huschte schnell ins Bad hinüber, schnappte mir Handspiegel und Haarbürste, düste zurück, stopfte alles in die Tasche und machte mich auf den Weg.

Auf dem Reiterhof merkte man sofort, dass die Ferien angefangen hatten. Alle waren da: Hannaka, Hannabu, Leona, Nina . . . Nur Lilly fehlte.

Wahrscheinlich hat sie sich irgendwo festgequatscht, dachte ich. Das passierte Lilly öfter.

Ich sattelte Milan und ritt ein paar Runden auf

dem kleinen Platz im Freien. Das machte nicht nur Milan Riesenspaß, sondern war wirklich das Beste, was ich gegen meine Nervosität machen konnte. Die Sonne schien und es roch nach Sommer. Es war so heiß, dass die Luft knisterte.

Ferien!, dachte ich. Jetzt sind endlich Ferien!

Ich übte Hinterhandwendungen. So heißt es, wenn ein Pferd mit den Hinterbeinen auf der Stelle tritt und mit der Vorderhand einen Bogen beschreibt, sodass es nachher in der anderen Richtung steht. Es ist eine meiner Lieblingsübungen, weil Milan das so gut kann. Die Hinterbeine sollen sich nämlich nicht kreuzen. Das passiert aber den meisten. Milan nicht! Christa lobt uns jedes Mal, wenn wir Hinterhandwendungen machen.

Danach versuchte ich es noch mit Piaffen. Das ist, wenn man auf der Stelle trabt oder sogar galoppiert. Aber das klappte nicht so gut. Piaffen sind auch sehr schwer. Man kann natürlich einfach das Pferd mit den Beinen antreiben und gleichzeitig so fest am Zügel zerren, dass es nicht vorankommt. Aber so soll es nicht sein. Die Hand des Reiters soll möglichst weich mit dem Pferdemaul in Verbindung stehen. Na ja – und diese Weichheit war sowieso mein Problem.

Um halb fünf hörte ich schließlich auf. Ich führte Milan in den Stall und schon, als ich ihn trocken rieb, war die Nervosität wieder da. Oje, oje, hätte ich vielleicht doch früher mit Reiten aufhören sollen? Ich musste mich noch umziehen und hübsch machen …

Jetzt wurde ich hektisch. Die wichtigen Dinge, wie Futter einschütten und ausmisten, erledigte ich so sorgfältig wie immer, aber alles andere … Striegeln konnte man die paar Bürstenstriche eigentlich kaum nennen und die Mähne kämmte ich überhaupt nicht.

„Tut mir leid, mein Milan!", flüsterte ich ihm ins Ohr. „Heute muss ich mich beeilen und mich hübsch machen – wegen dem Jungen!!! Aber ich mach's wieder gut, versprochen!"

Es zuckte mir gewaltig durch den Magen, als ich das sagte! Wegen dem Jungen! Ich sah sein Gesicht vor mir, die blitzenden Augen … Mir wurde ganz schwummrig.

Schnell raste ich aus dem Stall rüber ins Haus, wo Sattelkammer, Büro, Garderobe und Toiletten waren. In der Eile hängte ich mir meine Tasche gar nicht über die Schulter, sondern nahm sie in die Hand und kramte beim Laufen schon nach der Haarbürste.

Die Tür zum Büro stand offen. Als ich vorbeirannte, hörte ich Christas Stimme. „Ach, das tut mir aber leid!", sagte sie, und dann: „Da ist sie ja." Sie machte zwei Schritte zur Tür, streckte ihren Kopf heraus: „Jasmina, komm doch mal bitte."

„Aber …", fing ich an und suchte nach einer Ausrede, warum ich dringend weitermusste.

„Bitte, Frau Paufler muss mit dir reden."

Frau Paufler? Ich drehte mich um. Da sah ich Lilly Paufler und ihre Mutter im Büro stehen. Sie guckten mich beide ganz betroffen an.

„Jasmina. Es tut mir wirklich sehr leid, aber du kannst nicht zu uns kommen", sagte Lillys Mutter. „Ich habe schon bei euch angerufen, aber deine Mutter sagte, du seist hier!"

Jetzt kapierte ich endlich, worum es ging. Der Springkurs! Meine Übernachtungsmöglichkeit! Ich drehte mich hektisch zu Christa, als könne sie mir helfen, und dabei fiel mir meine Tasche aus der Hand.

Das weiße Shirt landete mitten in dem Dreck, der heute von ungefähr zwanzig Paar Reitstiefeln hereingetragen worden war. Lipgloss und Mascara purzelten heraus, ich genierte mich und hatte mal wieder das Gefühl, dass alle …

Quatsch. Natürlich starrte mich niemand an. Stattdessen hob Lilly den Lipgloss auf, reichte ihn mir und sagte: „Denselben hab ich auch, den find' ich ziemlich gut."

Ich lächelte erleichtert – nur um zu begreifen, dass der heruntergefallene Lipgloss wirklich das kleinste Problem war.

„Warum kann ich denn nicht kommen?"

„Jasmina, es tut mir leid. Meine Mutter ist die Treppe hinuntergestürzt und hat sich den Fuß verstaucht. Das hört sich harmlos an. Aber sie ist eine alte Frau und lebt alleine. Mit dem kaputten Fuß kann sie sich nicht selbst versorgen. Ich muss also hinfahren. Gleich nachher. Und ich bleibe bestimmt die ganze nächste Woche dort. Lilly wohnt solange bei ihrem Onkel, Luzi bei einer Freundin. Aber dich kann ich nicht auch noch bei Onkel Wolfram unterbringen. Die haben selbst drei Kinder und nur vier Zimmer." Sie fasste meine beiden Hände und schüttelte mitfühlend den Kopf. „Es geht einfach nicht."

Mir kam es so vor, als ob sich das Büro drehte. Als ob es mich langsam aus der Wirklichkeit spülte. Das konnte doch nicht wahr sein? Wo sollte ich jetzt hin? Es war doch ausgemacht! Das ging doch gar nicht!

„Das tut mir echt leid, mit eurer Oma. Aber ...", sagte ich wieder und schaute verzweifelt erst in das Gesicht von Lillys Mutter und dann in das von Lilly.

In diesem Moment kamen Nina und Leona ins Büro. Ich weiß nicht warum, wahrscheinlich wollten sie sich für die nächsten Reitstunden eintragen. Aber sie merkten natürlich sofort, dass irgendetwas nicht stimmte.

„Was ist denn los?", fragte Leona. Dann schaute sie mich an. „Was hast du, Jassi?"

„Ich ..." Ich ließ mich auf den Stuhl neben Christas Schreibtisch fallen und unterdrückte ein lautes Schluchzen. Mit krächzender Stimme brachte ich hervor: „Ich kann nicht mitmachen beim Springkurs!“

„Wieso?“, fragten Nina und Leona gleichzeitig.

Lillys Mutter erklärte es. Dann war es ganz still. Die anderen waren echt betroffen.

Da meldete sich eine dünne Stimme zu Wort. Eine Stimme, die sich sonst nie meldete, wenn wir beieinander standen. Es war Nina: „Wohn doch bei mir. Meine Mutter erlaubt es bestimmt.“

Wir alle starrten sie an. Jetzt konnte man an Nina gut den Glühlampen-Mechanismus beobachten: *Pling!* – sie wurde signalrot.

„Bei dir?“, fragte ich und ich fand selbst, dass es ein bisschen gemein klang. So, als sei das völlig blöd und undenkbar.

Nina wurde noch röter, aber sie nickte tapfer.

„Das ist doch eine prima Einladung!“, rief Christa. „Das finde ich sehr nett von Nina.“

Ich war mir da nicht so sicher.

„Nur wenn du willst“, murmelte Nina jetzt. „Ich dachte, es sei wichtig.“

Jetzt machte Christa einen Schritt auf mich zu. „Also ich weiß nicht, was du hast, Jasmina. Du solltest dich freuen und dich vor allem bei Nina bedanken! Wenn nicht, dann streiche ich dich eben von der Liste und jemand anderes kann bei Dörte Springreiten lernen.“

Jemand anderes! Bei Dörte Ahlbeck! Am Ende noch auf meinem Milan!

„Nein!“, rief ich und dann ganz schnell: „Vielen Dank, Nina!“ Aber ich sah sie dabei nicht an.

Zwei Wochen! Mit diesem langweiligen Strebermädchen! Die von Verliebtheit und Schminke keine Ahnung hatte und Mascara wahrscheinlich für ein orientalisches Puppentheater hielt! Wie sollte das nur gut gehen?

„So, und jetzt ruft ihr beide noch zu Hause an und fragt, ob es auch wirklich in Ordnung ist, und dann haben wir das alles doch bestens geregelt“, bestimmte Christa.

Es fühlte sich sehr seltsam an, Mama zu fragen: „Darf ich bei Nina übernachten?“ Ich wollte das ja eigentlich gar nicht. Ich musste! Es gab gar keine andere Lösung.

Zehn Minuten später war es beschlossen und besiegelt. Ich würde zwei Wochen bei Familie Burgmeister wohnen. Ich fühlte mich immer noch völlig überrumpelt. Total durcheinander tappte ich zur Tür.

„Willst du das nicht mitnehmen?“, fragte Christa und zeigte auf das Glitzer-Shirt, das noch immer auf dem Boden lag.

Ich sah es an.

Oje! Der Junge! Den hatte ich in der Aufregung ganz vergessen. Ich war ja verliebt! Wie viel Uhr war es? Schon halb! Ich musste sofort los.

„Tschüss!“, rief ich in die Runde und rannte zu meinem Fahrrad. Umziehen, Schminken, Kämmen ließ ich bleiben, jetzt ging es nur noch darum, pünktlich zu sein.

Ich düste los, als sei mein Fahrrad eine Mondrakete. Doch auf halbem Weg bremste ich quietschend. Jetzt war mir in den Reithosen doch unwohl. So ganz in Dreck und Speck konnte ich ihm doch nicht unter die Augen treten! Wenigstens die Jeans wollte ich anziehen!

Ich lehnte mein Fahrrad an eine Parkbank und kroch hinter die Büsche zum Hosen wechseln. Es klappte auch ganz gut und mich hatte bestimmt niemand gesehen. Aber als ich wieder aus den Büschen herauskroch, fuhr gerade ein Junge auf seinem Skateboard in die entgegengesetzte Richtung. *Der* Junge! Ich hatte ihn verpasst!

Enttäuscht fuhr ich einige Minuten später weiter. Aber ich trat nicht mehr so fest in die Pedale. Das Stadion war schon komplett leer, als ich dort ankam. Nur Nilgün saß auf dem Geländer, auf dem ich vor einer halben Stunde mit meinem Glitzer-Shirt und geschminkten Lippen hätte sitzen und gut aussehen sollen.

„Da bist du ja!“

„Tut mir leid!“, rief ich. „Aber ...“

Nilgün ließ mich nicht ausreden. „Ich hab extra versucht, ihn aufzuhalten!“, rief sie.

„Echt?!“ Dass sie sich so was traute! „Wie denn?“

„Ich hab gesagt: Du bist doch der, der mich neulich vor Herrn Gründlein gerettet hat."

Ich nickte beeindruckt.

„Sie haben damals eine Mutprobe gemacht, er und sein Freund Marvin."

„Hat er das gesagt?"

„Ja. Wir haben ein bisschen gequatscht. Er heißt Alex."

„Alex!", wiederholte ich.

Nilgün nickte wichtig. „Und er ist erst vor zwei Monaten nach Haberberg gezogen, darum kennen wir ihn nicht. Er geht in die 9b."

Ich war sehr beeindruckt von dem, was Nilgün herausgefunden hatte.

„Ich weiß jetzt auch, warum wir ihn in der Schule nie wieder getroffen haben."

„Warum denn?"

„Die 9b hat ihr Klassenzimmer im Neubau!"

Der Neubau stand auf der anderen Seite des Schulhofes und Schülern von dort lief man so gut wie nie über den Weg.

„Und wie ist er so?"

„Nett", meinte sie.

Nett! Das genügte mir natürlich kein bisschen. Ich wollte Einzelheiten!

„Wie, nett?" Aber mehr fiel ihr offensichtlich nicht ein.

„Was war denn bei dir los, dass du so spät kommst?", hakte sie stattdessen nach.

Ich stöhnte. „Frag lieber nicht! Die haben mich doch tatsächlich für zwei Wochen bei dieser kindischen Streber-Nina einquartiert!"

„Nicht dein Ernst!"

„Leider doch." Ich erzählte ihr alles.

Nilgün musste lachen. „Also echt. Das mit den Pferden ist schon eine verrückte Sache. Da ziehst du jetzt für zwei Wochen bei der Langweilerin ein, nur um zu reiten – was du sonst auch jeden Tag machst. Nicht zu fassen! Und das, wo du zwei Wochen am Strand liegen und knackbraun werden könntest!"

Am liebsten hätte ich mir die Ohren zugehalten. Es kam mir alles so richtig vor, was Nilgün sagte. Zwei Wochen bei Nina anstatt Urlaub am Meer. Ob ich mich wirklich richtig entschieden hatte?

628 Schritte

Zwei Tage lang verdrängte ich ganz einfach die Tatsache, dass ich bei Nina wohnen würde. Das Wichtigste war schließlich der Springreitkurs! Es gelang mir auch ganz gut. Bis auf das eine Mal, als Mama mit Frau Burgmeister telefonierte. Ich hörte schon an Mamas Stimme, dass sie Ninas Mutter voll sympathisch fand. Als sie auflegte, strahlte sie mich an und rief: „Das ist aber eine nette Frau! Sie hat uns zum Kaffee trinken eingeladen, jetzt gleich. Dann kannst du dir schon mal anschauen, wo du wohnen wirst."

Entsetzt guckte ich Mama an. Ich meine, zwei Wochen bei Nina reichten doch wirklich aus, da musste ich nicht auch noch diesen Samstagnachmittag opfern!

Zum Glück klingelte Nilgün in diesem Moment an der Tür. Sie wollte noch einmal mit mir ins Freibad gehen, bevor sie morgen in die Türkei fuhr. Wenn das kein verständlicher Grund war, um abzusagen!

„Tut mir leid, ich kann nicht!“, sagte ich zu Mama, schnappte meine Badesachen und war draußen.

Als dann der Sonntag gekommen war und ich zu Nina ziehen sollte, wurde mir richtig mulmig. Es war später Nachmittag und ich packte gerade meine Sachen. Zum Abendessen sollte ich bei Burgmeisters aufkreuzen.

Was, wenn es ganz fürchterlich bei Nina zu Hause war? Die Mama eine Schreckschraube, der Vater Alkoholiker und dann noch fünf nölende kleine Geschwister? Bestimmt musste ich bei ihr im Zimmer schlafen und konnte nie alleine sein. Ich versuchte, mir ihr Zimmer vorzustellen. Wahrscheinlich war alles rosa und voll mit kitschigen Tierbildern, dachte ich. Sicher hätten wir überhaupt nichts, worüber wir reden könnten. Sie war ja ganz anders, bestimmt hatten wir absolut nichts gemeinsam. Na ja, außer den Pferden, natürlich …

„Wo wohnt Nina überhaupt?“, brüllte ich zu Mama runter, die in der Küche stand.

„Komm runter, wenn du mit mir reden willst!“, rief sie.

Ich stellte mich also an den Treppenaufgang und fragte noch einmal – allerdings auch nicht viel leiser.

„Forsthausstraße 27.“

„Das ist nicht dein Ernst!“ Ich konnte es nicht fassen. Ich hatte echt die Oberniete gezogen! Ich würde meinen Urlaub in derselben Straße verbringen, in der ich sowieso schon wohnte!

„Ich hab Nina hier noch nie gesehen!“, schrie ich zurück, so als könnte ich durch geschicktes Argumentieren die Adresse verändern.

„Die 27 ist hinter dem Knick“, erklärte meine Mutter.

„Ach so.“ Jetzt war ich etwas versöhnt.

Die Forsthausstraße macht nämlich in der Mitte einen Knick, da wo die Austraße einmündet. Und hinter dem Knick sind die größeren Grundstücke mit den größeren Häusern. Die Leute kennt man nicht so, weil man nicht in die Gärten gucken kann. Bei uns hier vorne ist alles so eng, dass wir sogar riechen, was es bei Fischers in der Nummer 1 und bei Löbaus in der Nummer 5 zum Mittagessen gibt. Und wenn Fischers oder Löbaus auf der Terrasse essen, können wir hören, worüber sie reden.

„Ist ein schönes Haus, in dem Nina wohnt“, sagte Mama jetzt, „mit einem tollen Garten!“

Jetzt stieg ich doch die Treppen hinunter und lehnte mich an die Küchentheke. „Bist du gestern alleine hingegangen?“

„Klar. Denkst du, ich schicke mein Mäuschen zwei Wochen lang zu wildfremden Menschen?“

Irgendwie kam mir dieser Satz bekannt vor.

„Ganz abgesehen davon, dass ich mich nicht so unhöflich benehmen wollte wie meine Tochter."

„Wieso? Wie meinst du das denn jetzt?"

„Jassi: Das ist doch offensichtlich. Nina möchte gerne mit dir befreundet sein und du nutzt es nur aus, um bei ihr wohnen zu können."

„So ein Quatsch!" Das fand ich echt gemein. Es war schließlich nicht meine Idee gewesen! „Ich habe nie darum gebeten! Sie hat es mir angeboten. Da kann ich auch nichts dafür!"

„Ja ja, das bezweifle ich gar nicht. Und wie du bemerkt hast, habe ich auch nichts verboten. Ich habe nur gesagt, dass ich für meinen Teil nicht so unhöflich sein, sondern zumindest ein bisschen Interesse und Dankbarkeit zeigen wollte."

Interesse und Dankbarkeit! War ich etwa undankbar?! Schließlich konnte ich ja nichts dafür, dass Nina so langweilig war. Interesse *vorheucheln* wäre streng genommen doch viel unhöflicher! Oder? Und überhaupt – wenn Mama ein bisschen mehr Verständnis für meine allergrößte Leidenschaft und Berufung hätte, dann wäre es vielleicht gar nicht so weit gekommen. Dann hätte sie den Urlaub einfach um zwei Wochen verschoben und ich müsste nicht zu Nina, um zwei Wochen lang Glotzen und Anschweigen zu üben! Und jetzt war ich auch noch „unhöflich" und „undankbar"!

Das Allerblödeste war, dass ich ein klein bisschen fand, dass Mama recht hatte und dass ich mich deswegen vor Nina und ihrer Mutter genierte. Aber jetzt war es zu spät. Ich würde ja schon in einer halben Stunde bei ihnen einziehen.

„Hast du fertig gepackt?“, fragte Mama.

„Nee.“

„Dann mach mal.“

Ich sprang nach oben in mein Zimmer und stopfte lustlos in meine Sporttasche, was ich so brauchte. Besonders viel Mühe gab ich mir nicht. Die Reitklamotten waren das Wichtigste. Ich würde sowieso den ganzen Tag auf dem Reiterhof bleiben und erst abends zu Nina nach Hause kommen und was ich dann anhatte, war vollkommen wurst.

Ich zählte die richtige Anzahl frischer Unterhosen ab, nahm die obersten T-Shirts vom Stapel, ein Schlaf-Shirt, Socken, alte Jeans – fertig. Zur Sicherheit steckte ich noch fünf Bücher ein – wer weiß, nachher durfte man bei Burgmeisters abends nicht fernsehen. Und ich musste mich ja irgendwie beschäftigen, wenn Nina und ich uns nichts zu sagen hatten.

„Okay, ich bin so weit!“, rief ich. Und dann marschierte ich mit Mama an der Seite und der Sporttasche über der Schulter los.

312 Schritte ging es an all den kleinen schmalen Reihenhäusern vorbei, dann kam der Knick, dann kamen noch einmal 316 Schritte an den schönen

großen Gärten entlang bis zur Forsthausstraße 27. Eine kleine mit Efeu überwachsene Mauer trennte das Grundstück von der Straße. Wir kamen zu einem schmiedeeisernen Tor, das nur angelehnt war, und gingen den Fußweg bis zu einem zweistöckigen weißen Haus. Die Tür war von Kletterrosen und irgendeiner anderen Pflanze umwachsen, sodass man wie in eine Art Höhle gehen musste, um zu klingeln.

Mama drückte den Knopf. Hinter der Tür hörte ich Schritte.

Ein großer schlanker Junge mit dunklen Haaren öffnete die Tür: Alex.

Für mich war es wie ein Faustschlag. Anstelle von „Hallo“ sagte ich „Hrgglmp“, weil ich kurzzeitig keine Luft bekam.

Meine Mutter dagegen lächelte freundlich und sagte: „Du bist sicher Alex, der Bruder von Nina.“

Der Bruder!

Niemals wäre ich auf die Idee gekommen, Nina könnte einen großen Bruder haben! Wenn, dann kleinere Geschwister!

Wenn man mit jemand so Coolem zusammenlebte, musste das doch irgendwie abfärben! Aber auf Nina hatte da nichts, aber auch gar nichts, abgefärbt. Sie war blass und mickrig und sah Alex kein Fitzelchen ähnlich!

Alex nickte uns zu, murmelte gelangweilt „Hi" und schlappte ins Haus.

Ich hörte, wie er „Nina, deine Freundin!" rief und dann war er irgendwo im Gang verschwunden.

Ich lehnte mich an den Türpfosten. Das war Alex gewesen! *Der* Alex! Dem ich die ganze Zeit versucht hatte aufzulauern und jetzt …! Ich würde ihn jeden Tag sehen. Jeden einzelnen Tag, den ich hier wohnte. Das war umwerfend und schrecklich zugleich. Ich versuchte zu erfassen, in was für eine Situation ich da geraten war. Ich würde mit ihm reden müssen. Was sollte ich sagen? Ich würde mich cool benehmen müssen – aber wie machte man das bei einer fremden Familie zu Hause?

Ich biss mir auf die Lippen, so angestrengt dachte ich nach. Da kam schon Nina mit ihrer Mutter um die Ecke.

Frau Burgmeister war groß und schlank und hatte ganz kurze dunkle Haare. Ihre Augen blitzten so schön wie die von Alex. Sie fasste mich an beiden Händen und rief: „Willkommen Jasmina, schön, dass du da bist. Ich bin Miriam!"

Ich nickte. Ich fand, dass sie ein bisschen übertrieb. Sie kannte mich gar nicht, da konnte sie sich doch auch nicht so über mich freuen.

Dann schüttelte Miriam meiner Mutter bestimmt zehn Mal die Hand. Dabei wiederholte sie ständig, wie toll sie es fand, dass ich sie besuche, und wie schön es sei, dass Nina jetzt eine Freundin gefunden habe. Und dass Mama sich keine Sorgen machen solle. Und dass das doch ein ganz toller Urlaub für *die Mädchen* werden würde – und noch lauter so Sachen.

Mama benahm sich genauso hysterisch und versicherte Miriam Burgmeister doppelt so oft, wie dankbar sie ihr sei und dass das wirklich sehr nett sei und so weiter …

Eigentlich war es unerträglich.

Ich lehnte mich wieder an den Türpfosten. Alex, dachte ich. Hier wohnt Alex.

Dann sah ich zu Nina hin. Sie beobachtete genervt das ganze Theater und verdrehte dabei die Augen. Als sie meinen Blick spürte, wandte sie mir den Kopf zu. „Soll ich dir dein Zimmer zeigen?"

Ich nickte. Während Mama und Miriam Burgmeister sich weiter gegenseitig besäuselten, führte mich Nina ins obere Stockwerk.

Dort gab es einen breiten hellen Gang mit vier Türen – alles viel größer als bei uns zu Hause, wo man die Treppe nur dann hinaufgehen kann, wenn gerade keiner herunterwill.

„Hier!"

Nina öffnete eine Tür und ich sah in ein Zimmer, das ungefähr doppelt so groß war wie meines daheim. Es hatte zwei Fenster auf den Garten hinaus, einen Schreibtisch, ein Bett, einen Schrank und sogar einen eigenen Fernseher! Keine Bücher, keine Poster, keine Spielsachen und nichts war rosa. War das alles nur für mich?!

„Schlaf ich denn nicht bei dir im Zimmer?“, fragte ich verblüfft.

Da leuchtete Ninas Gesicht auf. „Wenn du möchtest ...“

„Ach nee, danke, das Zimmer hier ist super“, sagte ich schnell. „Was ist hinter den anderen Türen?“

„Direkt nebendran wohnt Alex.“ Sie ging wieder in den Flur und zeigte auf die nächste Tür. „Das da ist das Elternschlafzimmer und gegenüber von dir wohne ich.“

Ich warf nur einen kurzen Blick in ihr Zimmer. Pferdeposter von oben bis unten. Eigentlich sah es genauso aus wie meins – nur zweimal so groß.

„Ich hol' mal meine Sachen“, sagte ich und im selben Moment erkannte ich den riesigen Fehler, der mir beim Packen unterlaufen war!

Meine Sachen. Das waren ja ausschließlich ausgeleierte T-Shirts und Uralt-Jeans mit Flicken auf den Knien. So konnte ich unmöglich in dem Haus herumlaufen, in dem Alex wohnte!

Ich brauchte die guten Klamotten! Unbedingt. Sofort.

Ich rannte zur Haustür. Als Mama mich sah, sagte sie: „Gut, mein Schatz. Dann gehe ich jetzt. Ich wünsche dir schöne Ferien!“ Sie gab mir einen Kuss.

„Und wir können dann gleich zu Abend essen“, meinte Miriam Burgmeister.

„Aber …!“, rief ich.

„Was, aber?“

„Ich muss noch was von zu Hause holen.“

„Ja wieso, hast du was vergessen?“, fragte Mama verblüfft. Es stand außer Frage, dass sie nicht das geringste Verständnis dafür hätte, wenn ich jetzt sagte: andere Klamotten.

„Mein Physikbuch“, log ich schnell. „Dann kann ich ein bisschen lernen.“

Mama öffnete überrascht den Mund, ohne dass ein Wort herauskam. Das war eigentlich ganz gut, denn jetzt musste ich keine blöden Fragen beantworten. Ich verduftete einfach, rannte die 628 Schritte zurück, an Papa vorbei, der gerade versuchte, die Badetasche in den Kofferraum zu quetschen, weiter ins Haus, unsere enge Treppe hinauf, dann in mein Zimmer und zu meinem Kleiderschrank.

Ich zog die neue enge Jeans heraus. Jetzt noch das weiße Glitzer-Shirt. Wo war es? Ich raste ins Bad und schaute in den Wäschekorb. Na also! Vielleicht fand ich irgendwo eine Möglichkeit, es zu waschen. Auf jeden Fall musste es mit. Auch meine Ohrringe und der Lipgloss und die Wimperntusche. Lippenstift und Lidschatten packte ich ebenfalls ein. Besser zu viel als zu wenig.

Allerdings konnte ich die ganzen Sachen jetzt

nicht mehr halten. Ich rannte also in die Küche und holte mir eine Plastiktüte aus der unteren Schublade, da stopfte ich alles rein. Dann brauchte ich noch eine zweite Plastiktüte für die Lederjacke, den coolen Kapuzenpulli und meinen Minirock und die Leggins. Jetzt spurtete ich zurück.

Außer Atem klingelte ich bei Burgmeisters. Auch diesmal machte Alex auf. „Du schon wieder“, sagte er.

Ich wurde rot. Dabei war es doch gar nicht wirklich peinlich. Ich nickte und haspelte dann verlegen herum: „Ich musste noch was holen, hatte was vergessen.“

Alex warf einen Blick auf die überquellenden Plastiktüten. „Du hast deine *Kleider* vergessen?“, stellte er verdutzt fest und sah mich an, als hätte ich nicht mehr alle Tassen im Schrank.

In diesem Moment kamen Mama und Miriam Burgmeister in die Diele.

„Ich dachte, du holst dein Physikbuch?“, platzte Mama heraus.

Ich glühte und glühte und leuchtete tiefrot. „Ja,“ fiepste ich. „Mein Physikbuch – und noch ein paar andere Sachen.“

Als Mama nach Hunderttausenden überschwänglichen Abschiedsworten gegangen war, brachte ich meine Tüten nach oben und dann gab es Abendessen.

Ich saß Alex direkt gegenüber. Aber ich sah nicht hin. Das war mir zu aufregend.

Wenn ich doch mal meinen Kopf hob, sah ich nur seine Haare. Alex starrte nämlich auch auf seinen Teller. Er stopfte Wiener Würstchen in sich hinein und gab keinen Ton von sich.

Ich überlegte hektisch, was ich zu ihm sagen konnte. *Wir kennen uns doch vom Schulhof?* Andererseits würde ihn das am Ende an das Kaugummi-Desaster erinnern – und das wäre schon wieder peinlich!

„Und, nervös?“, fragte Miriam Burgmeister.

„Wieso?“ Erschrocken sah ich zu ihr. Hatte sie gemerkt, dass ich verliebt war?

„Na, weil ihr doch morgen die Deutsche Meisterin im Springreiten kennenlernt!“

„Ach so.“ Ich schaute zu Nina, die eifrig mit dem Kopf nickte. „Doch, doch“, meinte ich schnell.

Unseren Zusammenprall zu erwähnen wäre wohl auch nicht sonderlich toll. Oder sollte ich ihm sagen, dass ich eine Freundin von dem Mädchen war, das mit ihm im Stadion gesprochen hatte?

„Na, ich bin auf jeden Fall sehr gespannt, was ihr erzählen werdet! Wer macht denn jetzt alles mit beim Kurs?“

Nina begann, die Namen aufzuzählen und ich überlegte, ob ich ihm vielleicht eine Leichtathletik-Frage stellen sollte: *Wie hoch springst du denn?*

„Es machen auch noch drei Mädchen mit, die wir gar nicht kennen", sagte Nina gerade. „Christa meint, sie hätten schon Spring-Erfahrung."

Aber wenn ich ihn das fragte, musste ich mich zuerst einmal erkundigen, ob er irgendeinen Sport trieb. Sonst kam ja gleich raus, dass ich mich schon über ihn informiert hatte.

„Die habt ihr doch auch", meinte Bernhard, Ninas Vater, jetzt. Er saß am Kopfende, beugte sich vor und lächelte mir zu. Er sah Nina ähnlich, fand ich. Leider hatte ich nicht mitbekommen, wovon er sprach, darum nickte ich nur höflich.

„Na ja", meinte Nina gedehnt, „Spring-Erfahrung kann man das bei euch doch eigentlich nicht nennen. Also in Düsseldorf hatten wir viel öfter Springtraining."

Blöde Kuh!, dachte ich. Was sollte das denn nun?

„Und du, Alex, was hast du eigentlich nächste Woche vor?" Das war wieder Miriam.

Alex hob den Kopf. Er seufzte: „Ich habe vor, irgendwie das ganze Pferdegeschwätz zu ertragen, das hier herrschen wird!"

Wie bitte? Hatte ich mich verhört?

„Aber Alex!" Miriam schüttelte den Kopf. „Das finde ich jetzt wirklich nicht freundlich gegenüber Ninas Gast."

„Ich finde es auch nicht freundlich, dass mich niemand gefragt hat, ob es mir was ausmacht, wenn Ninas pferdeverrückte Freundinnen hier einziehen."

Das saß. Ich wurde auf meinem Sitz ganz klein. „Es reicht."

„Ich hab nur deine Frage beantwortet", maulte Alex und senkte seinen Kopf wieder über den Teller.

Na prima, dachte ich traurig. Er hielt mich also für „Ninas pferdeverrückte Freundin". Pferdeverrückt ging ja. Aber Ninas Freundin? Bestimmt glaubte er, dass ich auch so schüchtern und langweilig war. Warum erinnerte er sich eigentlich nicht an mich? Wir waren uns doch schon dreimal über den Weg gelaufen! Einmal sogar mit Karacho! Und beim ersten Mal war Nilgün dabeigewesen. Nilgün! Das war meine Freundin. An die sollte er sich erinnern. Nilgün konnte ja nun wirklich niemand langweilig und schüchtern finden.

Vom weiteren Gespräch habe ich nicht mehr allzu viel mitbekommen. Ich dachte darüber nach, wie ich Alex klarmachen konnte, dass ich mit seiner kleinen, braven Streber-Schwester absolut nichts gemeinsam hatte.

Außer der Pferdeverrücktheit natürlich – dazu stand ich.

Abends saß ich dann auf meinem Bett in meinem schönen großen Zimmer und machte einen Plan. Als Erstes musste ich das weiße Glitzer-Shirt waschen. Unbedingt! Denn morgen würde ich zum Frühstück genau als die Schönheit erscheinen, die ich am Stadion hatte sein wollen. Das musste Alex dann doch bemerken!

Im Reitstall würde ich auf dem Klo die ganze Schminke wieder abwischen. Denn dass die anderen Mädchen mich so sahen, wollte ich lieber nicht. Bei Nina ließ es sich nicht vermeiden, klar, aber normalerweise verhielt sie sich ja stumm wie ein Fisch und würde bestimmt niemandem davon erzählen.

Ich würde einen herrlichen Tag mit Milan verbringen. Wir würden galoppieren, über Hindernisse fliegen und jede Menge Spaß haben. Und nach dem Springkurs würde ich versuchen, vor Nina nach Hause zu gehen. Damit ich Alex allein sprechen konnte!

Ich ließ mich erschöpft nach hinten fallen und guckte an die Decke. In mir tobte es. Auf der einen Seite war ich so glücklich und aufgewühlt, dass ich am liebsten die Uhr vorgedreht hätte, um mit Alex gemeinsam zu frühstücken. Wenn ich nur daran dachte, ging ein Gekribbel in meinem Bauch los, als hätte jemand den Startschuss für ein Ameisen-Wettrennen gegeben! Und so würde das jetzt zwei Wochen lang jeden Tag sein! War das nicht irre?!

Und dann gab es ja nicht nur Frühstück! Der Springkurs endete mittags um zwölf. Nina und ich kamen also zum Mittagessen heim! Vielleicht sah ich Alex auch nachmittags im Garten, abends beim Fernsehen, am Wochenende beim Familienausflug ... Unglaublich.

Auf der anderen Seite hatte ich auch Angst. Und ich fühlte mich allein. Ich musste das alles selbst hinkriegen, ohne mich mit jemand besprechen zu können.

Es war zwar toll, Milan mein Herz auszuschütten, und das half auch immer, aber gute Ratschläge konnte er mir doch nicht geben. Wenn doch Nilgün da wäre! Nach nichts sehnte ich mich jetzt mehr als nach ihrem Gesicht. Genauer gesagt nach ihrem Gesicht, das sich so schwungvoll zu mir drehte, dass ihr Haar wie eine Frisbee-Scheibe im Kreis herumschwang. Nach ihrem Wickie-Strahlen, mit dem sie mir verkünden würde, wie ich die Situation meistern konnte.

Ich nahm mein Handy und tippte eine SMS an Nilgün: „Alex ist Ninas Bruder!!!!!!!“ Dann hopste ich von meinem Bett herunter, nahm das schmutzige Glitzer-Shirt aus der Tüte, lauschte an der Tür und als ich sicher war, dass auf dem Gang niemand mehr unterwegs war, schlich ich mich ins Bad und wusch das Shirt mit Seife aus.

Das war gar nicht so einfach. Aber es klappte. Danach hängte ich das klatschnasse Shirt in meinem Zimmer auf einen Bügel, stellte den Wecker auf halb sieben und ging schlafen.

Farbe im Gesicht

Der Wecker klingelte.

„Brrrr!“, machte ich im Halbschlaf. Milan musste anhalten, damit ich aufwachen konnte. „Gut, Milan, brav.“ Ich schmiegte meinen Kopf an seinen Hals. Oder war es das Kissen? Moment mal! Wenn das das Kissen war, warum fühlte es sich dann so komisch an? Wo war ich?

Ich riss die Augen auf und sah mein riesiges Gästezimmer im dämmrigen Morgenlicht. Richtig – ich war bei Burgmeisters und im Nebenzimmer schlief Alex. Ich seufzte wohlig. Das war ja wunderbar! Aber wie hatte ich gestern nur auf die dämliche Idee kommen können, um halb sieben aufzustehen, nur um mich in Ruhe zu schminken? Wir mussten doch erst um neun auf dem Reiterhof sein.

Ich drehte mich auf die andere Seite.

Aber jetzt konnte ich nicht mehr einschlafen. Der Name „Alex“ hüpfte durch meinen Kopf und weckte alle schlafenden Gedanken auf. Würde er heute mit mir reden? Was sollte ich sagen? Reichte der Lipgloss oder sollte ich den Lippenstift für besondere Anlässe nehmen? Um zehn nach halb war ich komplett wach und setzte mich im Bett auf.

Gut, dachte ich, wenn ich schon wach war, konnte ich meinen Plan auch ausführen, mich ins Bad schleichen und mich dort in aller Ruhe schminken. Ich schwenkte meine Füße aus dem Bett, stand auf und tappte zum Schrank. Dabei trat ich ins Nasse: Unter dem T-Shirt hatte sich eine riesige Lache auf dem Parkett gesammelt. Oje! Das war bestimmt nicht gut für den Boden. Aber wie sollte ich das aufwischen?

Ich nahm mir vor, nachher ein Handtuch aus dem Bad mitzunehmen. Dann lief ich zur Tür. Ganz sachte drückte ich die Klinke nach unten. Ich sah nach links zu Alex' Zimmer, nach gegenüber zu dem von Nina und wollte gerade zum Badezimmer schleichen. Da öffnete sich die Tür zum Schlafzimmer von Ninas Eltern.

Bernhard Burgmeister trat in Boxershorts und T-Shirt heraus, streckte sich und gähnte laut. Dann tappte er schlaftrunken zum Bad.

Ich zog schnell die Tür zu. Na prima, dachte ich. Jetzt war ich so früh auf und konnte die Zeit doch nicht nutzen. Hatten die in ihrem Riesenhaus kein zweites Bad? Wahrscheinlich schon. Nur wo?

Kurz dachte ich daran, es zu suchen. Aber dann

traute ich mich nicht. Ich wollte dem halb nackten Bernhard nicht begegnen.

Also legte ich das Ohr an die Tür und lauschte.

Nach einer Viertelstunde hörte ich wieder Schritte. Bernhard war im Bad fertig. Aber ich hatte die Tür erst einen Spalt geöffnet, da kam schon Miriam Burgmeister. Mist. Ich zog die Tür wieder zu. So wurde das nichts. Frauen brauchten ja mindestens doppelt so lang. Und dann war es halb acht und Nina und ich mussten sowieso aufstehen. Missmutig legte ich mich ins Bett zurück. Das fing ja total blöd an.

Sei froh, dann kann es nur noch besser werden!, hörte ich Omas Stimme in meinem Kopf. Denn das sagte sie immer, wenn ich über irgendetwas schimpfte.

Aber dieses Mal hatte Oma sich geirrt. Als ich um halb acht endlich ins Bad konnte, fing die eigentliche Katastrophe erst an. Ich zog das Bürstchen aus der Mascara-Flasche, riss die Augen weit auf, wie es Frau Kössnitz mir gezeigt hatte, und bestrich meine Wimpern. Das heißt: Ich wollte es, tatsächlich musste ich blinzeln, als das Bürstchen in die Nähe meines Auges kam, und deshalb bestrich ich nicht die Wimpern, sondern das Augenlid. Dicke schwarze Streifen zogen sich bis zur Braue. Ich versuchte, alles mit Wasser wegzuwischen – aber dadurch verschmierte es. Ich hatte ein total grau umwölktes Auge. Was nun?

Wo war die Abschmink-Creme? Die hatte ich zu Hause vergessen! Jedes weitere Rubbeln vergrößerte die graue Fläche. Ich musste das anders lösen. Und ich hatte auch eine Idee! Ich würde die grauen Stellen einfach mit grünem Lidschatten übermalen.

Eigentlich sah das gar nicht schlecht aus. Sehr erwachsen und sehr verrucht. Jetzt musste ich das nur am anderen Auge auch noch so hinkriegen: erst Wimperntusche aufs Lid, dann verreiben, dann Lidschatten drüber. Gut, es wurde nicht ganz gleichmäßig, aber für eine Anfängerin konnte sich das Werk sehen lassen.

Jetzt waren die Lippen dran. Ein bisschen Lipgloss erschien mir allerdings im Gegensatz zu den farbenprächtigen Augen als zu wenig. Ich nahm gleich den Lippenstift. Wow! Das wirkte! Ich hätte mich mindestens auf zwanzig geschätzt! So konnte mich Alex unmöglich für eine uninteressante Freundin seiner Schwester halten. Bestimmt nicht. Zufrieden marschierte ich in mein Zimmer.

Doch da lauerte der nächste Ärger: Das frisch gewaschene Glitzer-Shirt war noch feucht. Außerdem hatte ich das Handtuch für die Pfütze vergessen. Also sauste ich zurück, holte mein Handtuch und wischte die Lache auf. Ich wollte es im Badezimmer auswringen, doch die Tür war verschlossen.

„Ich bin drin!", rief Nina.

Ich nahm das klatschnasse Handtuch also mit zurück in mein Zimmer, hängte es über den Stuhl und begann endlich, mich in Schale zu werfen.

Ich fasste das T-Shirt an: kalt und klamm. Genau so, dass man es nicht anziehen wollte.

Stell dich nicht so an!, sagte ich mir. Wer schön sein will, muss leiden!

Und dann schlüpfte ich hinein. Iihhh! War das kalt und eklig.

Ich überlegte, ob ich nicht vielleicht doch etwas anderes …

Da hörte ich Miriam Burgmeisters Stimme: „Nina, Jassi, kommt frühstücken, in einer halben Stunde beginnt der Springkurs." Ich zog noch schnell Reithose und Socken an, kämmte die Haare, was bei mir sehr lange dauert, weil sie ja bis zum Po reichen, flocht sie und sprang dann die Treppe hinunter ins Esszimmer.

„Wie siehst du denn aus?" Das war Nina. Sie saß vor ihrem Müsli und ließ verblüfft den Löffel ins Schälchen sinken.

„Frühstücken wir ganz allein?", fragte ich zurück. Am Tisch saß niemand und es wartete auch nur noch ein leeres Gedeck – für mich, nahm ich an.

„Wer soll denn sonst noch kommen? Papa ist längst im Büro, Mama geht auch gleich und Alex, der Langweiler, schläft wahrscheinlich bis zwölf!"

„Langweiler?“, entfuhr es mir. Die fade Nina fand ihren coolen Bruder langweilig? Das konnte doch nicht sein!

„Was ist das denn sonst, wenn jemand außer Leichtathletik und Skateboard fahren nichts im Kopf hat? Das ist ja wohl ein Langweiler.“

Ich sah sie an. Nina hatte eine kleine senkrechte Falte auf der Stirn, die ich noch nie gesehen hatte. Aber daran erkannte ich, dass sie es völlig ernst meinte: Sie fand ihren Bruder blöd.

Jetzt kam Miriam Burgmeister mit einem Teller voll frisch geschnittenem Obst ins Zimmer. „Guten Morgen!“ Sie nickte mir zu. Kurz starrte sie irritiert auf meine Augen. Aber nur ganz kurz. Dann lächelte sie wieder. Und sie gab auch keinen Kommentar ab, anders als meine Mutter das gemacht hätte. Das fand ich sehr sympathisch.

„Hier bitte! Da könnt ihr euch noch Obst ins Müsli tun. Wenn man den ganzen Vormittag reitet, braucht man schließlich Kraft.“

Das fand ich toll. Das Essen bei Burgmeisters war eindeutig besser als bei uns. Miriam war vielleicht ein bisschen übertrieben freundlich, aber im Grunde als Mutter nicht schlecht.

Nina fand das offenbar ganz normal. Jedenfalls zeigte sie keine besondere Freude. Sie saß mir gegenüber und sah mich irgendwie lauernd an.

Nachdem ihre Mutter den Teller auf den Tisch gestellt hatte, ging sie wieder in die Küche. Kaum war sie weg, fragte Nina: „Hast du dich etwa für Alex geschminkt?“

Mir wurde heiß. Starr zurück, starr zurück!, flüsterte ich mir Omas Ratschlag geistig zu. Aber dieses Mal half er nichts. Nina guckte mich unverfroren an. Und jetzt fing sie auch noch an zu kichern – Nina! Über mich!

„Nein“, sagte ich beleidigt. „Ich wollte mich fürs Reiten schön machen, das ist ja schließlich was Besonderes, wenn eine Deutsche Meisterin kommt.“ Ich kippte mir Milch aufs Müsli und gleichzeitig wurde mir klar, dass ich eben meinen eigenen Plan ruiniert hatte, die ganze Schminke auf dem Reiterhof-Klo wieder abzuwischen.

Na ja, ohne Abschmink-Creme wäre mir das wahrscheinlich sowieso nicht gelungen.

Ich sagte nichts mehr, sondern schlang nur das leckere Müsli in mich hinein. Aber ich konnte es nicht genießen, weil ich in dem nassen T-Shirt entsetzlich fror. Als das Schälchen leer war, sprang ich wortlos in mein Zimmer, zog mir eins der Schlabber-Shirts an, die ich sonst auch fürs Reiten benutzte, packte meine Reitsachen und ging runter.

„Lass uns gehen!“, sagte Nina. Dann schob sie die Terrassentür auf und spazierte in den Garten.

„Wo gehst denn du hin?“

„Abkürzung!“, meinte Nina und grinste.

Sie marschierte schräg über die Rasenfläche und

verschwand dann zwischen den Sträuchern einer üppigen Hecke. Hier war ein winziger Durchschlupf mit einem total süßen kleinen Gartentor. Nina öffnete es – und wir standen auf dem kleinen Fußweg, der hinterm Springplatz entlang zur Ringstraße führte. Jetzt kapierte ich, warum ich Nina nie außerhalb des Reiterhofs gesehen hatte. Dies war eine Abkürzung sowohl zum Reiterhof als auch zur Schule!

Eigentlich war Ninas Leben gar nicht so übel und auch gar nicht so langweilig! Das tolle Haus, der tolle Bruder. Dann noch die Abkürzung! Da brauchte sie gerade zwei Minuten zum Reiterhof. Man gelangte von hinten auf das Gelände des Reiterhofes. Neben dem Springplatz führte ein Trampelpfad vor zu den Stallungen, der Reithalle und dem kleinen Bürogebäude.

Vielleicht würden die kommenden zwei Wochen doch nicht so grässlich werden.

Vor dem Stall hatten sich schon die anderen versammelt und umringten eine schlanke Frau mit straff geflochtenem Zopf. Das musste Dörte Ahlbeck sein!

Als sie sich jetzt zu uns umdrehte, erkannte ich auch ihr Gesicht. Es war ganz irre, plötzlich jemanden zu sehen, den man sonst nur aus dem Fernsehen kennt! Ehrlich gesagt hatte sie mir im Fernsehen besser gefallen. Jetzt hatte sie so etwas Strenges, Eckiges um den Mund. Ich weiß nicht, wie ich es genau beschreiben soll. Sie hatte einen ziemlich breiten Kiefer, wie ein Raubtier, das gleich zubeißt. Das war mir im Fernsehen noch nie aufgefallen. Vielleicht lag es daran, dass sie bei den Interviews nach den Turnieren immer so fröhlich und gelöst gewesen war und viel gelacht hatte. Jetzt war sie streng, konzentriert und angespannt.

Als sie mich und Nina sah, nickte sie uns zu und sah auf die Uhr. „Ihr müsst Nina und Jasmina sein. Guten Morgen, ich bin Dörte. Bitte kommt an den anderen Tagen pünktlich. Disziplin ist das Wichtigste beim Reitsport. Pünktlichkeit, Fleiß, Leistungsbereitschaft – ohne geht es nicht."

Boingggg! Das war ja eine unfreundliche Begrüßung! Bei mir begann es sofort, wütend im Hals zu kratzen. Für diese Frau hatte ich so viele Schwierigkeiten in Kauf genommen und jetzt motzte sie wegen einer Minute Verspätung! Das konnte ja was werden!

Ich wollte gerade Nina empört zuzischen, dass diese Frau ja wohl hysterisch war, da merkte ich, wie sich die Köpfe der anderen alle zu mir drehten. Hannaka und Hannabu schauten mich an und um ihre Lippen zuckte es, ihre schlaksigen Körper fingen an, sich zu biegen, während die beiden unterdrückt kicherten. Auch Leona prustete leise vor sich hin und Lilly hielt sich angestrengt die Hand vor den Mund.

Mir wurde mein buntes Gesicht bewusst. Ich spürte die Hitze aufsteigen und fühlte mich völlig hilflos. Warum nur hatte ich diese ganze Farbe in mein Gesicht geschmiert?!

Dörte Ahlbeck begriff natürlich nicht, was los war. Sie blinzelte und zuckte mit ihrem mächtigen Unterkiefer. Das Kichern machte sie nervös.

„Also“, begann sie. „Ich habe gehört, dass ihr alle schon recht gut reiten könnt und auch schon höhere Sprünge absolviert habt.“

Jetzt hielt es Lilly nicht mehr aus, sie prustete laut los.

„Was habt ihr denn?“, rief Dörte. „Was soll denn das Gekicher?!“

„Es ist nur ...“ Lilly versuchte sich zusammenzureißen, das sah ich genau. „Es ist nichts!“, quiekte sie. Aber dann rutschte ihr wieder ein Kichern heraus.

„*Nichts* ist keine Antwort!“, bemerkte Dörte säuerlich. „Ich möchte wissen, warum ihr alle kichert!“

Niemand sagte etwas.

„Du!“ Dörte zeigte auf Lilly. „Du erklärst es mir jetzt.“

Lilly sah mich an, als wolle sie mich um Verzeihung bitten, und flüsterte dann: „Es ist nur, weil sich Jassi so komisch geschminkt hat!“ Und dann musste sie schon wieder ein bisschen lachen.

Dörte sah mich ärgerlich an. „Also, zum Thema

Schminken möchte ich sagen, dass das mit Reitsport nichts zu tun hat. Vor allem in eurem Alter solltet ihr darauf verzichten ...", begann sie mit strenger Stimme.

Da trat Nina einen Schritt vor. Nina! Die sonst immer nur schweigend dabeistand! Jetzt stellte sie sich einfach so vor die strenge Dörte Ahlbeck und sagte: „Sie hat es doch nur für Sie getan! Weil es so was Besonderes ist, wenn eine Deutsche Meisterin kommt!"

Dörte Ahlbeck stockte. Sie sah von mir zu Nina und wieder zurück. Niemand kicherte mehr. Da begann Dörte, ein klein wenig zu lächeln. „Also Jasmina, das ist wirklich nicht nötig", sagte sie und lächelte noch ein bisschen mehr. Fast sah sie so locker aus wie im Fernsehen. Aber gerade, als wir alle schon Hoffnung schöpften, dass Dörte Ahlbeck doch ganz nett war, verschwand das Lächeln auch schon wieder und ihre Raubtier-Grimasse erschien erneut.

„Auch wenn ihr schon Erfahrung habt, werden wir mit Stangenarbeit beginnen. Ich muss eure Fähigkeiten einschätzen können. Macht eure Pferde fertig, wir treffen uns in einer Viertelstunde auf dem Springplatz."

Stangenarbeit! Das hatten wir schon vor drei Jahren bei Christa gemacht.

Stangenarbeit ist eigentlich gar nicht springen, es ist nur so als ob. Man legt die Stangen flach auf den Boden und reitet drüber. Für Anfänger ist das wichtig, weil man lernen muss, den richtigen Absprungpunkt zu finden und das Pferd im leichten Sitz zu dirigieren.

Aber für uns! Wir waren alle schon über Cavaletti gesprungen. Wir hatten auch schon mal einen richtigen Parcours aus Cavaletti aufgebaut. Das beherrschten wir alle! Nur über die richtig hohen Hindernisse ab 80 Zentimeter waren wir noch nie gesprungen.

„Aber das können wir schon!“, rief Lilly.

„Trotzdem. Ich will es erst sehen. Ich habe die Verantwortung!“

„Du kannst ja Christa fragen!“, meinte Hannabu.

„Christa ist nicht da.“

„Sie ist nicht da?“, fragten jetzt mindestens drei von uns gleichzeitig.

„Christa hat die Gelegenheit genutzt, dass jemand Erfahrenes hier ist, der den Hof betreut, und macht Urlaub. Das ist ihr auch zu gönnen.“

Ich sagte nichts. Ich fand alles doof. Dabei hatte ich mich doch so auf Dörte Ahlbeck gefreut – und sogar auf mich genommen, bei wildfremden Menschen zu wohnen!

Und jetzt entpuppte sie sich als griesgrämige Meckertante!

Und Christa war einfach abgehauen und ließ uns mit dieser Schreckschraube alleine! Schlimmer noch, nun mussten wir hier wie die Anfänger-Babys Stangenarbeit machen!

Missmutig trottete ich in die Sattelkammer. Das mochte was werden!

Das Training selbst war dann gar nicht so schlecht. Nicht wegen Dörte. Sondern weil Reiten einfach immer Spaß macht. Dörte war leider immer noch komisch. Oft verstand ich überhaupt nicht, was sie eigentlich von uns wollte. Zum Beispiel legte sie die Stangen einmal in so komischen Abständen, dass man gar keinen Rhythmus finden konnte.

Na ja, immerhin sah sie ziemlich schnell, dass wir das alles gut konnten. Sie lobte sogar unsere Balance und ging dann schnell zu Galoppübungen im leichten Sitz über. Ab da machte es mir dann riesigen Spaß. Wir sprangen zwar immer noch nicht über Hindernisse, aber im Galopp finde ich alles gut.

Wir machten Dressurübungen im leichten Sitz. Denn fürs Springen ist es enorm wichtig, dass das Pferd einen versteht, auch wenn man nicht so breit im Sattel hockt. Für mich war es ganz leicht. Das lag auch daran, dass Milan und ich so eine gute Verbindung zueinander haben. Er verstand mich immer! Weil wir einfach zueinander gehörten.

Nur Hannabu musste bestimmt 20-mal angaloppieren und ihr Pferd Dark Moon danach wieder in den versammelten Trab bremsen. Warum, verstand keine von uns, und Dörte sagte immer nur: „Nein, so nicht. Noch mal."

Kurz vor zwölf bauten wir dann doch noch einen kleinen Parcours aus Cavaletti auf und Dörte stoppte die Zeit und zählte die Fehler. Natürlich riss niemand ein Cavaletto – das höchste maß ja gerade mal 50 Zentimeter! Aber das Tollste an allem war, dass Milan und ich von allen die beste Zeit hatten! Da war ich vielleicht stolz auf meinen Schatz!

Dörte sagte: „Ich sehe, Christa hat recht, ihr seid alle schon sehr weit."

Als ich Milan in seine Box brachte, strotzte ich immer noch vor Stolz. Ich rieb ihn trocken und flüsterte ihm lauter nette Sachen zu. Dann striegelte ich ihn ausführlich, rieb seinen Kopf mit der Schmusebürste ab, kratzte die Hufe sauber und mistete aus.

Erst als ich mit allem fertig war, fiel mir ein, dass ich ja ganz schnell nach Hause – beziehungsweise zu Burgmeisters – hatte gehen wollen, damit ich Alex alleine traf. Ich schaute über die Stallgasse zu Alessias Box. Nina war noch dort und mistete aus.

Ich nahm Milan am Halfter und führte ihn schnell auf die Koppel. Dann ging ich nicht zurück in den Stall, sondern lief außen herum den kleinen Schleichweg entlang und war nur ein paar Minuten später in Burgmeisters Garten.

Wo bleibt Alex?

Jetzt musste Alex ja wohl wach sein. Es war immerhin 14 Uhr! Was er wohl machte? Im Garten war kein Mensch. Als ich an der Terrassentür angekommen war, hörte ich Miriam Burgmeisters Stimme: „Reitstiefel bitte draußen ausziehen!"

Das machte ich, dann schob ich die Tür weiter auf und ging ins Haus. Aus der Küche duftete es. Ich schaute hinein. Miriam goss gerade Nudeln ab. „Es gibt Spaghetti Bolognese", sagte sie. „Ihr kommt genau rechtzeitig."

„Das bin nur ich. Nina ist noch auf dem Reiterhof."

„Ach ja?", sagte Miriam und zog erstaunt die Augenbrauen in die Höhe. Ich fürchtete, dass sie jetzt gleich etwas Ernstes über Kameradschaft und Aufeinanderwarten und so sagen würde. Aber das tat sie nicht. Sie stellte den Nudeltopf wieder auf den Herd und pflückte mir einen Strohhalm aus dem Haar. „Du kannst auf jeden Fall noch kurz ins Bad gehen, ich glaube, das täte dir gut."

Ich war mir nicht ganz sicher, ob sie das Make-up oder den Dreck aus dem Reitstall meinte. Auf jeden Fall lief ich schnell die Treppe hinauf. Alex' Tür war angelehnt. Sollte ich mal reinspicken? Ich ging darauf zu. Doch dann sagte ich mir, lieber doch nicht!, und machte zwei Schritte zurück. Aus etwa einem Meter Entfernung guckte ich durch den Spalt in der Tür und versuchte herauszufinden, ob er drin war oder nicht.

Zu hören war jedenfalls nichts. Bestimmt war das Zimmer leer. So still konnte niemand sein. Wenn ich doch mal reinschaute? Dann wüsste ich wenigstens, wie sein Zimmer aussah. Ich machte wieder zwei Schritte zur Tür – und wieder zurück. So ging das bestimmt zehn Minuten, bis ich unten Ninas Stimme hörte: „Hallo, Mama! Es war super! Aber ich habe keine Ahnung, wo Jassi steckt – die war schon auf einmal verschwunden!"

Da sauste ich ins Bad und verriegelte die Tür. Ich schrubbte mein Gesicht so fest, dass es wehtat, und als ich eine gefühlte Stunde später in den Spiegel schaute, war nicht der kleinste Farbrest übrig geblieben. In meinem Zimmer trocknete ich mich notdürftig mit dem noch immer nassen Handtuch ab, dann zog ich statt Reithosen die enge Jeans an und das inzwischen trockene Glitzer-Shirt und marschierte nach unten.

Diesmal standen immerhin drei Teller auf dem Tisch. Würde Alex zum Essen kommen?

Aber nein. Miriam Burgmeister setzte sich zu uns und schöpfte die Spaghetti auf die Teller.

„So, und jetzt erzählt mal!"

Nina blubberte los wie ein Wasserfall. Es war wirklich irre, wie sie sich zu Hause verwandelte. Gestern Abend war es mir nicht aufgefallen, weil meine Gedanken sich nur um Alex gedreht hatten. Aber jetzt! Nina sprach mit einer ganz anderen Stimme: klar und deutlich. Und die Worte sprudelten nur so aus ihr heraus. Sie erinnerte eher an einen plappernden Papagei als an einen stummen Fisch. Erst hörte ich kaum hin, aber dann merkte ich, wie interessant das war, was sie sagte.

Sie konnte nämlich richtig gut beurteilen, was Dörte mit uns gemacht hatte. Gerade erklärte Nina ihrer Mutter, dass Dörte die Stangen in unterschiedlichen Abständen ausgelegt hatte, damit wir den richtigen Zeitpunkt fanden, unser Pferd abspringen zu lassen.

„Ach so!", rief ich aus. „Und ich dachte, sie hätte die Stangen blöd gelegt!"

„Dörte Ahlbeck kann nicht gut erklären", sagte Nina. „Sie baut nur die Übungen auf, sagt, was wir machen sollen und los geht's. Was das Ganze soll, erklärt sie nicht."

Miriam Burgmeister seufzte. „Na, das ist aber ganz schön blöd. Da sollte sie lieber beim Turniersport bleiben. Lehrerin zu sein, ist eben nicht so leicht, wie man glaubt!"

Nina nickte. Ich auch.

„Naja, ich hoffe, ihr genießt den Kurs trotzdem. Vor allem du, Jasmina, wo du doch extra auf deine Urlaubsreise verzichtet hast!“

Ja, allerdings. Das hoffte ich auch!

„Was wollt ihr heute Nachmittag machen? Baden gehen?“

Jetzt wusste ich nicht, was ich sagen sollte. Mit Nina allein hatte ich keine Lust. Aber wenn Alex mitkam? Fragen wollte ich nicht, wo Nina mir schon heute Morgen beinahe auf die Schliche gekommen wäre.

„Hmmm“, machte ich.

„Also, ich gehe noch mal auf den Hof“, sagte Nina. „Vielleicht reitet Dörte ja heute Nachmittag selbst und wir können zuschauen!“

Das wäre super!, dachte ich zuerst. Aber dann würde ich Alex sicher wieder verpassen. Also wiederholte ich nur mein „Hm“.

„Jassi ist sich wohl noch nicht sicher“, meinte Miriam Burgmeister. „Und ich muss sowieso noch Besorgungen machen. Überlegt es euch einfach bis vier Uhr, ob ich euch an irgendeinen Weiher kutschieren soll oder nicht.“

So ein Service! Meine Mutter hätte mir nie von selbst angeboten, mich zu fahren. Sie sagte jedes Mal, wenn ich sie darum bat: „Wozu hast du ein Fahrrad? Bewegung schadet nicht!“

Miriam stand auf und begann abzuräumen. Ich

half ihr – und sogar gerne. Ich hatte das Gefühl, dass ich etwas gutzumachen hatte und mich ein bisschen höflicher zeigen sollte.

Als Nina sagte, „Ich geh gleich wieder rüber“, und mich fragend anguckte, schüttelte ich den Kopf und antwortete, ich würde mich erst ein bisschen ausruhen.

Diesmal schaute ich in Alex’ Zimmer! Also, ich spickte nur durch den Spalt, ich bewegte nicht einmal die Tür. Trotzdem reichte es für einen ersten Eindruck. Ich sah ein Poster von einer Band, die ich nicht kannte, ein ungemachtes Bett und einen Laptop. Dann schlich ich mich schnell davon und verschwand in meinem Zimmer.

Dort angekommen, checkte ich als Erstes mein Handy, aber Nilgün hatte immer noch nicht geantwortet. Ich schickte eine neue Nachricht hinterher: „Was soll ich zu ihm sagen?????“

Hoffentlich antwortete sie dieses Mal. Ich brauchte doch ihren Rat!

Dann schaltete ich den Fernseher an. Erst fand ich es supercool, so bei helllichtem Sonnenschein auf dem Bett zu liegen und zu glotzen. Zu Hause durfte ich nie tagsüber fernsehen.

Aber ehrlich gesagt kam gar nichts, was mich interessierte. Ich zappte einmal alle 23 Programme durch, dann schaltete ich die Kiste wieder aus. Mir war langweilig!

Entsetzlich langweilig! Ich durfte gar nicht daran denken, dass ich jetzt auf dem Reiterhof sein könnte und mit Lilly, Leona und den Hannas alles bequatschen könnte, was wir gelernt hatten. Dass ich meine Nase in Milans Mähne drücken könnte! Stattdessen hockte ich hier und wartete auf Alex, der einfach nicht auftauchte …

Irgendwann hielt ich es nicht mehr aus, zog wieder die Reitsachen an und machte mich auf zum Reiterhof.

Tatsächlich! Dörte trainierte selbst auf dem Springplatz. Und das Pferd … das war doch … das war tatsächlich ihre Stute Luminosita! Sie hatte sie mit nach Haberberg gebracht. Unglaublich!

Ich rannte zu den anderen, die am Zaun lehnten und bewundernd zuschauten, wie Dörte ein Hindernis nach dem anderen makellos übersprang.

„Toll!“, sagte Lilly. „Wirklich toll, wenn wir das nur auch so könnten!“

Ich sagte nichts. Der Augenblick war zu bewegend. Da sprang Dörte Ahlbeck auf Luminosita und ich war direkt dabei. Kein Fernsehbildschirm war dazwischen! Es war ja nicht einmal ein Kameramann auf dem Hof. Oder eine Menschenmenge, durch die man sich durchdrängeln musste, um einen Blick auf Dörte zu erhaschen. Nein, wir standen hier ganz privat. Und als Dörte ihr Training beendet hatte, kam sie zu uns geritten, stieg ab und wir durften Luminosita den Hals kraulen und sie streicheln. Leona zog ihre Digitalkamera aus der Tasche und fotografierte jede von uns einzeln mit Dörte und ihrer Stute. In diesem Moment wusste ich: Es hatte sich auf jeden Fall gelohnt, in Haberberg zu bleiben.

Was Alex anging, brachte der Tag allerdings keine Verbesserung mehr. Als Nina und ich heimkamen, sah ich nur, wie er gerade seine Jacke vom Haken nahm und seiner Mutter zurief: „Ich bin dann im Jugendtreff". Die Haustür fiel ins Schloss und weg war er. So was Doofes! Ob das noch mal was werden würde mit uns? Irgendwie schien er mich gar nicht wahrzunehmen ... Hatte er am Ende schon eine feste Freundin, die er vielleicht gerade jetzt im Jugendtreff traf, ihr nette Dinge zuflüsterte und Händchen hielt?

War ich vielleicht einfach nicht sein Typ? Oh nein, das wäre ja furchtbar. Dabei war ich so fest davon überzeugt, dass er und ich irgendwie eine besondere Verbindung hatten. Ich konnte es gar nicht genau beschreiben, aber da war so ein Gefühl – ganz ähnlich wie bei Milan. Und Milan und ich gehörten ja auch einfach zusammen! Geknickt ging ich ins Bett.

Am nächsten Tag war es ähnlich: Morgens schlief Alex noch, mittags war er unterwegs – und ich konnte mich wieder nicht entscheiden, ob ich mit

Nina zum Reiterhof gehen oder den Nachmittag zu Hause herumlungern sollte, damit ich ihn irgendwann einmal traf. Schließlich dachte ich mir, dass es mit Dörte und Milan eine sichere Sache war – sie wären auch später noch auf dem Hof. Wenn Alex also absolut nicht aufkreuzte, konnte ich später noch zu ihnen rübergehen. Mit Alex war es eindeutig schwieriger, und darum beschloss ich, zu Hause zu bleiben.

Als ich dann aber wieder allein in meinem Zimmer saß, erfasste mich die Verzweiflung. Das konnte doch nicht wahr sein! Da wohnte ich hier Tür an Tür mit Alex und bekam ihn nie zu Gesicht! Und Nilgün, die Einzige, mit der ich darüber hätte reden können, war weit weg in der Türkei!

Ich war so allein! Jetzt fing ich sogar an, mich ein bisschen nach Mama und Papa und den kleinen Kreischern zu sehnen. Und nach meinem Zimmer. Ich hatte tatsächlich Heimweh nach meinem 628 Schritte entfernten Zuhause. Sollte ich einfach rübergehen und mich in mein eigenes Zimmer setzen?

Nein. Ich hatte eine viel bessere Idee. Ich ging zu Oma.

Oma war nicht da. Nach zweimal klopfen machte ich die Tür zu ihrem Zimmer auf. Leer. Ich trat auf den Balkon und guckte nach unten in den Park. Da sah ich sie! Sie saß an einem der kleinen Tische vor dem Café. Zusammen mit einem alten Mann, den ich nicht kannte.

Ich ging wieder zurück und lief die Treppen runter. Als ich den Weg zu den Café-Tischen entlanglief, bemerkte sie mich nicht, weil sie so sehr in das Gespräch vertieft war. Einmal beugte sich der Mann sogar ganz nah zu ihr und legte ihr die Hand auf den Arm. Das sah so vertraut aus, dass es mir komisch vorkam. Wer war denn das? Warum kannte ich ihn nicht?

Als ich dann nur noch drei Schritte entfernt war, entdeckte Oma mich. „Ach, hallo, Jasmina! Das ist aber eine schöne Überraschung!"

Ihre Augen strahlten. Das taten sie immer, aber heute kamen sie mir noch ein bisschen glänzender vor. Dann wandte sie sich zu dem Mann und sagte: „Das ist sie. Jasmina, meine große Enkelin, von der ich schon so viel erzählt habe."

Betreten lächelte ich zu dem Mann hinüber. Ich fand es unangenehm, dass Oma ihm schon „so viel von mir erzählt" hatte und ich gar nichts von ihm wusste.

Der Mann nickte mir sehr nett zu. Er hatte Haare, so weiß und dicht wie ein Eisbär. Überhaupt erinnerte er mich an einen Eisbären. Er war nämlich groß und breit, und als er jetzt aufstand, um mir die Hand zu geben, bewegte er sich langsam und trotzdem irgendwie elegant.

„Guten Tag", sagte er „Herbert Markowsky,

mein Name. Möchtest du dich nicht zu uns setzen und ein Stück Kuchen bestellen?"

Auch das fand ich komisch. So, als ob *er* bestimmen durfte, wer sich zu meiner Oma setzte. Nach meinem Gefühl hätte er eher fragen müssen, ob er bleiben durfte. Es war doch *meine* Oma!

Und ich wollte mit ihr alleine sprechen. Aber ich wollte nicht unhöflich sein. Also setzte ich mich zu den beiden, und als die Bedienung kam, bestellte ich mir eine Schoko-Sahne-Torte. Die hatte ich schon öfter im Altersheim-Café gegessen. Da bekam man ein Riesen-Teil und es schmeckte super. Herr Markowsky und Oma redeten jetzt nicht mehr miteinander, sondern sahen mir beim Essen zu. Es war so, als hätte ich ihre Unterhaltung beendet. Ich schob mir eine voll beladene Gabel Schokotorte in den Mund und sah von Oma zu Herrn Markowsky. Ich hatte so einen seltsamen Gedanken: Waren die beiden verliebt?

„Was ist denn los?", fragte ich.

Da begann Herr Markowsky schuldbewusst zu lächeln und fragte mich dann lauter altmodische Sachen (zum Beispiel, ob er überhaupt noch „du" zu mir sagen dürfe). Oma erkundigte sich nach dem Reitkurs, und ich erzählte ihr davon, dass Dörte plante, am letzten Tag eine kleine Vorführung für Eltern und Verwandte zu machen.

Das hätte ich nicht tun sollen! Warum konnte ich nicht vorher nachdenken!

Oma seufzte leise und sagte: „Das wird schwierig, jetzt, wo deine Eltern nicht da sind. Wer soll mir denn da helfen, mit dem Rollstuhl zum Reitstall zu kommen?“

Ich ärgerte mich, dass ich Oma traurig gemacht hatte! Außerdem war es komisch, so mit einem Fremden am Tisch zu sitzen – ich wollte Oma doch mein Herz ausschütten!

Als ich jetzt immer ganz kurz antwortete und rumzappelte, merkte Herr Markowsky, dass er störte. Das fand ich wieder sehr nett und feinfühlig von ihm. Er rief die Bedienung, zahlte und ging.

Das heißt, vorher schüttelte er noch ganz lange die Hand meiner Oma und sagte, er freue sich wirklich ganz außerordentlich, dass er sie kennengelernt habe, und es sei für ihn ein großes Glück, dass es in diesem Heim jemanden gebe, mit dem man sich so ausgezeichnet über Musik unterhalten könne. Dann ging er wirklich. Er machte ganz langsame schwere Schritte – wie ein Bär eben.

Oma sah ihm aus ihrem Rollstuhl lächelnd nach.

„Bist du verliebt?“, platzte es aus mir heraus.

Oma sah mich an und lachte. „Noch nicht“, sagte sie. „Ich habe ihn ja heute erst kennengelernt.“

„Aber er gefällt dir?“

„Na, schauen wir mal. Bei uns geht das nicht so hopplahopp wie bei den jungen Leuten.“ Sie sah mich an. „Auf jeden Fall ist es sehr schön, hier jemanden zu haben, mit dem man sich vernünftig unterhalten kann."

Ich wusste, was sie mit „vernünftig" meinte: dass man mit ihm über Musik reden konnte. Meine Oma war nämlich Klavierlehrerin gewesen, hatte in vielen verschiedenen Musikgruppen gespielt und war ständig ins Konzert gegangen. Jetzt spielte sie nur noch alleine in ihrem Zimmer und ärgerte sich, dass es niemanden gab, mit dem sie sich austauschen konnte.

„Warum interessiert dich das überhaupt?"

Da spürte ich, dass ich heiße Ohren bekam und mein Herz ganz dicht unter dem Hals pochte. Eigentlich dachte ich, dass Oma von selbst darauf kommen musste, aber sie sah mich nur erwartungsvoll an. Ich holte tief Luft und ließ es endlich raus: „Ich bin auch verliebt!"

„Nein, so was!", meinte Oma und dann ließ sie sich alles von vorne bis hinten erzählen.

Ich war froh, dass ich es loswerden konnte. „Und jetzt wohne ich da und sehe ihn nie. Ist das nicht bescheuert?", sagte ich am Schluss.

„Hm", meinte Oma und trank den letzten Schluck Kaffee. „Machen diese Burgmeisters denn nie etwas gemeinsam? Hausmusik oder einen Spieleabend oder so etwas?"

„Glaub nicht."

Jetzt stellte sie energisch ihre Kaffeetasse zurück, legte ihre Hand auf meinen Arm und sagte bestimmt: „Dann musst du eben dafür sorgen, dass sie was gemeinsam unternehmen!"

„Wie soll denn das gehen?"

„Schlag einfach etwas Schönes vor! Eine Wanderung zum hohen Grünberg zum Beispiel. Oder einen Abend mit etwas Hausmusik, da muss man auch kein Instrument beherrschen, da kann man einfach singen. Wenn du das mit genug Begeisterung aufwirfst, machen sie sicher mit!"

Das glaubte ich nicht! Das wäre doch total doof, wenn ich bei Burgmeisters am Esstisch rufen würde: „Lasst uns doch auf den hohen Grünberg wandern!" Kein Mensch hatte Lust, zu wandern. Also auf jeden Fall kein Teenager. Und zusammen singen war ja komplett daneben – noch dazu „Hausmusik".

Ich schüttelte langsam den Kopf. Zum ersten Mal in meinem Leben dachte ich, dass Oma doch ganz schön alt war und vom wirklichen Leben nicht mehr so viel mitbekam.

Doch als ich heimradelte, gingen mir Omas Worte nicht aus dem Kopf. Ich bog beim Knick in Burgmeisters Richtung ab. Auf halber Strecke kam mir Alex auf dem Skateboard entgegen. Er hob grüßend die Hand, sagte aber nicht mal „Hallo".

So geht das nicht weiter, dachte ich. Oma hat recht. Ich muss irgendetwas in die Wege leiten.

Auch Nina war noch nicht zu Hause. Nur Miriam. „Tja, alle ausgeflogen“, sagte sie, als ich zur Tür hereinkam.

„Aber es ist doch schon fast sieben.“

„Ja, ich finde auch, dass wir nicht länger mit dem Essen warten sollten. Alex ist sowieso über Nacht bei seinem Freund Marvin und Nina schafft es wohl nicht, sich von den Pferden zu trennen. Bernhard – na ja – Bernhard muss mal wieder länger arbeiten.“ Sie lächelte mich an. „Dann fangen wir beide am besten mit dem Essen an, oder? Es gibt Pizza.“

Ich verstand Nina nicht. Wenn es bei uns daheim immer so leckeres Essen geben würde wie bei Burgmeisters, dann wäre ich auf jeden Fall pünktlich. Ich nickte und half Miriam dabei, den Tisch auf der Terrasse zu decken. Dann setzten wir uns hin, blickten über den Garten und begannen zu essen.

Es war komisch. Ich hatte mir noch gar nicht genau überlegt, wie ich die Familie Burgmeister dazu bringen wollte, gemeinsam etwas zu unternehmen. Aber so allein mit Miriam ging es ganz einfach. Ich kaute mein Pizzastück zu Ende, sah sie an und fragte einfach: „Macht ihr denn nie was zusammen? Als Familie meine ich? Einen Ausflug zum Baden oder einen Grillabend?“

Miriam zuckte leicht zusammen, überrascht – und irgendwie ein bisschen bekümmert.

„Hast du Heimweh?“, fragte sie besorgt. „Nach eurem Familienleben? Mit kleinen Geschwistern ist da sicher viel mehr los als bei zwei Teenagern.“

Jetzt war ich verdattert. Die zwei kleinen Kreischer vermisste ich echt keinen Zentimeter – zumindest nicht im Moment – und außerdem war Nina gar kein Teenager!

„Eigentlich nicht“, sagte ich. „Ich meine nur, das macht man doch so.“

„Na ja, Nina und Alex sind in einem Alter, da haben sie nicht mehr so große Lust auf solche Sachen.“

„Keine Lust auf einen Grillabend? Das hat doch mit dem Alter nichts zu tun! Das ist doch einfach nur lecker!“ Meinetwegen könnten wir zu Hause jeden Tag grillen. Bei uns ging das nur nicht. Wegen Löbaus von nebenan. Aber hier in diesem Riesengarten ...

Da kam Nina durch die Hecke geschlüpft und marschierte über den Rasen zu uns.

„Hallo, Nina!“, rief ihre Mutter. Dann wandte sie ihren Kopf zu mir, zwinkerte und fügte leise, nur für mich, hinzu. „Wir können es ja mal ausprobieren!“

Ich nickte lebhaft.

Als Nina so nahe war, dass man nicht mehr schreien musste, fragte Miriam: „Hast du Lust, am Samstag einen Grillabend zu machen?“

Und – Tata! – es klappte!

„Ja, klar“, sagte Nina.

Frau Burgmeisters Augenfalten verschwanden, sie sah auf einmal viel fröhlicher aus. „Meinst du, Alex würde das auch gefallen?“

„Keine Ahnung“, meinte Nina. „Wenn er Marvin mitbringen darf, wahrscheinlich schon.“

Jetzt lachte Frau Burgmeister: „Natürlich kann er das. Und Bernhard und ich laden uns auch jemanden ein. Schließlich müssen wir hier neue Freunde finden.“ Sie nickte zufrieden. Dann stand sie auf, um frische Pizza aus dem Ofen zu holen. Aber in der Tür drehte sie sich noch einmal um. „Also Jassi, da hast du eine wirklich gute Idee gehabt!“

Grillabend

Alex hatte Lust und sein Freund Marvin würde auch kommen. Das erfuhr ich natürlich nicht von Alex – den sah ich auch am Mittwoch nur von hinten –, aber von seiner Mutter. Und das reichte mir schon, um die Welt rosiger zu sehen.

Am Samstagabend würde ich definitiv und auf jeden Fall und ganz, ganz sicher mit Alex zusammen in Burgmeisters Garten grillen. Das war super. Ich schrieb eine SMS an Nilgün: „Alex und ich grillen am Samstag: Was soll ich zu ihm sagen?"

Jetzt hatte ich endlich den Kopf frei, um den Springreitkurs in vollen Zügen zu genießen. Mittlerweile hatten wir uns sogar an Dörte Ahlbecks schroffe Art gewöhnt.

„So ist das eben im Profisport", sagte Hannaka zu mir, als wir am Mittwochmorgen im Hof standen und auf Dörte warteten. „Da zählt nur Leistung. Das ist nicht so wie bei Christa, mit Spiel und Spaß und viel Gelächter."

Ich nickte. Das musste man verstehen. Im Profisport ging es um alles oder nichts, da konnte man sich nicht ständig amüsieren. Darum fanden wir das jetzt auch ganz gut. Es kam uns ein bisschen so vor, als seien wir auch Profis, und wir nahmen die Sache sehr ernst.

Als Dörte dann kam, gab es die nächste gute Überraschung: „Also, gestern und vorgestern habe ich gesehen, dass ihr alle schon ein sehr hohes Niveau erreicht habt. Ich denke, wir machen jetzt einfach mal einen großen Schritt und wagen uns heute an richtige Hindernisse ab achtzig Zentimeter heran."

Sie teilte uns ein, einen kleinen Parcours mit einem Rick, einem Oxer und einer Mauer aufzubauen. War das aufregend!

Später holten wir die Pferde und mussten einer nach dem anderen über das 80 cm hohe Rick springen. Nina war die Erste. Sie machte es perfekt, das war ja klar! Ich muss sagen, sie beeindruckte mich immer mehr, die „Kleine". Irgendwie war ich sogar ein bisschen stolz auf sie.

Hannaka schaffte es nicht, die Linie einzuhalten, und sprang irgendwo ganz am Rand des Ricks darüber. Aber davon abgesehen war auch ihr Sprung nicht schlecht.

Lilly ließ ihrer Stute Minka nicht genug Raum, sodass Minka den Kopf unwirsch in die Höhe riss. Da schimpfte Dörte richtig. „Du musst auf das

Pferd eingehen! Es braucht Platz beim Springen. Stell dir einmal vor, dich würde jemand am Kopf nach hinten zerren, während du deinen Körper dehnst!“

Erst fand ich es gemein. Aber dann dachte ich an Minka und fand es plötzlich ganz toll, dass Dörte so um die Pferde besorgt war. Und selber konnte sich Minka ja nicht beschweren – Dörte war quasi ihre Fürsprecherin!

Als ich mit Milan antrabte, war ich sehr nervös. Aber als ich dann das Hindernis fixierte – so wie Dörte es uns aufgetragen hatte – und mich nur darauf konzentrierte, den richtigen Absprungpunkt zu finden, ging alles wie von selbst. Ich wechselte in den leichten Sitz, Milan sprang ab, ich ließ die Zügel locker und gab ihm Raum, um sich über das Hindernis zu strecken.

Wir flogen!!!

Und dann – was war das für ein Lärm? –, dann rumpelte die Stange herunter. Milan hatte mit der Hinterhand gerissen.

Aber warum?

Erschrocken sah ich zu Dörte hinüber. Würde sie mich jetzt auch so streng anfahren?

Sie kam auf mich zu mit Sorgenfalten auf der Stirn. „Tja, Jasmina, du hast das eigentlich nicht schlecht gemacht“, sagte sie. „Und so wie ich Milan bisher erlebt habe, hat er ja auch keine Schwierigkeiten mit der Hinterhand, ich meine irgendwelche Gelenkkrankheiten oder so. Spring einfach noch mal."

Ich sprang noch mal. Milan riss wieder. Und beim dritten Mal auch.

„Ich glaube, es liegt einfach an seinem Ausbildungsstand", sagte Dörte.

„Wie?" Das verstand ich nicht.

Dörte seufzte. „Ich fürchte, dir bleibt nichts anderes übrig, als mit Milan zu üben. Du musst die Höhe langsam steigern. Über ein stehendes Cavaletto ging es ja gut, das sind 50 Zentimeter. Also legen wir bei dir die Stange jetzt immer in die unterste Halterung, bei 55 Zentimeter. Wenn er das schafft, steigern wir auf 60 Zentimeter und so weiter."

Wie meinte sie das? „Immer, wenn ich drankomme, wird die Stange also nach unten gelegt?"

„Genau", Dörte nickte ganz selbstverständlich. „Da muss eben eine absteigen und mir helfen. Aber wenn jemand reißt, müssen wir das ja auch so machen. In Ordnung?"

Natürlich nickte ich. Was denn sonst. Aber eigentlich fand ich es alles andere als in Ordnung. Ich fand es total demütigend! Alle sprangen über 80 Zentimeter und für mich sollte dann immer ein Baby-Hindernis aufgebaut werden! Peinlich.

„Und nachher, wenn die anderen den ganzen Parcours reiten, lässt du das natürlich sein und übst an diesem einen Rick."

Ich schluckte.

Dörte bemerkte es. Sie verzog zwar keine Miene, aber immerhin sagte sie: „Ich weiß, dass es für dich blöd ist, aber Reiten ist nun mal eine Sache, die man mit dem Pferd gemeinsam macht. Du musst deinem Pferd die Zeit geben, die es braucht. Das ist das A und O. Du kannst es nicht behandeln wie irgendein Sportgerät, das funktioniert oder nicht. Dein Pferd hat eine Seele. Es hat seine eigenen Hemmungen und Ängste, sein eigenes Lerntempo und so weiter. Hier mit den anderen den Parcours zu reiten, macht für Milan einfach noch keinen Sinn."

Jetzt musste ich die Augen ganz fest zusammenkneifen, damit mir nicht die Tränen kamen. Obwohl sie natürlich recht hatte – und auf keinen Fall wollte ich Milan zu etwas zwingen oder ihn überfordern. Trotzdem war ich traurig und fühlte mich mickrig.

„Hannaka? Hannabu? Legt ihr jetzt bitte die Stange ganz nach unten?" Dörte nahm die beiden Pferde am Zügel und nickte den Hannas zu.

Als die beiden die Stange aus der Halterung hoben und ich einen Moment lang unbeobachtet wartete, beugte ich mich vor zu Milans Hals. Ich schluckte leise. Milan schnaubte und das tröstete mich sehr. „Mach dir nichts draus", flüsterte ich ihm zu. Ich tätschelte ihm zärtlich den Hals. „Wir kriegen das schon noch hin. Als ob du kein gutes

Springpferd wärst! Du brauchst eben einfach etwas länger."

Ich nahm mir fest vor, die ganze Sache professionell zu sehen und geduldig zu üben.

Am Ende dieses Vormittags hatte Milan immerhin schon 55 Zentimeter überwunden. Ich war ganz zufrieden. „So ist das eben im Profisport", sagte ich mir.

Bis zum Wochenende versuchte ich jetzt nicht mehr, Alex allein zu Hause zu erwischen. Milan war wichtiger! Wie Nina ging ich immer nach dem Mittagessen gleich wieder auf den Reiterhof. Und es war fast so gut, wie ich es mir vor den Ferien ausgemalt hatte.

Wir konnten Dörte beim Training zusehen – allein das war ja schon eine Riesensache. Danach durften wir sie alles fragen. Sie war dann immer nett und freundlich und auskunftsfreudig – ganz anders, als wenn sie uns unterrichtete.

Deshalb weiß ich jetzt zum Beispiel, dass ihre Stute Luminosita, die schon im Fernsehen war und auf Springplätzen in der ganzen Welt geritten ist, an der linken hinteren Fessel total kitzelig ist. Das ist doch schon etwas sehr Besonderes, wenn man so etwas weiß. Am Donnerstag durften Nina und ich sogar die Mähne von Luminosita kämmen – und daran werde ich jetzt jedes Mal denken, wenn ich sie bei einem Wettkampf im Fernsehen sehe.

Mit Milan machte ich auch Fortschritte und am Freitag kurz vor Schluss gelang mir ein so guter Sprung über die 60 Zentimeter, dass Dörte meinte, ich könne vielleicht doch gleich im Anschluss 80 Zentimeter probieren.

Ich war total nervös. Alle schauten zu.

„Wir schaffen das!“, flüsterte ich Milan ins Ohr. Dann setzte ich mich auf – gerader Rücken, Fersen nach unten, Arme locker – und galoppierte an. Dörte hatte eine Stange vor das Rick gelegt, damit Milan von selbst den richtigen Absprungpunkt fand. Alles lief perfekt. Milan hob ab, streckte sich über das Hindernis ... und genau in dem wundervollen Moment, als ich in meinem ganzen Körper das Flug-Gefühl hatte, hörte ich das Klappern der Stange.

So ein Mist!, dachte ich. Und als ich Milans Zügel anzog, um zu wenden und zu den anderen zurückzureiten, spürte ich ein paar Tränen auf meiner Wange. Ich wischte sie schnell ab.

Dörte verzog kaum den Mund. Ganz offensichtlich fand sie es kein bisschen traurig, enttäuschend oder auch nur außergewöhnlich, dass Milan schon wieder gerissen hatte. „Nur Geduld“, meinte sie, „Geduld und Übung.“

Aber diesmal reichte mir das nicht. Ich konnte mir nicht mehr sagen: So ist das eben im Profisport, Milan braucht eben ein bisschen länger als die anderen. Ich fand, dass ich schon sehr viel Geduld aufgebracht hatte. Geduld half mir nicht weiter. Der Kurs dauert ja nur noch eine Woche! Wenn ich da noch mit den anderen mithalten wollte, musste sich Milan schon ein bisschen beeilen.

Es war nur gut, dass mich das Wochenende auf andere Gedanken brachte. Der Samstag fing schon absolut großartig an. Mit Ausschlafen! Und als ich gegen zwölf Uhr mittags meine Nase aus dem Zimmer streckte, öffnete sich genau in dem Moment die Tür von Alex' Zimmer! Verschlafen schaute er mich an. Er sah so süß aus mit seinen verstrubbelten Haaren! Und mir passierte überhaupt nichts Peinliches!

Ich sagte nur: „Magst du zuerst ins Bad?“

Und er sagte: „Nee, geh du, ich leg mich noch mal hin.“ Und dann grinsten wir uns an.

Nachmittags war er dann wieder weg. Aber das machte mir nichts aus. Mit Nina zusammen half ich Miriam bei den Vorbereitungen für das große Grill-Event. Wir schnippelten Obst für einen Obstsalat und machten kleine Grillspießchen mit Paprika, Zwiebeln und Fleisch. Wir hängten Lampions in den Apfelbaum vor der Terrasse und fuhren dann noch mit dem Rad zum Supermarkt, um die Grillkohlen zu besorgen, die Miriam vergessen hatte. Zum Schluss stellten wir den Küchentisch an den Gartentisch, damit alle Gäste Platz haben würden, legten Tischdecken darauf und machten noch kleine Gestecke aus Blumen, die im Garten wuchsen. Es wurde sehr schön und machte super viel Spaß.

Als wir dann alles geschmückt hatten, rissen wir eine Tüte Gummibärchen auf, setzten uns auf die Gartenliegen und bewunderten unser Werk.

„Eigentlich“, meinte Nina kauend, „könnten wir uns ja jetzt auch noch selbst schön machen und schminken.“

Mir fielen beinahe die Gummibärchen aus der Hand. „Schminken?“, rief ich. „Du?“

„Ja, warum denn nicht? Natürlich nicht so stark wie du neulich. Nur so ein bisschen, das wär cool. Und du hast doch die Sachen.“

Hm. Eigentlich war es eine super Idee. Komisch, dass ich nicht selbst daran gedacht hatte. Aber mit Nina zusammen? Ich sah Nina an. Da merkte ich, dass ich schon den ganzen Tag mit ihr verbracht hatte und mir alles Spaß gemacht hatte. Eigentlich war sie gar nicht so übel. Und vielleicht war es sogar besser, wenn Nina sich auch schminkte, dann fiel meine Absicht nicht so auf.

„Okay“, sagte ich und lächelte sie an.

Wir schnappten uns die Gummibärchen und rannten hoch ins Bad. Nina setzte sich mit der Tüte in der Hand auf den Badewannenrand und ich zeigte ihr alles, was mir Frau Kössnitz erklärt hatte.

Dann probierte sie es aus. Sie nahm die Wimperntusche und zog das Bürstchen heraus. Doch immer, wenn es sich dem Auge näherte, brach sie in schreckliches Gekicher aus. „Das geht nicht! Das geht nicht!“, japste sie „Da denkt man ja, ein Tierchen krabbelt ins Auge!“

„Ich halte dir einfach die Augen auf!“ meinte ich und zog ihr mit den Mittelfingern die Lider nach oben. Aber jetzt kicherte sie schon, bevor die Bürste überhaupt in die Nähe der Wimpern gekommen war.

„Nein, nein, ich mach das lieber allein!“ Sie holte weit aus, um mich abzuschütteln, und ich weiß auch nicht genau, wie es kam, aber kurz darauf lagen wir beide prustend in der Badewanne. Als ich mich aufrappeln wollte, sah ich, dass Nina lauter schwarze Wimperntusche-Punkte im Gesicht hatte.

„Du siehst eher aus wie Pippi Langstrumpf und nicht wie ein Topmodel“, meinte ich, stützte mich ab, stieg aus der Wanne und brachte ihr den Handspiegel.

Da ging das Gekicher von Neuem los. Mitten in dem Gepruste hörte ich unten die Klingel.

Es war die Kollegin von Miriam Burgmeister mit ihrem Mann. Es gab viel Stimmengewirr und Schuhgeklapper, und Nina und ich waren von einer Sekunde auf die andere total ernst.

„Jetzt aber richtig!“, wisperte Nina. Zum Glück wusste sie, wo ihre Mutter Abschmink-Creme aufbewahrte, und so hatten wir ganz schnell ihre Punkte abgewischt. Ohne ein einziges Mal zu kichern, tuschten wir uns die Wimpern und trugen den Lipgloss auf.

„Du siehst klasse aus!“, meinte Nina.

Unten klingelte es noch mal. Die Nachbarn von links nebenan kamen und plötzlich hörte ich mitten in dem Lärm auch Alex’ Stimme.

„Lass uns runtergehen!“, sagte ich. Nina nickte und grinste. Ich grinste zurück. Es war ein Gefühl, als ob wir gemeinsam zu einer abenteuerlichen Expedition aufbrachen.

Unten war es dann zuerst ziemlich langweilig. Alex und sein Freund Marvin durften nämlich das Grillen übernehmen. Sie standen da wie die Oberchefs und drehten alle zwei Minuten die Steaks und Würstchen um, obwohl das gar nicht nötig gewesen wäre.

Nina und ich dagegen saßen am Tisch und mussten der oberlangweiligen Unterhaltung von Burgmeisters und den anderen beiden Ehepaaren zuhören. Immerhin machte niemand eine blöde Bemerkung über unser Make-up und wir hatten jede Menge leckeres Essen auf unseren Tellern.

Zwischendrin linste ich immer wieder zum Grill hinüber, auch wenn ich mich nicht traute, vor aller Augen rüberzumarschieren und ein Gespräch anzufangen. Marvin war der Junge, zu dem Alex damals zurückgelaufen war, nachdem er Herrn Gründlein die Sache mit dem Kaugummi erzählt hatte. Er sah eigentlich auch ziemlich cool aus. Er war ein bisschen größer als Alex und blond. Er würde gut zu Nilgün passen, dachte ich und malte mir aus, wie es wäre, wenn wir zwei diese beiden coolen Freunde hätten.

Als unsere Teller leer waren, übten Nina und ich ein bisschen Handstand auf der Wiese. Nina wollte unbedingt lernen, auf Händen zu laufen. Das war allerdings nicht so schlau, weil unsere Mägen so voll waren und Bratwürste, Obstsalat, Tiramisu und Kartoffelsalat jetzt durcheinanderwirbelten. Nach drei Rädern und zwei Handständen mussten wir uns auf die Wiese legen und in den dämmrigen Himmel schauen. Nina begann leise ein Lied zu summen, das ich von Nilgün kannte.

Nilgün besaß einen iPod und spielte mir immer vor, was gerade wichtig und angesagt war.

Ich summte mit. Über uns tauchten die ersten Sterne am blasslila Himmel auf und ich hatte ein Sommergefühl wie sonst nur am Meer.

„Hey, kommt ihr mit auf die Straße Skateboard fahren?“, hörte ich Marvins Stimme. Offenbar hatten die Jungs den Grill endlich Grill sein lassen.

Sofort sprang ich auf. „Klar!“

Wir rannten alle vier ums Haus herum und dann ging es los. Alex und Marvin zeigten jede Menge Tricks und Sprünge. Ich saß auf dem Bordstein, sah zu und fand es toll. Aber Nina war es langweilig. „Wir wollen auch mal!“, sagte sie.

Marvin kam sofort her und gab ihr sein Skateboard. Alex drehte noch ein paar Runden, aber dann ließ er mich auch. Und da zeigte sich, dass Skateboardüben genau das Richtige war, um sich näherzukommen! Denn ich stand so wackelig auf dem Brett, dass Alex mich an den Händen nehmen musste!

War das aufregend! Ich tat so, als würde ich mich ganz auf das Skateboard und mein Gleichgewicht konzentrieren, aber tatsächlich war ich mit all meinen Gefühlen und Gedanken bei den Händen. Da prickelte es total und ich fragte mich, ob Alex das auch spürte oder ob das nur bei mir so war. Kurz machte ich sogar die Augen zu, um das Prickeln noch genauer zu spüren. Da fiel ich natürlich sofort vom Skateboard. Aber das war auch wieder gut, denn nun hielt mich Alex noch fester.

Irgendwann meinte er dann: „Jetzt machst du es aber mal allein! So sportlich, wie du aussiehst, schaffst du das bestimmt.“ Dabei zwinkerte er mir zu und mir wurde mit einem Schlag ganz schön warm im Bauch. Die Hitze stieg mir ins Gesicht – und schnell rollte ich ein bisschen die Straße runter, damit der Fahrtwind mich abkühlen konnte. Nach all der Aufregung war es jetzt ganz gut, ein bisschen allein zu fahren. Und ich stellte mich tatsächlich nicht schlecht an. Einmal hab ich ganz genau aus den Augenwinkeln gesehen, dass Alex mich fast schon bewundernd angeguckt hat!

Später saßen wir alle vier dann auf dem Bordstein und redeten. Über die Schule, über die verschiedenen Mutproben, die Alex und Marvin sich ausgedacht hatten und bei denen sie eine ganze Reihe von Lehrern geärgert hatten, über Leichtathletik und über Musik. Bei Musik konnte ich nicht so viel mitreden. Aber Nina kannte sich so gut aus, dass ich staunte.

Wir hörten über die Ohrstöpsel von Marvins iPod irgendwelche Lieder, die mir auch gut gefielen. Bis irgendwann ein Auto die Forsthausstraße entlanggeschlichen kam. Es war halb elf und Marvins Mutter holte ihn ab.

Als sich alle verabschiedet hatten und Marvin ins Auto stieg, drehte er sich noch mal um und fragte: „Sollen wir morgen alle zusammen an den Grünberger Weiher zum Baden fahren?“

Ja!!!, dachte ich und hielt kurz die Luft an. Ich fürchtete, dass Alex Nein sagen könnte. Aber da hörte ich schon seine Stimme: „Gute Idee!“

Nina rief: „Ja, klar!“ und ich nickte heftig.

Als die Autotür zufiel und Marvins Mutter anfuhr, schloss ich glücklich die Augen, weil alles so gut lief.

Mit Alex allein

Wir trafen uns mit Marvin an der Kreuzung und radelten los. Die Sonne brannte heiß und Miriam Burgmeister hatte gesagt, dass es vielleicht am Abend noch ein Gewitter geben könnte. Aber jetzt war 1–a-Badewetter. Am Weiher belegten wir einen Platz nicht zu weit vom Kiosk entfernt und dann stürmten wir ins Wasser. Das war so gut wie am Meer! Nur, dass Jungs immer tunken müssen, ging mir ziemlich auf die Nerven. Ich kann es gar nicht leiden, wenn man unter Wasser gedrückt wird und ständig Angst haben muss, dass man nicht mehr genügend Luft kriegt. Da war es auch egal, dass es Alex war, der mich tunkte.

Am Ufer aber fühlte ich mich vollkommen glücklich. Wir spielten Volleyball und hörten Musik und quatschten und saßen nur so rum. Einmal, als wir im Kreis hockten und uns über die *Herr der Ringe*-Filme unterhielten, berührte mein Knie das von Alex. Da prickelte es wieder so wie am Abend zuvor, als er mich an den Händen gehalten hatte. Alex zog sein Knie nicht weg und darum glaube ich, dass es bei ihm genauso geprickelt hat. Und als er mir ganz kurz zulächelte, war ich mir sicher!

Das einzig Blöde war, dass wir immer in der Gruppe blieben. Also, nicht wegen Nina und Marvin. Marvin fand ich cool und Nina mochte ich mittlerweile auch ganz gern, aber ich war eben nicht mit Alex allein. Und wir mussten doch alleine sein, damit er mich fragen konnte, ob wir miteinander gehen sollten, oder mich küssen konnte oder wie auch immer man das machte, dass man dann zusammen war. Deshalb schlug ich Federball vor. Marvin hatte zwei Schläger dabei, wir konnten also nicht zu viert spielen. Ich schnappte mir einen und fragte Alex, ob er mitmachte. Er nickte und wir gingen gemeinsam zu der großen Wiese. Jetzt war es aber wieder blöd, weil man sich beim Federballspielen nicht unterhalten kann und küssen erst recht nicht. Trotzdem spielten wir ziemlich lange. Es machte nämlich voll Spaß. Wir waren auch gut und konnten den Ball ewig lang in der Luft halten. Erst gegen Ende versuchten wir uns auszutricksen und möglichst fiese Bälle zu schlagen. Ich rannte wie eine Besessene, um auch noch die unmöglichsten Bälle zu kriegen – und Alex war richtig beeindruckt. „Du solltest Leichtathletik machen“, sagte er. „Du wärst sagenhaft gut auf 100 Meter!“

Ich strahlte und japste: „Aber jetzt muss ich verschnaufen!“

Aus den Augenwinkeln sah ich, dass Marvin und Nina auf den Handtüchern in der Sonne lagen und Musik aus Ninas iPod hörten. Eigentlich wäre es besser gewesen, die beiden hätten Federball gespielt, dachte ich. Dann hätten Alex und ich in der Sonne liegen können.

Mit etwas ruhigerem Atem sagte ich: „Vielleicht wollen die anderen auch mal?“

„Nur, weil du nicht mehr kannst!“, lachte er.

„Stimmt doch gar nicht!“, sagte ich, aber aus Spaß.

Jedenfalls gingen wir an unseren Platz zurück. Nina und Marvin mussten wir gar nicht lange fragen. Sie schnappten sich gleich von selbst die Schläger und düsten ab.

Super!, dachte ich. Ich setzte mich im Schneidersitz aufs Handtuch, sodass mein Knie genauso auf Alex Handtuch hinüberragte wie vorhin. Aber er legte sich jetzt auf den Bauch und da klappte mein Trick nicht.

„Ich hör Musik, magst du auch?“, fragte er und streckte mir den linken Ohrstöpsel entgegen.

Und ob ich wollte! Ich nahm den Stöpsel, steckte ihn ins Ohr und legte mich neben Alex – so, dass wir uns wieder zufällig berührten, diesmal nicht am Knie, sondern am Ellbogen.

Da lag ich dann und dachte, dass das völlig ausreichte: Musik hören, das Prickeln am Ellbogen spüren und in den Sommerhimmel schauen. Mehr brauchte ich nicht zum Glück! Auf einmal war alles ganz leicht mit Alex. Ich fühlte mich pudelwohl in seiner Nähe und war auch gar nicht mehr nervös. So träumte ich vor mich hin, bis Marvin und Nina zurückkamen und meinten, es sei Zeit, nach Hause zu radeln.

Als wir später – ohne Marvin – bei Burgmeisters auf der Terrasse zu Abend aßen, dachte ich, dass das der schönste Tag meines Lebens gewesen war. Und als Alex noch ein bisschen später sagte: „Gute Nacht, ich geh jetzt ins Bett", starrte er nicht mufflig wie sonst nach unten, sondern sah mich lange an – verliebt, fand ich.

Als er nach oben verschwunden war, kletterten Nina und ich noch auf den Apfelbaum und sahen uns den Abendhimmel an. Ich bekam eine Gänsehaut, weil man so weit ins Universum schauen konnte. Ich dachte, dass es doch wirklich komisch war, dass ich jetzt ausgerechnet mit der Person, die ich für langweilig und schüchtern gehalten hatte, ein so spannendes Wochenende erlebt hatte. Ich lächelte Nina zu und nahm mir vor, nie mehr schlecht über sie zu denken. Nina rutschte auf einmal ein bisschen näher an mich heran.

„Ich muss dir was sagen!", flüsterte sie.

„Was denn?"

Sie machte eine geheimnisvolle Pause. Dann schloss sie die Augen und flüsterte bedeutungsvoll: „Er hat mich geküsst."

Vor Überraschung wäre ich beinahe vom Baum gefallen. „Wer?"

Sie öffnete die Augen wieder und schaute mich erstaunt an. „Na, Marvin natürlich, wer denn sonst?"

Mir blieb der Mund offen stehen. Damit hatte ich ja nun gar nicht gerechnet! Es dauerte eine Weile, bis ich fragen konnte: „Wann denn?"

„Als wir beim Federballspielen waren."

„Aber beim Federballspielen geht das doch gar nicht!"

„Wir haben ja gar nicht gespielt. Wir haben nur die Schläger mitgenommen." Nina kicherte.

Unglaublich! Ich hatte mir so viele Gedanken gemacht – und sie hatte es einfach getan!

„Wie war es denn?", fragte ich neugierig. „Gut", sagte sie. „Ein bisschen glibberig, aber gut."

„Triffst du ihn wieder?"

„Er holt mich morgen vom Reitkurs ab."

Das war ja echt die Hammer-Nachricht! Ich sah sie möglichst unauffällig von der Seite an. Wie immer hatte sie ihren Mund ein bisschen geöffnet. Aber jetzt erinnerte mich das nicht an einen erstaunten Fisch. Es sah eher ein bisschen nachdenklich-erwachsen aus.

„Wow!", murmelte ich. Mein Hals wurde ein

bisschen eng. Warum sie? Warum nicht ich?!, pochte es in meinem Hirn. Ich freute mich für Nina, ehrlich. Aber es gelang mir nicht, meinen Neid loszuwerden. Warum hatte Alex mich nicht auch geküsst?

Da drehte Nina ihren Kopf zu mir und grinste mich an. „Ohne dich wäre das nicht passiert. Da hätten wir keinen Grillabend gemacht und Marvin wäre nicht hierhergekommen. Überhaupt wären diese Ferien ohne dich lange nicht so gut gewesen!"

Sie strahlte mich dankbar und glücklich an. Da verschwand der Neid dann doch. Ich umarmte sie und sagte: „Das ist doch super! Ich freue mich für dich!"

Aber über Nacht schlich sich die Eifersucht dann einfach wieder zurück. Ich träumte von Marvin und Nina. Ich weiß nicht mehr ganz genau, wie es war, aber ich glaube, ich saß in Kroatien am Strand und musste auf die kleinen Kreischer aufpassen. Plötzlich saßen Nina und Marvin auf dem Handtuch daneben und knutschten. Das fand ich gemein. Und die ganze Zeit wusste ich, dass ich eigentlich mit Alex verabredet war, aber wegen der kleinen Kreischer nicht zu ihm gehen konnte.

Vielleicht lag es an diesem Traum, dass ich am nächsten Morgen ziemlich mutlos war. Würde das mit Alex und mir jemals klappen? Würde es überhaupt wieder so eine Gelgenheit geben wie an diesem Wochenende? Viel wahrscheinlicher war doch, dass wir uns die ganze Woche nicht sahen und ich am Samstag dann sang- und klanglos nach Hause zurückmarschierte.

Den ganzen Vormittag über quälte ich mich mit diesen Gedanken rum. Und als wäre das nicht genug gewesen, musste ich mit Milan immer noch über 60 Zentimeter springen. Nina dagegen durfte auf Alessia schon einen Parcours mit fünf richtigen Hindernissen reiten, und als ich sie einmal dabei beobachtete, meisterte sie ihn perfekt. Bei mir war heute echt der Wurm drin.

Ich war total niedergeschlagen und fing vor lauter Verzweiflung sogar an, mich über alles zu ärgern. Alles war doof! Ich war ungeküsst, Milan patzte immer wieder und meine Laune sank in den Keller. Warum war es Nina, die jetzt so einen coolen Freund hatte? Warum sprang Alessia so perfekt? Warum klappte es bei ihr und nicht bei mir? Dabei war ich doch eigentlich die Ältere und diejenige, die schon viel länger auf dem Reiterhof Werner ritt und die viel erwachsener war.

Das ging sogar so weit, dass ich selbst sauer auf Milan wurde. Das muss man sich mal vorstellen: auf meinen Milan, den ich doch über alles liebte!

„Kannst du nicht endlich mal deine Hufe anziehen?“, motzte ich ihn an, als er schon wieder gerissen hatte.

Unglücklicherweise hörte es Dörte. „Schimpfen hilft nichts“, sagte sie streng. „Du musst dein Pferd unterstützen. Mit deinen Hilfen, aber auch mit deiner inneren Haltung. Ihr seid ein Team. Dein Pferd spürt, ob du zu ihm stehst.“

„Aber eigentlich stehe ich doch zu Milan!“, versuchte ich, mich zu verteidigen.

„Hat sich nicht so angehört“, meinte Dörte trocken. „Im Ernst: Geduld gehört beim Reiten eben auch dazu.“

Geduld! Nur weil Milan nicht begriff, dass er die hinteren Beine auch in die Höhe reißen musste! Wie konnte man nur so begriffsstutzig sein?

„Warum kapierst du denn das nicht?“, motzte ich weiter, als Dörte weg war. Da wieherte er so, dass ich das Gefühl hatte, er wäre auch sauer auf mich. Sofort tat es mir leid. Ich führte mich auf wie ein Idiot!

„Entschuldige, Milan. Ich hab's nicht so gemeint. Heute steh ich total neben mir.“ Ich streichelte Milans Hals und drückte mein Gesicht in seine Mähne – auch, damit die anderen nicht die Tränen sahen, die sich jetzt hervordrängten. Da schnaubte Milan leise – wie um mich zu beruhigen. Und schon ging es mir ein wenig besser.

Als später allerdings Marvin kam und am Geländer des Springplatzes lehnte, um Nina zuzusehen, rutschte mir das Herz wieder in die Hose. Wie schön es doch wäre, wenn Alex hier auftauchte, um mir zuzusehen. Andererseits ... Im Augenblick wäre das wohl mehr als peinlich.

Ich hoffte nur, dass Marvin nicht bemerkte, über was für popelig kleine Hindernisse ich sprang. Sonst erzählte er Alex noch davon! Aber wahrscheinlich war die Sorge völlig überflüssig – er hatte ja nur Augen für Nina.

Als wir alle unsere Pferde zurück in den Stall führten, blieb Nina bei Marvin stehen und er gab ihr einen Kuss. Jeder konnte sehen, dass dieser coole Typ ihr Freund war!

Ich versorgte Milan und grummelte vor mich hin. Hannaka und Hannabu kamen zu mir in die Box. „Ist das ihr Freund?“ flüsterten sie.

Ich nickte.

„Nicht wahr!“, hauchte Hannaka beeindruckt.

„Die kleine Nina!“, meinte Hannabu.

Lilly kam zu uns gerannt. „Sie ist gerade mit ihm weggegangen! Arm in Arm! Ehrlich. Kennt jemand von euch diesen Typen? Also ich glaube, ich habe ihn schon mal gesehen, das war ...“

Leona stand in der Stallgasse und nutzte die Pause in Lillys Redefluss: „Der Typ sieht echt gut aus“, sagte sie. „Hätte ich der Kleinen gar nicht zugetraut.“

Ich beteiligte mich nicht an dem Getuschel. Traurig räumte ich das Sattelzeug auf, putzte Milan und mistete aus.

Nachdem alle anderen gegangen und ich mich

bei Milan noch ein wenig ausgeheult hatte, trat ich den Heimweg an.

Als ich durch die Büsche schlüpfte, merkte ich, dass die ganze Sache mit Marvin und Nina auch seine gute Seite hatte: Die beiden waren nämlich Eis essen gegangen. Auf der Terrasse im Liegestuhl lag nur Alex und las!

Neben ihm auf dem Gartentisch stand ein großer Teller mit belegten Broten. „Hallo“, sagte er, steckte den Finger in sein Buch und klappte es zu. „Mama kommt heute später von der Arbeit. Es gibt also nichts Warmes – nur Brote.“

„Hallo. Darf ich mir da was nehmen?“

„Klar, die sind für uns beide.“

Ich nahm eines mit dicker Butterschicht und Leberwurst. „Gehst du heute nicht zur Halfpipe?“ fragte ich, bevor ich hineinbiss.

„Was soll ich da alleine? Hannes und Tim sind im Urlaub und Marvin hat ja plötzlich Besseres zu tun.“ Es klang ziemlich missmutig.

Ich nickte. „Ich hab ihn gesehen. Auf dem Reiterhof.“

„Wie war's denn so?“, fragte Alex. „Also, der Springkurs?“

„Interessiert dich das?“

„Sonst würd' ich ja nicht fragen.“ Er lächelte, legte sein Buch weg und setzte sich im Liegestuhl auf. Das konnte ja nur bedeuten, dass er es wirklich wissen wollte. „Ich hatte mir vorhin sogar schon überlegt, ob ich Marvin begleiten soll. Aber ich war mir nicht sicher, ob Nina das so toll gefunden hätte – oder du …" Jetzt wurde er ganz kleinlaut. Hatte er tatsächlich kommen wollen, um mich zu sehen?

„Echt? Ja, also …" Erst wusste ich nicht richtig, wo ich anfangen sollte, doch dann fing ich einfach an und die Worte sprudelten nur so aus mir raus. Auf einmal war all das weg, was es sonst immer so schwierig gemacht hatte, mich mit ihm zu unterhalten. Ich musste nicht die ganze Zeit überlegen, was er wohl gut fand und was nicht. Ich sagte, was mir so in den Sinn kam, und da war ich natürlich ziemlich schnell bei Milans Hinterhand.

„Er macht alles richtig. Wie im Lehrbuch. Springt zum richtigen Zeitpunkt ab, streckt sich und dann … dann schafft er es nicht, die Hinterhufe anzuheben!"

Ich beichtete, wie traurig mich das machte, weil Milan und ich doch sonst ein super Team waren. Und wie peinlich ich es fand, dass wir nicht weiterkamen, wo alle anderen schon über hohe Hindernisse sprangen.

„Und mit den Vorderhufen gibt es kein Problem?", fragte Alex. Seine Augenbrauen hatte er in die Höhe gezogen. Ich konnte sehen, dass es ihn wirklich interessierte.

„Nein, das ist es ja!" Ich konnte selbst die Verzweiflung in meiner Stimme hören. „Eigentlich läuft alles perfekt. Eigentlich sind wir immer schon drüber, richtiger Anlauf, richtiger Bewegungsablauf – und dann ... Pufff, pang, pätsch, schon wieder liegt die Latte auf dem Boden!"

Alex musste lachen, weil ich so wild gestikuliert hatte und dabei eine Salami-Scheibe auf mein Knie geschleudert hatte. Ich hob sie auf und steckte sie mir in den Mund.

„Wahrscheinlich denkt dein Pferd auch, dass es alles schon geschafft hat, wenn es mit den Vorderhufen drüber ist. Dann hört es auf, sich zu konzentrieren und so passiert es."

„Hmm", machte ich. Das klang gar nicht so daneben.

„Bei uns im Leichtathletik-Training war auch mal einer, der war beim Hochsprung immer schon drüber über der Stange – und dann hat er sie mit den Fersen runtergerissen."

„Hmm. Aber dem konnte man das doch einfach sagen. Der ist ja ein Mensch!", meinte ich.

Jetzt beugte sich Alex vor. „Nein, eben nicht! Also: Natürlich konnte man es ihm sagen. Aber das hat nichts genutzt. Gewusst hat er selber, was er falsch macht. Das Problem ist ein anderes: Beim Springen muss man sich auf so vieles konzentrieren, dass er die Sache mit den Fersen einfach immer vergessen hat!"

„Und was hat er dann gemacht?"

Jetzt grinste Alex: „Er hat sich Glöckchen an

die Knöchel gebunden, damit er die Fersen nicht vergisst."

„Glöckchen?"

Alex grinste: „Hat geholfen!"

Dann schwieg er. Meinte Alex, ich sollte Milan Glöckchen an die Hinterhufe binden? Das war doch totaler Quatsch. Oder erzählte er das nur so? Gedankenversunken grübelte ich vor mich hin.

Alex sah mich noch eine Weile erwartungsvoll an, dann griff er wieder nach seinem Buch.

„Meinst du, bei einem Pferd geht das auch?", fragte ich schnell, als mir klar wurde, dass ich an der Stille schuld war.

„Du könntest es versuchen", antwortete Alex und ließ das Buch wieder sinken.

Das war jetzt gut und schlecht zugleich. Dass er das Buch sinken ließ, war natürlich gut, aber der Vorschlag selbst war voll daneben. Ich hatte das nur gefragt, um das Gespräch wieder in Gang zu kriegen, weil mir spontan nichts Besseres eingefallen war. Pferde waren total geräuschempfindlich. Auf so eine Glöckchen-Idee konnte nur jemand kommen, der keine Ahnung von Pferden hatte. Aber das wollte ich so direkt auch wieder nicht sagen.

„Lieber nicht", meinte ich schließlich.

„Wieso nicht?"

„Ich frage besser erst Dörte", wich ich aus.

„Die strenge Profi-Tante?"

„Na ja, sie weiß doch Bescheid." Wie konnte er das denn infrage stellen?

„Bis jetzt konnte sie dir jedenfalls keinen hilfreichen Tipp geben, obwohl sie Deutsche Meisterin ist."

Da hatte er auch wieder recht. Trotzdem musste ich die Sache jetzt klarstellen „Pferde sind total geräuschempfindlich. Die Glöckchen machen Milan bestimmt nervös!"

„Vielleicht ist das ja gerade richtig, damit er an seine Hinterhaxen denkt!"

„Nein!", sagte ich jetzt und es klang richtig unwirsch. Hoppla, so schroff sollte das gar nicht rausplatzen.

„Dann eben nicht", sagte Alex und klappte sein Buch wieder auf. Irgendwie schien er beleidigt.

Ich sah ihn an und ärgerte mich. Das Gespräch hatte doch so gut angefangen! Jetzt hatte ich es versaut. Aber ich konnte doch nichts dafür, dass Alex keine Ahnung von Pferden hatte!

Das ist gemein!, dachte ich, drehte mich um und ging die Treppen hoch. Oben ließ ich mich auf mein Bett fallen. Wie blöd!

Warum hatte ich das Gespräch nicht in eine andere Richtung gelenkt? Leichtathletik wäre zum Beispiel ein super Thema gewesen, da kannte ich mich dank Nilgün ein bisschen aus und Alex erzählte gern davon.

Aber nein, ich hatte von Milans Problemen

erzählen müssen. Ich war eben doch pferdeverrückt! Jetzt ärgerte ich mich noch mehr, und zwar über mich. Pferdeverrückt war ich – so sehr, dass ich kein anderes Thema kannte. Und trotzdem schaffte ich es nicht, dass Milan fehlerfrei über die Stange sprang! Mein armer Milan – jetzt musste er sich von allen schief ansehen lassen, weil er so hinterherhinkte und es einfach nicht begriff.

Ob sich Pferde auch übereinander lustig machten? Ob die anderen über ihn lästerten, so wie wir immer über die arme Nina gelästert haben?

Und dann kam mir vor lauter Verzweiflung ein dämlicher Gedanke, der sich im Nachhinein als totale Katastrophe herausstellte. Es war, als ob plötzlich eine Digitalanzeige in meinem Hirn aufblinkte und darauf stand: Vielleicht hilft die Glöckchen-Therapie ja.

Konnte doch sein. Ich hatte zwar noch nie davon gehört, aber warum eigentlich nicht? Gerade weil Pferde so geräuschempfindlich waren, würde Milan so sicher seine Hinterhufe nicht vergessen, weil sie ja bimmelten. Vielleicht würde Milan sie dann automatisch in die Höhe reißen! Und wenn er es einmal geschafft hatte, dann ging sicher alles wie von selbst – auch ohne Bimmeln. Milan, mein Schatz, du wirst es doch noch allen zeigen!

Ich wurde den Gedanken nicht mehr los. Viermal stand ich auf und beschloss, dass die Idee total hirnrissig war. Viermal warf ich mich wieder auf das Bett, guckte an die Decke und dachte: Vielleicht klappt es ja doch. Und: Alex kommt sicher mit, wenn ich es versuche.

Beim fünften Mal rannte ich nach unten in den Garten.

„Ich glaube, ich versuche es doch!“, rief ich Alex entgegen.

Er legte sein Buch zur Seite und grinste: „Die Glöckchen-Therapie?“

Ich nickte. „Kommst du mit?“

„Klar, ich helfe dir doch gerne. Außerdem lerne ich so mal deinen Milan kennen!“ Er stand auf. „Jetzt gleich?“

„Ähh …“ Das ging mir eigentlich zu schnell. Vor allem, weil sich schon wieder Zweifel regten. „Aber zur Sicherheit fragen wir Dörte“, sagte ich.

„Wenn du meinst.“ Alex nickte gutmütig. „Hast du Glöckchen?“

Ich schüttelte den Kopf. Da ging er in den Raum hinter der Küche, in dem Miriam Burgmeister Nähsachen, Osterkörbchen und was weiß ich noch alles aufbewahrte. Nach einer Weile kam er tatsächlich mit zwei Glöckchen und Geschenkbändern zurück. Ich steckte alles in meine Hosentasche.

„Los geht's“, sagte er, strahlte mich an und schob mich vor sich aus dem Garten. Dabei legte er mir ganz kurz den Arm um die Schulter. Diese Berührung zuckte wie ein Blitz durch meinen Körper. Erstens, weil Alex mich ganz absichtlich berührt hatte, und zweitens, weil ich das Gefühl hatte, dass ich gerade in etwas sehr Verbotenes hineinschlitterte.

Glöckchen-Therapie

Auf dem Reiterhof war es ganz still. Es war 13 Uhr, Mittagszeit. Die Pferde standen alle auf der Koppel, die Schülerinnen waren zum Essen nach Hause gegangen.

Von Dörte gab es keine Spur.

„Und jetzt?“, fragte ich.

„Na, ich dachte, wir holen jetzt dein Pferd …“

„Aber ich wollte doch erst Dörte fragen!“

Alex sagte nichts. Dann hellte sich seine Miene auf. „Wir wär’s, wenn wir im Internet recherchieren. Heutzutage gibt es doch nichts, was man da nicht findet. Gucken wir doch auf so einer Experten-Seite nach. Sicher gibt es da Tipps – und vielleicht finden wir was über die Glöckchen-Therapie.“

Das leuchtete mir ein. Wenn es so was wie eine Glöckchen-Therapie gab, dann konnte man darüber bestimmt auf einer der vielen Websites über Pferde etwas herausfinden.

„So machen wir’s!“, stimmte ich zu.

In null Komma nichts waren wir wieder bei Burgmeisters zu Hause, wo Alex mich mit in sein Zimmer nahm.

Das fühlte sich irgendwie komisch, andererseits auch total aufregend an – wir beide auf geheimer Mission, um Milans Ehre zu retten! Dass Alex sich so für mein Pferd einsetzte, machte ihn noch viel toller.

Und als wir jetzt Seite an Seite vor dem Computerbildschirm hockten und „Glöckchen-Therapie“ und „Pferde“ in die Suchmaschine tippten, kribbelte es bei mir wieder am ganzen Körper. Verträumt sah ich Alex von der Seite an.

„Da, ich hab was gefunden!“, sagte er plötzlich.

Ich hatte überhaupt nicht auf den Bildschirm geachtet – aber tatsächlich, Alex war nun auf einer Seite über Pferde. Und hier stand auch tatsächlich etwas über einen Trick mit Glöckchen, die man dem Pferd an die Hinterhufe band, damit sie die schön weit hoch nahmen. Daneben war das Foto von einer „Pferdeflüsterin“ – eine hübsche junge Frau, die in die Kamera lächelte und laut dem Text unter dem Bild „jahrelange Erfahrung mit den Vierbeinern hatte“.

„Klasse!“, rief ich und freute mich ehrlich. „Dann ist es ja geritzt. Du bist ein Genie, Alex!“

Überglücklich fiel ich ihm kurz um den Hals. Aber als mir klar wurde, was ich da machte, wurde ich knallrot und wollte mich schnell wieder losreißen. Doch Alex drückte zurück!

Aber auch nur kurz. Dann liefen wir schnell zurück zum Reiterhof und zu Milan.

Dörte war immer noch nirgends zu sehen, aber jetzt fand ich das gar nicht mehr schlimm. Im Gegenteil – wenn ich sie später damit überraschte, dass Milan jetzt wie ein Weltmeister alle Hindernisse nahm, umso besser!

Wir holten Milan von der Koppel.

„Schönes Pferd“, sagte Alex bewundernd.

„Ja, er ist was ganz Besonderes“, sagte ich lächelnd, klopfte Milan den Hals und steckte meine Nase in seine Mähne. Als ich mich wieder zu Alex umdrehte, schaute ich direkt in sein Handy – er machte ein Foto von mir und Milan!

Ich wusste nicht, wie ich es finden sollte, von Alex fotografiert zu werden. Meistens mache ich auf Fotos ein doofes Gesicht und es wäre ja richtig bescheuert, wenn er ausgerechnet so ein Bild von mir auf dem Handy haben würde! Aber Alex grinste, sagte „siehst gut aus!“ und streckte mir das Display entgegen. Also: Milan war auf jeden Fall gut getroffen. Von mir sah man nicht soviel, weil mein Kopf noch halb in seiner Mähne steckte. Das war mir nur recht.

„Find ich auch“ sagte ich, band Milan vor dem Stall fest und zeigte Alex die Sattelkammer. Alles lief wie am Schnürchen. Ich wuchtete den Sattel von seinem Platz und holte das Zaumzeug. Manchmal streifte ich dabei den Arm von Alex und fühlte dann immer gleich wieder dieses warme Kribbeln.

Zurück bei Milan, legte ich den Sattel auf seinen Rücken und sah, wie Alex Milan zärtlich über die Blesse streichelte.

Es war alles so traumhaft! Denn natürlich war es wichtig, dass die beiden sich verstanden. Doch auch Milan schien Alex sympathisch zu finden und stupste ihn leicht an.

Dann streifte ich die Trense über und zog den Sattelgurt nach. Und schon führten wir Milan gemeinsam auf den Springplatz.

Der Parcours war noch aufgebaut.

Alex hielt Milan am Zaumzeug, während ich die Glöckchen an die Fesseln band und darauf achtete, dass sie noch nicht bimmelten.

„Ganz ruhig“, flüsterte ich meinem Pferd zu. „Ganz ruhig, Milan.“

Dann saß ich auf.

In diesem Moment wurde mir klar, dass die ganze Sache doch ein Fehler gewesen war – ein riesengroßer grässlicher Fehler! Denn kaum trieb ich Milan an, ging er auch schon durch. Das erste leise Klingeln am Hinterhuf genügte, dass er den Kopf erschrocken nach hinten warf und ein bisschen zurücktänzelte. Dabei fingen die Glöckchen natürlich noch lauter zu bimmeln an und Milan bäumte sich auf. Mit jeder Bewegung aber klingelte es mehr.

Ich versuchte, ihn fester zu nehmen. Ich musste ihm zeigen, wer der Herr war. Ich musste ihn zurückzwingen, so wie wir es für den Notfall gelernt hatten …

Aber alles war umsonst. Milan raste los, galoppierte ohne jedes Interesse an meinen Hilfen über den Platz und nach ungefähr zwei Minuten konnte ich mich nicht mehr im Sattel halten. Ich weiß noch genau, was für ein Gefühl das war, als meine Beine an Milans Bauch entlangrutschten. Jetzt falle ich, dachte ich panisch. Und diese Erkenntnis war so durchdringend und endgültig, wie überhaupt noch gar nichts in meinem Leben.

Dann kam ich auf dem Boden auf und ein stechender Schmerz zuckte durch meinen Unterarm. Jetzt ist was passiert, dachte ich mit derselben Gewissheit. Ich erschrak nicht darüber. Nicht in diesem Moment. Ich wusste es nur. Ich wusste, dass irgendetwas in meinem Arm richtig kaputtgegangen war.

Hilflos blieb ich auf dem Boden liegen. Nicht weil mit meinen Beinen auch etwas gewesen wäre. Sondern einfach nur deswegen, weil ich nicht wusste, wie es jetzt weiterging. Da lag ich, starr vor Schock, und konnte nicht fassen, was ich meinem Milan angetan hatte und dass ich gestürzt war.

Milan! Wo war Milan?

Später hat mir Dörte erzählt, dass sie genau in dem Moment mit ihrem Auto in den Hof einbog, als ich in den Sattel stieg. Dann beobachtete sie das ganze Spektakel und verstand nicht, warum Milan durchging. Sie sah die Glöckchen nicht. Als ich aber im hohen Bogen runterflog, raste sie los. Milan tobte auf dem Springplatz herum und es war gefährlich, wenn man da im Weg lag.

Aber noch bevor Dörte bei mir angekommen war, hatte mich Alex schon gerettet. Ehrlich!

Er wagte sich auf den Springplatz, rannte zu mir, beugte sich herunter und fragte: „Bist du verletzt?"

„Mein Arm", stammelte ich.

„Kannst du gehen?" Er wartete die Antwort nicht ab. Er griff unter meine Achsel und zog mich nach oben.

Eigentlich hätte ich das ja selber gekonnt, aber ich zitterte so! Es war, als ob mich jemand schüttelte.

Suchend blickte ich mich nach Milan um – der Arme galoppierte noch immer in wilder Panik über den Platz. Wie hatte ich das nur tun können? Ich hätte wissen sollen, dass diese Glöckchen-Therapie eine Schnapsidee ist – Internet hin oder her!

Wie konnte ich Milan jetzt helfen? Was, wenn er sich in seinem Schrecken verletzte?

Alex brachte mich vom Springplatz weg und bis zu der Bank vor dem Stall. Dort setzte ich mich hin und konnte auf einmal gar nichts tun als heftig ein- und ausatmen. Mir war schlecht vor Schmerz und Sorge. Ich musste ständig an die Wurstbrote vom Mittagessen denken. Sie kamen mir jetzt so widerlich vor: diese kalte fettige Wurst auf der dicken Butterschicht.

Der Arm tat brüllend weh! Ich konnte ihn nicht bewegen. Und gleichzeitig fühlte ich mich so schuldig und hilflos. Mit schreckgeweiteten Augen betrachtete ich das Schauspiel, das sich auf dem Springplatz abspielte. Es war dramatisch: Milan tobte. Er galoppierte im großen Kreis und wurde kein bisschen langsamer. Jetzt kletterte Dörte unter der Absperrung durch. Sie ging von vorn direkt auf ihn zu. Dabei redete sie beruhigend und gleichmäßig auf ihn ein. Milan galoppierte an ihr vorbei. Aber Dörte blieb ruhig und machte nur einen kleinen Schritt zur Seite. Sie näherte sich ihm erneut, mit offener Körperhaltung. Nachdem er bestimmt achtmal wild an ihr vorbeigetobt war, verlangsamte er sein Tempo.

Dörte stellte sich ihm wieder in den Weg. Er fiel in Trab. Dörte sprach weiter. Milan ging im Schritt auf sie zu. Ab und zu machte er erschreckte Hopser, wahrscheinlich klingelte es da besonders laut.

Jetzt war er bei Dörte angekommen. Sie nahm ihn am Zügel und strich beruhigend seine Stirn. Endlich blieb Milan stehen. Er sah ganz verstört aus und sein Fell glänzte vor Schweiß.

Das Bild brannte sich mir richtig ins Gedächtnis. Das war alles meine Schuld! Wie konnte ich das je wiedergutmachen? Hoffentlich kam Milan wieder in Ordnung – hoffentlich war er nicht so geschockt, dass er mir nie wieder trauen würde!

Dörte ließ Milan nicht eine Sekunde los. Stattdessen wandte sie sich zu uns und winkte. Einer sollte kommen. Alex stand auf und ging zu ihr – wie ein richtiger Held. Ich war ihm so dankbar. Gerne wollte ich selbst zu Milan, um zu sehen, wie es ihm ging. Aber meine Beine schlotterten noch immer so. Und ich war sicher, dass ich zusammenklappen würde, wenn ich aufstand.

Ich konnte nicht hören, was die beiden miteinander sprachen. Alex hielt Milan fest, während Dörte sich ganz behutsam zu den Hinterhufen beugte und vorsichtig die Glöckchen löste.

Dann nahm sie ihn wieder selbst und schickte Alex mit einer barschen Kopfbewegung zu mir. Sie kochte vor Wut – das hat Alex mir später gesagt. Während Dörte Milan in den Stall führte, kam Alex bei mir an.

„Milan geht's gut. Er ist verstört, aber es ist nichts passiert. Geht's?", fragte er behutsam.

Ich schüttelte den Kopf.

Alex zog sein Handy aus der Tasche. Ich hörte, wie er die Adresse des Reiterhofs durchgab. „Ja, wir warten im Hof", sagte er, legte auf und schob das Handy in die Hosentasche.

„Ich habe ein Taxi gerufen, ich bringe dich ins Krankenhaus."

Alex blieb die ganze Zeit bei mir. Er sagte Dörte Bescheid, er wies den Taxifahrer an, er brachte mich zur Notaufnahme. Ich machte gar nichts. Ich versuchte nur, den Schmerz auszuhalten und jetzt nicht an Milan zu denken. Und wenn ich es schaffte, mich kurz vom Schmerz abzulenken, fühlte ich unglaublich große Dankbarkeit dafür, dass Alex sich so gut um mich kümmerte. Der Arm wurde geröntgt, abgetastet, untersucht – ich weiß überhaupt nicht mehr, in welcher Reihenfolge und in welchen Räumen und von welchen Leuten. Ich weiß auch nicht mehr, wie lange es dauerte und in wie vielen Wartebereichen wir saßen. Ich weiß nicht, worüber wir uns dort unterhielten. Nur eines habe ich sehr klar vor Augen. Dass mein Kopf im letzten Warteraum erschöpft auf Alex' Schulter sank und dass er dann seinen Arm um meine Schultern legte und mir mit der anderen Hand über die Haare strich. Nur einmal. Aber dieses eine Mal war so gut, dass mir ein verrückter Gedanke durch den Kopf schoss: Einen gebrochenen Arm war das allemal wert!

Es war nur ein ganz kurzer Moment, in dem ich das dachte. Denn dann rauschte Miriam Burgmeister an.

„Was habt ihr euch nur dabei gedacht?“ Ich hörte ihre Stimme schon, als ich sie noch gar nicht sah. Ich hob den Kopf. Sie war völlig aufgelöst. Ein bisschen erinnerte sie mich an den tobenden Milan. Mit diesen zerzausten Haaren und diesen wild rollenden Augen!

„Dörte Ahlbeck hat mir alles erzählt! Man sollte meinen, ihr seid keine fünf Jahre alt!“

Ich wusste, dass sie recht hatte. Ich wusste, dass wir alles falsch gemacht hatten und es tat mir schrecklich leid. Jetzt, wo der Schmerz in meinem Arm nicht mehr alles überlagerte, kapierte ich erst richtig, was vorgefallen war. Wie sehr wir den armen Milan erschreckt hatten und was ihm alles hätte passieren können. Und in was für eine gefährliche Lage wir uns selbst gebracht hatten. Und dass das alles wirklich kindisch und dumm gewesen war.

Ich sah betreten zu Miriam auf. Alex neben mir sagte nichts.

Miriam schüttelte den Kopf und seufzte. Ich hätte mich am liebsten unter den Stühlen verkrochen, so sehr schämte ich mich. Da holte mich zum Glück die Krankenschwester in den Gipsraum.

Ich glaube, während ich dort drinnen war und der Arm versorgt wurde, hat Miriam Burgmeister draußen Alex eine Standpauke gehalten, die jeden Wutanfall meiner Mutter in den Schatten stellte. Als ich wieder rauskam, herrschte jedenfalls ein eisiges Schweigen zwischen den beiden. Alex hatte seinen Blick tief in den Teppich gebohrt und seine Mutter saß neben ihm und wippte nervös mit dem übergeschlagenen Bein.

„Und wie sieht es aus?“, fragte sie die Krankenschwester neben mir. Die erklärte, dass es sich um einen einfachen Bruch handelte, der von selbst zusammenwachsen würde. Ich müsste nur den Gips vier Wochen tragen und danach müsste ich den Arm schonen.

Mit mir sprach Frau Burgmeister kaum. Sie war sauer und wahrscheinlich auch geschockt. Sie nickte uns beiden zu und zischte: „Wir gehen“.

Wir trotteten hinter ihr her und fühlten uns total mies. Wir hielten die Köpfe gesenkt, jeder versank in seiner eigenen Welt. Auch wenn Alex direkt neben mir herging, fühlte es sich an, als seien wir meilenweit voneinander entfernt. Wir berührten uns nicht. Auch nicht zufällig.

Zu Hause machte uns seine Mutter wortlos ein paar Brote zum Abendessen und schickte uns dann auf unsere Zimmer. Ich legte mich aufs Bett und schaute die Decke an.

Immer wieder musste ich an den armen Milan denken. Wie er mich angesehen hatte – so vorwurfsvoll. Auch wenn es ihm jetzt körperlich gut ging – was, wenn das nun seelischen Schaden bei ihm hinterlassen hatte? Was, wenn er mir das nie verzeihen würde?

Ob – jetzt fing ich an zu zittern – ob Christa ihn mir wegnehmen würde, wenn sie von all den Ereignissen erfuhr? Bitte nicht! Bitte, bitte nicht, dachte ich. Ich schämte mich so! Am allermeisten vor Dörte. Sie musste ja denken, dass ich nicht das Geringste von Pferden verstand. Aber auch vor den anderen Mädchen genierte ich mich, und vor Miriam Burgmeister … und vor Alex. Ihm gegenüber hatte ich auch ein schlechtes Gewissen. Ich war schließlich diejenige, die hätte wissen müssen, dass diese Glöckchen-Geschichte totaler Käse war.

Kurze Zeit später kam Miriam Burgmeister mit dem Telefon und ich musste meine Eltern anrufen. Mama war natürlich total aufgelöst und wollte gleich heimkommen. „Nein!“, schrie ich und unterdrückte das „bloß nicht“.

Miriam Burgmeister nahm dann den Hörer und sagte ungefähr hundert Mal, dass Mama und Papa nicht kommen mussten.

Nach dem Telefongespräch seufzte Frau Burgmeister und sah mich lange an: „Ich weiß auch nicht so recht, was ich mit dir machen soll. Ich würde dich ja gerne trösten, schließlich bist du unser Gast und zum ersten Mal so lange ohne deine Familie. Auf der anderen Seite denke ich, du solltest ruhig noch eine Weile über den Mist nachdenken, den du da angezettelt hast."

Ich nickte. So sah ich das auch.

„Ich habe Alex für drei Tage Hausarrest gegeben. Dir nicht. Das sollen deine Eltern entscheiden." Sie seufzte und ging zur Tür. Ich sah ihr nach und fand es total ungerecht, dass sie Alex so hart bestrafte. „Aber Alex hat doch gar nichts gemacht! Das war doch alles meine Schuld."

„Es ist ja sehr nett, dass du dich so für ihn einsetzt, aber ich denke schon, dass ein 15-jähriger Junge alt genug ist, um zu verstehen, dass man bei so eigenwilligen Plänen erst einmal die Reitlehrerin fragen sollte."

Ich machte den Mund auf, um zu protestieren, doch Miriam kam mir zuvor, als hätte sie meine Gedanken gelesen: „Auch wenn das im Internet anders stand. Man kann sich nun mal nicht auf alles verlassen, was da irgendein Möchtegern-Profi reinschreibt. Zumindest Alex sollte das besser wissen." Sie nickte zur Bekräftigung und öffnete die Tür.

„Miriam?", sagte ich nun kleinlaut.

„Ja?"

„Kann ich zu Alex rübergehen? Mir tut das alles so leid."

Sie schüttelte energisch den Kopf. „Nein, ihr geht jetzt ins Bett. Der Tag war lang genug."

Sie ging.

Ich blieb alleine und schämte mich bis zur Verzweiflung. Ich hätte so gern alles ungeschehen gemacht. Das heißt: Alles bis auf einen Moment. Den im Wartebereich vor dem Gipsraum.

Hausarrest

Ganz früh am nächsten Morgen klopfte es an meiner Tür. Alex? Ich hüpfte vom Bett und öffnete. Draußen stand Nina.

„Mama hat mir alles erzählt“, sagte sie.

„Komm rein“, meinte ich.

Drinnen musste ich ihr noch einmal alles im Detail berichten. Ich wollte eigentlich nicht. Nicht Nina. Bei ihr fühlte ich mich so unterlegen. Schließlich hätte sie bestimmt nie so einen Blödsinn gemacht. Aber Nina reagierte gar nicht so, wie ich befürchtet hatte. Sie sagte nicht, „Wie konntet ihr nur!“, oder „Das war ja klar!“. Sie hörte nur zu. Mit leicht geöffnetem Mund, wie immer.

„Das Schlimmste ist, dass ich jetzt nicht einmal weiß, wie es inzwischen Milan geht!“, jammerte ich. „Meinst du, er hat sich von dem Schock erholt?“

Nina zuckte die Schultern. „Keine Ahnung, aber wir können ja gleich rübergehen. Noch vor dem Frühstück.“

„Ja, das machen wir!“ Doch schon im nächsten Moment schüttelte ich erschrocken den Kopf. „Aber was ist mit Dörte? Ich hab so Schiss!“

Nina sah mich an. „Na ja, wenn du jetzt nicht gehst, dann begegnest du ihr eben später. Das ändert nichts.“

Da hatte sie recht. Früher oder später musste ich mich ihr stellen. Außerdem hielt ich es keine Sekunde länger aus, nicht zu wissen, wie es Milan ging. Und ich wollte mich dringend bei ihm entschuldigen und alles irgendwie wiedergutmachen. Trotzdem, wenn ich nur daran dachte, auf den Reiterhof zu gehen und alle zu treffen, krampfte sich mein Magen zusammen.

„Kannst du mit deinem Arm überhaupt im Stall arbeiten?“, fragte Nina.

„Nicht wirklich!“, antwortete ich niedergeschlagen. Das ging definitiv nicht! Und wer weiß, wie lange noch?

„Ich kann mich ja um Milan kümmern“, sagte Nina in meine Überlegungen hinein. „Ich gehe sowieso zum Springkurs. Und ich versorge gerne noch ein zweites Pferd!“ Sie grinste mir zu. „Pass auf: Ich gucke, wie es Milan geht und wie sauer Dörte wirklich ist. Bis zum Mittagessen bin ich wieder da und erstatte dir Bericht. Hältst du es solange aus?“

„Das würdest du machen?!“

Nina nickte.

Wie nett sie war! „Vielen Dank“, flüsterte ich.

„Also, dann frühstücken wir jetzt.“

Sie war schon an der Tür, da fiel mir noch etwas ein. „Nina?“

„Ja?“

Ich zögerte. Ich hatte Nina nie gesagt, dass ich in ihren Bruder verliebt war. Aber sie benahm sich so nett, dass ich ihr bestimmt vertrauen konnte.

„Kommt Alex auch zum Frühstück?“

„Der schläft doch noch!“

Natürlich! Auch das erleichterte mich. „Kannst du vielleicht auch rausfinden, ob er sauer auf mich ist?“

„Wieso sollte er?“

„Na ja, er hat das doch nur meinetwegen gemacht. Und dann hat er die ganze Strafpredigt deiner Mutter abbekommen. Jetzt hat er Hausarrest und darf morgen nicht zu der Skater-Party.“

Nina nickte wieder. „Ich frag ihn, gleich wenn ich vom Reiterhof zurückkomme.“

„Aber unauffällig!“

An ihrem Blick erkannte ich, dass sie genau wusste, was Sache war. „Klar!“, sagte sie. „Total unauffällig.“

Es wurde der längste Vormittag meines Lebens. Er dauerte länger als jeder dieser fiesen Mittwochvormittage, wo wir nach der Doppelstunde Geschichte auch noch eine Doppelstunde Physik haben. Ich saß nur in meinem Zimmer und guckte die Wände an. Zwischendurch auch die Decke. Es war ein komisches Gefühl. Das Haus war ganz leer. Bis auf Alex und mich. Ich hätte natürlich zu ihm hinübergehen können – aber ich traute mich nicht.

Irgendwann hörte ich, dass Miriam Burgmeister von der Arbeit zurückkam und in der Küche zu werkeln begann. Wenig später begann es dann, lecker zu riechen. Trotzdem hoffte ich sehr, dass es mit dem Essen noch etwas dauern würde. Bevor ich Miriam und Alex begegnete, wollte ich von Nina hören, was jetzt alle von mir hielten.

Ich stellte mich ans Fenster und beobachtete den Busch, hinter dem Nina erscheinen musste. Wie ging es Milan? Ob Dörte überhaupt je wieder mit mir reden würde?

Im Garten rührte sich nichts. Ich drehte mich um. Die Digitalanzeige des Weckers zeigte schon 12:45 Uhr. In einer Viertelstunde gab es Essen.

„Bitte, Nina!“, flüsterte ich. „Bitte gib mir vorher Bescheid.“

Ich lehnte mich an die Wand, hinter der Alex irgendwo saß. „Bitte, Alex“, wisperte ich weiter, „sei nicht zu sauer auf mich.“

Während ich flüsterte, schob sich ein Bild vor mein inneres Auge: Alex, der drüben auf seinem Bett saß und ärgerlich murmelte: „Diese blöde Jassi, wenn sie nicht wäre, könnte ich zur Skater-

Party." Vielleicht tippte er gerade eine wütende SMS nach der anderen an Marvin. Vielleicht stand Marvin im Reitstall neben Nina und las ihr die SMS vor!

Ich kniff die Augen fester zusammen und schüttelte den Kopf, um diese Bilder loszuwerden.

Dann stellte ich mich wieder ans Fenster. Da. Die Zweige wackelten! Ninas braune Haare erschienen, dann ihr ganzer Kopf und schließlich der Rest von ihr. Sie sah zu meinem Fenster herauf. Als sie mich entdeckte, lächelte sie und streckte mir einen nach oben gereckten Daumen entgegen. Gut!

Das konnte doch nur bedeuten, dass es Milan gut ging! Und dass Dörte Christa nichts erzählte. Oder?

Als Nina im Haus verschwunden war, lief ich sofort zu meiner Tür, öffnete sie einen Spalt und wartete. Nina ging gar nicht zu ihrer Mutter und rief ihr auch kein „Hallo" zu. Sie stürmte gleich zu mir, schlüpfte zur Tür herein und lachte mich an.

„Milan ist in Ordnung. Er hat den Schrecken zum Glück ziemlich schnell verkraftet und zur Beruhigung ganz viele Möhren gemampft. Dörte wird dich fürchterlich schimpfen, wenn du auftauchst, aber ich weiß, dass sie nicht mehr sauer ist! Sie tut nur so, um dir eine Lektion zu erteilen!"

„Woher weißt du das denn so genau?“

„Ich habe gehört, wie sie mit Christa telefoniert hat. Da hat sie dich total verteidigt! Sie hat über diese Website geschimpft und gesagt, dass du jetzt, wo du den Schrecken erlebt hast, bestimmt nie wieder so einen Quatsch machst und dass du mit deinem gebrochenen Arm genug gestraft bist und lauter so Sachen.“

„Echt?“

„Ja, und zum Schluss hat sie wortwörtlich gesagt: Ich würde Nina das Pferd lassen. Sie kümmert sich liebevoll um Milan und ist eine gute Reiterin!“

Wow! Ich musste mich hinsetzen, die Augen schließen und spürte, wie das Glück durch mich hindurchströmte. War ich erleichtert! Milan ging es gut. Das war die Hauptsache. Und höchstwahrscheinlich durfte ich ihn behalten! Jetzt musste er mir nur noch verzeihen. Aber ganz tief in mir drin war ich sicher, dass er das tun würde. Wir gehörten doch zusammen! Danach würde ich nie wieder so eine Dummheit begehen! Ich würde immer erst alles ganz genau mit meiner Reitlehrerin absprechen. Und nie wieder einfach etwas glauben, was im Internet steht. Ich würde beweisen, dass Dörte recht gehabt hatte, als sie mich am Telefon gelobt hatte. Sie hatte mich gelobt, Dörte Ahlbeck, die Deutsche Meisterin im Springreiten. Mich! Unglaublich. Für eine Weile machte mich das so glücklich, dass ich gar nicht mehr an Alex dachte. Aber es hielt nicht lange an. „Und Alex?"

Jetzt zog Nina den Mund schief und sofort krampfte sich mein Bauch zusammen.

„Was ist?", fragte ich verunsichert.

„Ich weiß nicht. Ich habe darüber nachgedacht und ich finde, du solltest das selbst mit Alex besprechen."

Ich selbst. Hmmm. Na ja. Irgendwie fiel mir kein Gegenargument ein. „Du meinst ..."

Nina nickte.

„Jetzt gleich ...?"

Nina nickte wieder.

Ich blieb sitzen. „Aber ..."

Nina sah mich ruhig an und sagte nichts.

„Okay." Ich stand auf. Ich ging bis zur Tür. Allein das kam mir schon so mutig und bewundernswert vor, wie über ein fünf Meter hohes Rick zu springen. Mindestens.

Aber jetzt öffnete ich die Tür sogar! Und ging den Gang entlang. Und dann ... klopfte ich!

„Ja?" Alex antwortete sofort.

Ich ging rein.

Er saß nicht auf dem Bett und tippte SMS, wie ich es mir vorgestellt hatte. Nein, er saß am Schreibtisch, hatte seinen Laptop aufgeklappt und klickte jetzt ganz schnell mit der Maus irgendwo drauf. Ich sah, dass ein Foto von seinem Bildschirm verschwand. Das war ja das Foto von mir und Milan! Oder? Ein Pferd war auf jeden Fall zu sehen gewesen!

Hatte er sich mein Bild angeschaut?! Wieso?

Mir wurde ganz heiß. Ich spürte, dass mein Gesicht glühte. Jetzt drehte er sich zu mir. Ich konnte nicht erkennen, ob er gut oder schlecht gelaunt war, weil das Licht von hinten kam und seine Augen im Schatten lagen.

„Hallo“, sagte ich ziemlich leise.

„Hallo“, antwortete er.

Sollte ich zu ihm gehen? Stehen bleiben oder mich auf die Matratze setzen, die auf dem Boden lag? Oder auf den Sitzsack? „War das gerade das Bild von mir und Milan?“ Ich biss mir auf die Lippen. Was für eine blöde Frage! Wenn es etwas anderes gewesen war? Dann musste er mich ja für megaeingebildet halten. Aber Alex nickte. Ich glaube, jetzt wurde *er* ein bisschen rot. So genau konnte ich es nicht sehen.

„Willst du es mal auf dem großen Bildschirm sehen?“, fragte er.

Ich ging zu ihm. Er klickte mit der Maus und das Bild erschien. Milan und ich. Beide verstrubbelt. Beide lächelnd. Also, ich fand auf jeden Fall, dass Milan lächelte. „Voll schön“, sagte ich und beugte mich hinunter, damit ich es besser betrachten konnte.

Jetzt waren unsere Köpfe ganz dicht nebeneinander. Seine Haare kitzelten an meiner Schläfe.

Also *eigentlich* kitzelten sie an meiner Schläfe, aber irgendwie spürte ich das überall im Körper.

„Ich habe einen guten Moment erwischt", meinte Alex und drehte seinen Kopf zu mir.

Ich drehte meinen zu ihm. Seine Augen waren ganz nah. Sie waren grün-braun mit so kleinen hellen Sprenkeln darin. Ganz lange und tief sah er mich an, sodass mir die Knie weich wurden und mir immer mehr Hitze ins Gesicht stieg. Trotzdem wich ich nicht zurück. Dann kamen seine wunderschönen Augen noch näher, sodass ich gar nichts mehr erkennen konnte. Die Sprenkel verschwammen und dann habe ich wahrscheinlich die Augen zugemacht. So genau erinnere ich mich nicht. Ich weiß nur noch, dass seine Lippen meinen Mund berührten.

Alex küsste mich!

Aber ehrlich gesagt weiß ich überhaupt nicht, wie es genau war. Wie es sich angefühlt hat, gut oder schlecht oder glibberig oder prickelnd. Ich kann mich nicht daran erinnern, weil ich viel zu sehr damit beschäftigt war zu verstehen, was eigentlich gerade geschah. Und genau in dem Moment, als ich kapierte, dass Alex – *der* Alex, in den ich verliebt war! –, dass der mich auf den Mund küsste … Genau in dem Moment rief Miriam Burgmeister von unten: „Essen ist fertig!"

Der perfekte Sprung

Danach waren es nur noch drei Tage, die ich bei Burgmeisters wohnte, aber diese Zeit war echt die beste meines Lebens. Zumindest, sobald ich das Gespräch mit Dörte hinter mich gebracht hatte. Denn das war natürlich fürchterlich.

Gleich nach dem Mittagessen nach meinem ersten Kuss – noch ganz beflügelt von dem herrlichen Gefühl – ging ich zu ihr. Nina lief neben mir her und machte mir Mut. „Sie hat dich am Telefon in Schutz genommen, vergiss das nicht!"

Aber ich hatte trotzdem ziemlich Angst. Was sie zu Christa sagte, war eine Sache. Aber jetzt ging es darum, was sie zu mir sagte – und das war bestimmt nichts Freundliches.

Im Stall war sie nicht. Dafür war hier mein Milan! Mein armer Milan. Als er mich reinkommen sah, schnaubte er und scharrte kurz mit dem Vorderhuf im Heu. Als ich das sah, wurde mir ganz elend zumute – so vorwurfsvoll sah es aus. Als hätte er Angst, dass ich ihm etwas antun würde.

„Aber mein Milan!“, flüsterte ich und ging langsam auf ihn zu. Stück für Stück kam ich näher und redete dabei weiter beruhigend auf ihn ein. „Es tut mir so leid. Glaub mir, so, so leid. Und ich verspreche dir, dass ich nie wieder etwas machen werde, was schlecht für dich ist. Und wenn du nicht magst, musst du auch nie mehr über die ollen Hindernisse springen. Das ist nämlich ganz unwichtig.“

Langsam schien Milan sich tatsächlich zu beruhigen. Er blickte mich mit seinen großen schönen Augen an. Und als ich die Hand nach seiner Mähne ausstreckte, wich er nicht zurück.

Überglücklich legte ich die Stirn an seinen Hals und kuschelte mich an ihn. „Ach, mein Milan“, wisperte ich und verdrückte ein paar Tränchen. Milan stupste mich liebevoll an, und da wusste ich, dass alles wieder gut werden würde.

Nach meiner Aussöhnung mit Milan schauten Nina und ich noch kurz in die Sattelkammer und dann ins Büro. Da fanden wir Dörte endlich. Als wir eintraten, sah sie von irgendwelchen Papieren auf, die vor ihr auf dem Schreibtisch lagen.

Als sie mich sah, wurde ihr Gesicht ganz streng. So streng wie damals bei unserer ersten Springstunde. Ich musste wieder an ein Raubtier denken.

„Hallo, Jasmina, ich wollte dich schon anrufen.“

Ihre Stimme war kühl wie ein Eisschrank. „Nina", jetzt guckte sie ein klein bisschen freundlicher, „würdest du uns bitte allein lassen?"

Mir wurde ganz flau im Magen. Ich hatte so gehofft, dass Nina bei mir bleiben konnte. Allein fühlte ich mich noch viel hilfloser und nichtsnutziger.

Als Nina das Büro verlassen und die Tür geschlossen hatte, stand Dörte auf. Sie stützte die Arme auf den Tisch und beugte sich zu mir. Ich sah den Raubtier-Kiefer auf mich zukommen und machte automatisch einen Schritt zurück.

Dann ging der Donner los: „Was hast du dir nur gedacht? Jasmina, ich dachte, du liebst Pferde, besonders deinen Milan, dann musst du dich doch auch für fünf Pfennig in ihn hineinversetzen können!"

Ich senkte meinen Kopf und nickte. Sie hatte ja recht. Dörte donnerte weiter, was sie genau sagte, weiß ich gar nicht mehr. Ich nickte betreten und sagte immer wieder: „Es tut mir leid" und „Nein, so einen Quatsch mache ich nie wieder". Schließlich hatte ich mir das selbst schon fest vorgenommen.

Irgendwann meinte sie dann: „Gut, ich glaube, du hast deine Lektion gelernt." Sie nahm ihre Hände vom Tisch und streckte sich. „Und wie soll es jetzt weitergehen?", wollte sie wissen. „Ich halte es für keine gute Idee, dass Nina auch noch Milan versorgt. Sie hat mit Alessia und dem Springkurs genug zu tun. Du kannst durchaus auch mit einem Arm ein bisschen was tun. Du brauchst nur jemanden, der dir hilft. Fällt dir jemand ein?“

Alex!, dachte ich. Dabei wusste ich in dem Moment nicht einmal, ob er dazu überhaupt Lust hatte. Ich nickte trotzdem.

Weil ich so sehr hoffte, dass Alex sich mit mir um Milan kümmern würde. Die beiden mochten sich, das stand außer Frage. Und ich stellte es mir wunderbar vor. Außerdem wollte ich Milan auf gar keinen Fall drei Wochen lang jemand anders überlassen! Dafür hatte ich viel zu viel wieder bei ihm gutzumachen!

„Du kümmerst dich also um Unterstützung und versorgst Milan weiterhin!“, sagte Dörte streng.

Ich nickte dankbar.

Als ich Alex später fragte, war er gleich einverstanden. Noch am selben Nachmittag kam er mit zum Stall und ich erklärte ihm, was er tun musste. Es war sehr lustig. Denn alles, was ich vormachte, sah mit dem eingegipsten, steifen Arm aus wie bei einem Roboter. Alex machte sich die ganze Zeit darüber lustig und ich glaube, sogar Milan hat sich bestens amüsiert. Und dann bekam ich einen Lachanfall.

Auf jeden Fall machte es nicht nur mir, sondern auch meinen beiden „Jungs“ richtig Spaß. Es ist nämlich nicht so, dass Jungs automatisch Pferde doof finden. Sie müssen sich nur darauf einlassen.

Und damit begannen dann wirklich die drei schönsten Tage meines Lebens. Am Springkurs konnte ich natürlich nicht mehr teilnehmen. Aber das war mir inzwischen gar nicht mehr wichtig. Alles, was zählte, war, dass ich Milan nicht verloren und dass er mir verziehen hatte. Und dass ich mit Alex zusammen war.

Morgens frühstückte ich gemeinsam mit Alex und dann gingen wir zusammen zum Reiterhof. Auf dem kleinen Fußweg, wo einen niemand sehen kann, legte er immer den Arm um meine Schultern.

Am ersten dieser drei glücklichen Tage, also am Mittwoch, kamen wir im Stall an und Milans Box war leer. Ich erschrak fürchterlich. Dann rannte ich zur Koppel, aber da stand er auch nicht. Ich hetzte zu Alex zurück. Als ich atemlos bei ihm angekommen war, stieß ich hervor: „Glaubst du, er wurde entführt?"

Alex guckte etwas überfordert. Er kannte sich mit dem Reiterhof und allem nicht aus. Er wusste nicht, was es bedeutete, wenn Milan weder in seiner Box noch auf der Koppel war. Ich musste Dörte benachrichtigen.

„Komm", sagte ich und zog Alex an der Hand aus dem Stall heraus. Ich lief zum Springplatz. Da waren sie alle: Hannaka, Hannabu und Leona saßen auf ihren Pferden. Lilly trabte gerade auf ein Rick zu, jetzt wechselte sie in den Galopp, drückte sich aus dem Sattel nach oben …

An einem normalen Tag hätte ich gebannt verfolgt, wie sie den Sprung meisterte. Aber nicht, wenn Milans Box leer war!

Ich lief weiter auf Dörte zu – da sah ich ihn.

Auf der anderen Seite des Springplatzes.

Dort, wo ein Rick mit sehr niedriger Stange aufgebaut war. Dort trabte Milan. Auf ihm saß eine kleine zierliche Frau.

Nein, halt! Das war ja Nina!

Mittlerweile war ich bei Dörte angelangt. „Was macht Nina da?", platzte ich heraus.

Dörte drehte sich zu mir um. „Nina?" Jetzt lächelte sie. „Ja, das ist doch wirklich nett von ihr, oder? Sie hat gesagt, sie trainiert mit Milan, solange du nicht kannst. Mit Alessia klappt ja alles schon einwandfrei."

Ich sah wieder zu Nina hinüber. Ich konnte gar nichts sagen, mein Hals war vor Rührung ganz eng.

Anstatt hier mit der berühmten Springreiterin Dörte Ahlbeck einen richtigen Parcours zu reiten, brachte sie meinem Milan bei, die Hinterhufe ordentlich anzuheben! Das war ein echter Freundschaftsdienst!

Am letzten Tag des Springkurses gab es zum Abschluss eine kleine Vorführung für Eltern und Freunde.

Wir hatten Bierbänke vor dem Springplatz aufgebaut, damit die Gäste auch sitzen konnten. Und an einem Biertisch verkauften Alex und ich Getränke. Leonas Mutter kam in ihrem Privatpanzer angebraust, Lillys Vater marschierte mit ihrer Schwester Luzia an, es war richtig was los. Hannaka guckte immer wieder zur Einfahrt, weil sie auf ihre Patentante wartete. Ich dagegen war total entspannt. Erstens ritt ich nicht mit und außerdem erwartete ich auch gar keinen Gast. Wen auch? Meine Familie war ja im Urlaub.

Darum bemerkte ich das Taxi nicht, das kurz vor 15 Uhr auf den Hof fuhr. Erst als es auffällig lange stehen blieb und ich im Augenwinkel sah, dass zwei Männer geschäftig am Kofferraum herumfuhrwerkten, schaute ich hinüber. Was taten die denn da?

Sie hoben etwas heraus. Irgendein Gestänge. Jetzt guckte ich genauer. Den einen Mann, den kannte ich! Das war … der Eisbär! Omas Eisbär, Herr Markowsky!

Er und der Taxifahrer hatten jetzt den Rollstuhl aufgeklappt, schoben ihn zur Autotür und halfen Oma heraus.

Ich rannte hinüber. „Oma! Das ist ja toll, dass du kommst!“

Ich beugte mich zu ihr und umarmte sie.

Oma strahlte. „Ja, ich freue mich auch sehr. Wollte doch mal sehen, was du da auf meine Kosten gelernt hast! Herbert hat angeboten, mir zu helfen." Sie lächelte Herrn Markowsky an.

Ich fand, sie sah sehr verliebt aus! Das konnte ich ja jetzt beurteilen. Und er lächelte genauso verliebt zurück!

„Es macht mir großes Vergnügen, dir zu helfen, Rosemarie!", sagte er.

Ich musste total grinsen und guckte schnell auf den Boden, damit sie es nicht bemerkten.

Erst als sie mit ihren verliebten Blicken fertig waren, entdeckte Oma meinen Gips. „Um Gottes willen, liebes Kind!", rief sie aus. Aber so putzmunter und gut gelaunt wie ich war, konnte ich sie schnell beruhigen und erklärte die ganze Geschichte.

„Jetzt sehen wir ja gar nicht, wie du reitest!", meinte sie seufzend. Ich zuckte mit den Schultern. „Dafür seht ihr mal Dörte Ahlbeck, das ist doch viel besser!"

Ehrlich gesagt hatte ich nicht den Eindruck, dass das Oma und Herrn Markowsky sonderlich beeindruckte. Aber wo sie jetzt schon einmal da waren, wollten sie auch bleiben.

Ich suchte einen guten Platz für die beiden, brachte ihnen etwas zu trinken, und als Herr Markowsky sich höflich mit seinem rechten Nachbarn, dem Vater von Hannabu, unterhielt, flüsterte ich Oma ins Ohr: „Das da drüben ist er übrigens!" Dabei zeigte ich auf Alex hinterm Getränkestand.

Oma holte tatsächlich ihre Brille aus der Handtasche, schaute ihn sich ungeniert an und sagte dann: „Sieht aus wie ein netter, junger Mann." Da war ich zufrieden.

Als die Vorführung begann, schoben Alex und ich die Gläser zur Seite und setzten uns auf den Biertisch. Es konnte sich wirklich sehen lassen, was die anderen gelernt hatten. Alle sprangen sie über hohe Hindernisse. Leona auf Colorado riss zwar die oberste Stange beim Rick und Hannakas Maxi verweigerte einmal, aber insgesamt war es toll.

Als alle den kleinen Parcours absolviert hatten, dachte ich, die Vorstellung sei aus. Aber von wegen! Da war noch eine Reiterin, die jetzt an den Start ritt. Ich fasste Alex am Arm. Also, das wollte ich tun, tatsächlich schlug ich ihm nur meinen Gips auf den Unterarm. Besonders zärtlich kann man mit so einem steifen Arm einfach nicht sein. „Das ist ja Milan!"

Es stimmte: Nina trabte auf Milan herbei. Ich dachte schon, dass sie in den hinteren Bereich des Platzes reiten würde, denn da standen noch ein paar Cavaletti. Aber Pustekuchen.

Ohne nach rechts und links zu schauen, trieb

sie Milan an, direkt auf das Rick zu. Es hatte bestimmt 80 Zentimeter.

„Aber …!“, flüsterte ich Alex zu.

Sie tat es, sie trieb Milan an. Er fiel in den Galopp. Sie fand den richtigen Absprungpunkt, hob sich selbst in den leichten Sitz, gab ihm Raum. Milan streckte sich über dem Hindernis, flog seidenweich – und hob die Hinterhufe.

Wow! Perfekt!

Die beiden landeten sanft.

Ohne es zu merken, war ich vom Tisch gesprungen. Ich stand da, vor Anspannung noch mit geballten Fäusten und konnte es kaum fassen. Milan hatte es geschafft! Milan hatte es geschafft! Ich drehte mich zu Alex um. Auch er strahlte. Und vor lauter Begeisterung küsste diesmal ich ihn!

Das war mein zweiter Kuss. Aber der ging so schnell, dass ich wieder nicht richtig mitgekriegt habe, wie es sich eigentlich anfühlt.

Denn natürlich musste ich sofort noch zu Milan und Nina, um beide ganz fest zu drücken und ihnen zu sagen, wie stolz und dankbar ich war!

Am nächsten Morgen musste ich meine Sachen packen: das Glitzer-Shirt, die engen Jeans, den Lipgloss und den Lidschatten. Da man mit einem Gips unmöglich Kleider zusammenlegen kann, stopfte ich alles einfach in die Tasche. Da würde Mama nichts dagegen sagen können.

Mit all den Sachen waren jetzt schöne Erinnerungen verbunden: Das rote T-Shirt hatte ich bei meinem ersten Kuss getragen und die kurze Jeans bei der Abschlussvorführung. Ich zog den Reißverschluss zu und trug meine Tasche nach unten.

Die ganze Zeit dachte ich darüber nach, ob ich jetzt vor den Augen von Mama und Miriam Alex zum Abschied küssen sollte. Doch das traute ich mich nicht! Also stellte ich die Tasche unten ab, lief noch einmal die Treppe hinauf und ging zu Alex ins Zimmer. Er saß an seinem Schreibtisch und verpackte irgendetwas. Dann drehte er sich auf dem Stuhl um und reichte mir ein kleines Geschenk.

„Hier, zum Abschied“, sagte er.

Ich packte es aus. Es war ein kleiner Leuchtstern. Erst fand ich das ein bisschen komisch, weil sich ja eher kleine Kinder solche Leuchtsterne aufhängen. Aber dann sagte Alex: „Der erinnert mich an Milans Abzeichen. Ich habe mir auch einen über mein Bett gehängt, dann können wir abends aneinander denken.“

Jetzt fand ich es natürlich sehr romantisch. „Vielen Dank!“, sagte ich und beugte mich vor zu meinem dritten Kuss.

Der wurde dann richtig schön! Ich war auch nicht mehr so aufgeregt wie bei den ersten Malen und konnte aufpassen, wie er sich anfühlte: nicht glibberig, sondern weich und sanft.

Kurze Zeit später klingelte meine Mutter.

Ich sprang sofort die Treppe hinunter. Miriam machte gerade die Haustür auf. Aber Mama begrüßte sie kaum. Sie kam rein, sah meinen Arm und war erschüttert: „Ach, Jassi, mein Mädchen, es tut mir ja so leid für dich! Ist es sehr schlimm?“

Ich musste lachen. „Mama“, sagte ich, „eins kannst du mir glauben, mir ging es nie besser!“

Mama guckte völlig verdattert.

Ich gab ihr einen Kuss mitten in das entgeisterte Gesicht hinein und sagte: „Das waren die besten Ferien meines Lebens! Vielen Dank, dass ich hierher verreisen durfte.“

Später, als ich neben meiner Mutter die 628 Schritte auf der Forsthausstraße entlangging, sirrte mein Handy. Eine SMS war angekommen. Ich musste meinen eingegipsten Arm ganz komisch nach hinten drehen, um das Handy aus der Hosentasche zu ziehen.

Dann las ich Nilgüns Nachricht: „Frag ihn einfach, was seine Bestleistung im Hochsprung ist – das würde mich auch interessieren. Von Pferden sag' lieber nichts. Das finden Jungs langweilig.“

Ich grinste breit vor mich hin. Von wegen!, dachte ich. So über den Kamm geschoren konnte man das nicht sagen. Wenn es so ein wunderbarer Junge war wie Alex, stimmte es jedenfalls nicht.

Kathrin Siegel wurde 1980 in München geboren. Nach ihrer Schulzeit machte sie eine Ausbildung zur Tierpflegerin und arbeitete mehrere Jahre in einem Tierheim. Gemeinsam mit ihrer besten Freundin, drei Katzen und einem Hund wanderte sie 2008 nach Spanien aus, wo sie sich den Traum eines eigenen Pferdehofs erfüllte. Hier begann sie auch mit dem Bücherschreiben. Wenn sich Kathrin Siegel gerade keine Geschichten ausdenkt, galoppiert sie auf ihrem Lieblingspferd Luna durch die Gegend – oder erteilt Kindern und Jugendlichen Reitunterricht!

Meike Haas wurde 1970 in Laupheim geboren. Ihre eigene Reiterkarriere fand wegen schlechter Erfahrungen mit einem sehr störrischen Pony nach nur vier Stunden ein frühes Ende. Nach dem Studium in Regensburg, Wien und München arbeitete Meike Haas einige Jahre als Journalistin für verschiedene Zeitungen. Inzwischen lebt sie mit ihrem Freund und ihren zwei Kindern in München und widmet sich ganz dem Schreiben von Büchern.

FSC
www.fsc.org
MIX
Papier aus verantwortungsvollen Quellen
FSC® C014496

ISBN 978-3-7855-7078-4
1. Auflage 2012

Dieses Werk wurde vermittelt durch die
Michael Meller Literary Agency GmbH, München.
Umschlagillustration: Dagmar Henze
Umschlaggestaltung: Elke Kohlmann
Printed in Germany

www.loewe-verlag.de

Noch mehr Pferdeträume

ISBN 978-3-7855-6291-8

ISBN 978-3-7855-6290-1

ISBN 978-3-7855-6450-9

ISBN 978-3-7855-7336-5

Loewe

Sommer, Liebe, Pferdeglück

ISBN 978-3-7855-6761-6

ISBN 978-3-7855-6780-7

ISBN 978-3-7855-7088-3

ISBN 978-3-7855-7223-8

Loewe